제가 스리랑카에서
살아봤는데요

제가 스리랑카에서 살아봤는데요

홍호표 로컬 인터뷰집

1쇄 발행 2019년 10월 15일
2쇄 발행 2019년 12월 12일

지은이 홍호표
펴낸이 정홍재

펴낸곳 책과이음
출판등록 2018년 1월 11일 제395-2018-000010호
주소 (10881) 경기도 고양시 덕양구 용현로 10, 501-203
대표전화 0505-099-0411 **팩스** 0505-099-0826
이메일 bookconnector@naver.com
Facebook · Blog /bookconnector

ISBN 979-11-965618-9-5 03810

책값은 뒤표지에 있습니다.
잘못 만들어진 책은 구입하신 서점에서
교환해드립니다.

책과이음 • 책과 사람을 잇습니다!

이 도서는 한국출판문화산업진흥원의
'2019년 출판콘텐츠 창작 지원 사업'의 일환으로
국민체육진흥기금을 지원받아 제작되었습니다.

이 도서의 국립중앙도서관 출판예정도서목록(CIP)은
서지정보유통지원시스템 홈페이지
(http://seoji.nl.go.kr)와 국가자료공동목록시스템
(http://www.nl.go.kr/kolisnet)에서
이용하실 수 있습니다.(CIP제어번호: CIP2019037414)

제가 스리랑카에서
살아봤는데요

홍
호
표

로
컬

인
터
뷰
집

책과이음

스리랑카,
랑카 사람들을 사랑한다

"한국과 똑같다Just like Korea"는 한때 스리랑카에서 달동네-빈민
가를 가리키는 관용구였다. 지금은 거의 쓰지 않는다지만 30대
여성은 물론, 20세 청년도 아는 걸로 미뤄볼 때 여전히 살아 있는
표현이었다.

스리랑카에 살면서 배운 게 많다. 그중 으뜸은 '한국과 똑같
다'라는 말의 의미였다. 1970년대까지도 우리 국민은 쌀밥을 먹
을 수 없었다는 사실을 떠올렸다. 두 번째는 스리랑카가 아시아
에서 부자 나라로 통하던 시절 싱가포르의 리콴유 당시 총리가
했다는 말이었다. "싱가포르를 스리랑카 같은 나라로 만들어야
한다." 세 번째는 한 학생이 한글 작문에 써온 내용이었다. "스리
랑카는 개발도상국입니다. 스리랑카는 20년 전에도 개발도상국
이었습니다." 주요 항구를 중국에 사실상 빼앗기는 나라 스리랑

카, 최빈국에서 유일하게 원조 공여국이 된 한국의 이미지가 뒤엉키면서 생각이 복잡해졌다.

이 책은 필자가 스리랑카에서 2년간 생활한 기록을 엮은 것이다. 나는 한국국제협력단KOICA 일반봉사단원(114기)으로 2017년 5월 스리랑카에 파견돼 와라카폴라 기능대학에서 한국어를 가르쳤다. 책의 내용은 모두 직접 보고 듣고 느끼고 생각한 것들이다. 사람들이 살아가는 모습과 문화에 관심을 갖고 취재하고 기록하고 사진으로 담았다. 특별한 경우의 팩트 확인을 제외하고는 인터넷이나 문헌을 참고하지 않았다. 현지인과 대화를 나누며 정보를 얻었기 때문에 문답식 따옴표가 많다. 비겁하게 '따옴표 뒤로 숨으려는 목적'은 결코 아니었다. 대화체로 구성한 것은 첫째, 현장 이야기를 생생하게 옮기고 싶었기 때문이다. 민감한 부분에서는 말한 사람을 익명으로 처리했다. 둘째, 팩트의 완벽한 확인이 쉽지 않아 현지인이 말한 그대로 기록하는 것도 그들의 생각을 읽는다는 점에서 의미가 있다고 생각했다. 보통 사람들의 불명확성, 전반적인 문화적 배경 차이, 필자의 싱할라어 핸디캡 등이 복합적으로 작용했다. 그래도 가능한 한 복수의 현지인들을 인용함으로써 오류를 줄이고자 했다.

시시콜콜함이 이 책의 특징이기도 하다. 스리랑카의 생활양식과 문화, 국제개발협력에 관한 내용이 뒤섞여 있다. 또 인터넷에 올라 있는 일반적 여행정보나 근거가 부족한 채 구전되는 정보의 덫을 피하고 직접 몸으로 현지인들과 부딪히면서 정보를 얻고 확인하는 어설픈 과정도 포함돼 있다. 이 책은 백 퍼센트 검증된 사실을 교과서적으로 기술한 것이 아니다. 보편화하기 어려운 내용이 있을 수 있고 일부 대목은 논쟁의 소지도 안고 있다. 어떤 친구는 이 글에 대해 '문화인류학적 접근'이라고 평했지만 '~학적 접근'이란 거창한 표현은 부담스럽다고 생각한다. 그저 기술記述했을 뿐이다.

스리랑카에 머물면서 다시금 깨달은 점이 있다. 첫째, 스리랑카에서 가졌던 나의 긍지, 자부심, 당당함의 원천은 단언컨대 대한민국의 힘이란 사실이다. 부임한 지 불과 3개월 뒤에 국영방송인 루파와히니 TV 주말 토크쇼에 패널로 출연해 한 시간 동안 유명인들과 이야기했으며 유명 공연예술가와 인터뷰할 기회도 있었다. 많은 사람이 성심성의껏 도와주었다. 모든 게 내 힘이고 내가 잘나서인가? 다른 것들은 다 제쳐두고라도 식량자급률 50퍼센트 미만, 곡물자급률 23퍼센트대인 우리나라의 경제가 어려워지고 위상이 약화되면 '20년 이상 개발도상국' 사람들이 '한국과 똑같다'는 표현을 언제 또 사용할지 모른다. 그래서 늘 학생들에게 강조했다. "지금은 제가 여러분에게 한국어를 가르치고 '예의를 지켜라' 운운하면서 여러분의 나라를 돕고 있습니다만, 혹시라도 우리나라가 어려워지면 딱 한 가지, 쌀을 보내주십시오." 돈이 없을 뿐 먹을 것은 넉넉한 환경에서 사는 스리랑카 학생들은 이 말을 이해하기 어려워했다. 둘째, 세계 어느 곳에 가나 민족이나 문화권에 따른 문화적 차이보다는 계층 간 차이가 더 뚜

렷하다는 점을 확인했다. 사람 사는 세상은 다 비슷하기 때문이다. 일부 비판적으로 읽힐 수 있는 내용도 스리랑카 사람들에 대한 애정이 전제되었음을 밝힌다. 아울러 이들을 보면서 거울에 비친 우리의 민낯과 다르지 않다는 점도 확인했다.

한국에서 일해 돈을 벌어 오겠다는 코리안 드림이 아직 살아있는 나라 스리랑카, 그 한류의 일선에서 몸으로 세상과 부딪히게 해준 대한민국에 감사한다. 헌신적으로 뒷바라지해준 코워커 co-worker 가미니 위제라뜨나 선생에게 감사한다. 믿고 따라준 순수한 학생들에게 감사한다. 와라카폴라 기능대학 60여 교직원과 주민들의 도움도 잊을 수 없다. 무엇보다도 정년퇴직한 아버지에게 봉사단원의 길을 제시하고 지원하도록 도와준 큰아들 성휘와 "전생에 나라를 구한 덕분에 이 나이에 '자유'를 누리는 복을 얻었다"라는 흥미로운 논리를 만들어 기꺼이 홀로 환갑을 맞으면서 격려까지 해준 아내 문일선에게 감사한다. 믿음직한 둘째아들 성빈과 사랑스러운 며느리 Sarah 송화 백, 첫돌만 보고 온 자랑스러운 손자 관의도 항상 SNS로 사랑을 표현해주었다. '찬란한 섬' 스리랑카, 랑카 사람들을 사랑한다.

2019년 4월
스리랑카 와라카폴라 기능대학에서
홍호표

1장

환불은 안 됩니다

4장

모기나 승려나 똑같습니다

환불은 안 됩니다

제가 선택한 일이에요

스리랑카 와라카폴라에 도착해 처음 하숙한 곳은 프린시 아주머니 집이었다. 현지 실습 기간이 10여 일, 와라카폴라 기능대학 부임 뒤 한 달 등 모두 한 달 반 가까이 이곳에 묵었다. 사람들은 아주머니를 '프린시 마담'이라고 불렀다. 과거 영어 교사이기도 했던 아주머니는 교육청에서 선생님들을 교육하는 마스터 티처라고 했다.

아주머니는 집 옆에 별도 건물로 파티홀인 '윈디 네스트'를 운영했다. 2층에는 다른 가족이 살았다. 옛날 이 집 운전기사 가족인데 어려움이 생겨서 무료로 살게 해주었다고 말했다. 아주머니의 남편은 약국을 했고 아들은 대학을 졸업한 뒤 2018년 말 누나가 살고 있는 호주 시드니로 유학을 갔다. 이렇게 복잡한 구조인데 수시로 시집, 친정 쪽 식구들이 놀러 왔다. 그들 모두를 아주머니가 관리하거나 보살폈다.

"시아버님 집은 아주 컸어요. 기능대학 옆에 있었죠. 저희는 결혼해 나와서 살았고 시부모는 작은아들과 함께 계셨죠. 나중에 작은아들이 결혼한 뒤에도 같이 사셨는데 여러 사정이 생겨 저희가 시부모님을 모셔와 살았어요."

−지금은 친정아버지와 함께 사시지 않습니까?

"예. 친정어머니가 4년 전에 돌아가신 뒤 아버지는 캔디에 있는 남동생 집에 계셨어요. 얼마 전에 제가 모셔왔어요. 저희는 3남 1녀인데 제가 맏이죠."

−스리랑카에서도 아들이 부모를 모시는 것이 일반적이지 않나요?

"맞아요. 남동생 둘은 여러 사정이 있고 막내는 공군장교인데 맞벌이 부부라 제가 모시는 거죠."

−시부모님은 언제 돌아가셨나요?

"시아버님은 일찍 돌아가셨고 시어머님은 얼마 전에 94세의 나이로 돌아가셨어요. 한동안 우리 집에는 친정아버지와 시어머니가 함께 사셨던 거지요."

−최근에는 아주머니의 이모도 와서 사시던데요?

"이모는 캔디에 살았는데 시어머니가 돌아가신 뒤 우리 집에 모셔왔어요. 최근 한 달 예정으로 임신한 제 딸을 봐주러 남쪽 갈레(골)에 가셨지만요."

아주머니의 이모는 73세였다. 실제로 이모는 1년 내내 와라카폴라와 갈레를 오가며 아기를 봤다. 이 집에는 참 많은 사람이 오

프린시 아주머니 집 거실에서 TV를 보고 있는 사람들.

갔다. 가끔씩 이웃에 사는 80여 세의 시이모도 한참씩 머물다가
갔다. 영어 교사 출신인 그 할머니는 몸이 불편해 시중을 받으면
서 오더니 얼마 뒤 세상을 떠났다. 외동딸은 결혼해서 미국 로스
앤젤레스에 살고 있었고, 할머니의 시중을 드는 사람이 있긴 했
지만 중요한 일은 프린시 아주머니가 돌보았다.

　어느 날 아주머니의 친정 고모가 생일이라며 찾아왔는데 마침
남편의 여동생인 시누이도 와서 함께 묵었다. 아주머니가 저녁을
먹으면서 말했다.

　"오늘 오후에 병원에 갔다 왔어요."

　—아니 갑자기 무슨 일로?

　"호주에 사는 딸이 시삼촌께서 뎅기열에 걸려 입원했다고 연

락해서 갔다 왔어요."

　―딸의 시삼촌까지……? 그분은 자녀가 없나요?

　"있어요. 아직 10세 남짓한 어린아이들이에요."

　―참 여러 사람을 챙깁니다.

　"……."

　아주머니는 대답이 없었다. 집에는 일하는 사람이 두 명 있었다. 한 명은 시아버지의 수양딸로 음식과 집안일을 맡아 했고 '아치'(할머니)라고 부르는 60대 중반의 타밀 여성은 산동네에서 매일 아침 일찍 와서 간단한 일을 했다. 아치는 주로 소 두 마리를 몰고 나가서 풀을 뜯어 먹게 한 뒤 마당 청소를 하다가 저녁에는 빵을 사가지고 갔다. 언니의 뒤를 이어 이 집에서 15년간 일했다고 했다. 또 40대 초반의 남성 반둘라 씨는 아주머니의 '친구'로 매일 와서 집안일을 거들었다. 반둘라 씨는 "친구라 놀러 오는 것이지 돈을 받지 않는다"라고 했다. 과거 아주머니가 불교학교에서 미용을 가르칠 때 유일한 남학생이었다고 했다.

　―우리 어머니는 아주 가난한 집 8남매의 맏며느리였고 우리 형제도 6남매였습니다. 어머니는 한때 16명을 뒤치다꺼리했습니다. 마담은 경제적 여유가 있다 해도 힘들지 않습니까?

　"제가 선택한 일이에요. 어머니 반대를 무릅쓰고 한 결혼이죠. 제가 '마스터 티처'로서 모범이 되어야 한다는 의무감도 있고요."

　―한국은 핵가족화되었습니다. 다들 부모 모시기 싫어합니다.

　"여기도 비슷해요. 그렇지만 제 딸은 시부모와 함께 살고 싶어

해요. 지금은 직장 때문에 시댁과 따로 갈레에 살고 있지만······.
저를 보고 배워서인가 봐요."

프린시 마담을 통해 나는 가족의 가치와 '발전'의 관계에 관해
생각하게 됐다.

스리랑카도 똑같습니다

스리랑카에는 대가족이 많다. 결혼해도 대부분 부모 집에서 함께
살기 때문이다. 방이 부족하면 옆에 덧붙여 지었다. 한국국제협
력단 단원들에게 싱할라어를 가르치는 차마리 선생은 친정어머
니를 시집에 모셔와서 시부모와 함께 살았다. 대가족 제도가 유
지되는 데는 크게 두 가지 원인이 있다고 했다. 하나는 과거의 한
국처럼 전통에 따르는 것이다. 대부분 고향에서 태어나 고향에서
살기 때문에 촌락 공동체 의식이 강했다. 스리랑카 사람들은 "가
마(고향)가 어디냐?" 하고 물었다. 고향을 묻는 형식이지만 실제
로는 어디에 사는지 묻는 것이다. 대부분의 사람에게 '고향=사
는 동네'이기 때문이다. 또 다른 이유는 돈이었다. 땅을 새로 마
련하고 집을 지어서 분가할 경제력이 없었다. 많은 젊은이가 장
래희망에 대해 "한국에 가서 돈을 벌어 와서 집을 짓고 가족과
행복하게 살겠습니다"라고 천편일률적으로 말하는 분위기였다.

프린시 아주머니 집안 행사에 모인 가족 일부와 친척.

시부모와 친정어머니를 함께 모시고 사는 차마리 선생에게 물었다.

－시누이와 올케 사이는 어떻습니까?

"제 경우는 좋아요. 일반적으로는 사이가 별로 좋지 않죠. 신부가 결혼하면 시집에서 함께 살기 싫어해요."

－대부분이 분가해 삽니까?

"아니요. 함께 살아요."

－왜요? 돈이 없어서인가요?

"돈 때문이 아니에요. 시부모가 아기를 봐주니까요."

학교에서 단원을 도와주는 코워커 위제 선생은 좀 다른 이야기를 들려주었다. 부친 기일이 2월 9일이지만 매월 9일이면 절에

가서 불공을 드리고 승려들 아침식사 당번을 한다고 했다. '공양
=선업'이므로 이 경우 매월 식사 당번은 매달 제사를 지낸다는
의미다.

"선친이 일찍 돌아가신 뒤 어머니께서 50여 년간 이어온 전통
입니다. 그 절에는 스님이 열다섯 분 정도 계시는데 제가 아침에
음식을 절에 갖다드립니다. 얼마 전에 어머니께서 돌아가셨지만
그 일은 제가 계속 하고 있죠."

―아들이 효자면 아내가 좋아하지 않는 경향이 있지 않습니까?

"스리랑카도 똑같습니다. 여자들은 친정 식구들한테 잘하려고
합니다. 우리 집은 좀 다릅니다. 고부가 30년 가까이 한집에서 살
면서도 관계가 아주 좋았습니다. 결혼 당시 집사람은 부모가 모
두 돌아가신 상태여서 결혼에 관한 모든 일을 우리 어머니가 맡
아서 해주셨습니다. 지금도 매달 스님들 식사는 모두 아내가 직
접 일해서 번 돈으로 마련합니다."

중서부 지역 일대 기능대학 자동차과 전·현직 교사들의 송년
모임에 초대받아 갔을 때 고부갈등 이야기가 나왔다. 은퇴한 교
사 M씨가 친구의 케이스를 들려주었다.

"제 친구는 아들과 며느리가 다 직장인인데 한집에 살아요. 그
런데 매일 아침 며느리가 출근할 때 문을 잠그고 열쇠를 가지고
가니까 시어머니가 대단히 화가 났어요. '우리를 도둑 취급한다'
는 거지요. 심한 갈등 끝에 며느리가 시어머니에게 열쇠를 맡기
는 것으로 결말이 났죠."

참석자는 대부분 50, 60대 남성인데 일방적으로 시어머니를 옹호하는 분위기였다.

─시어머니가 왜 아들과 며느리 방을 들여다보려고 합니까?

"들여다보려는 게 아니에요. 도둑 취급을 하니까 화가 난 거죠."

─그게 아니라면 문을 잠그든 열어놓든 상관이 없지 않겠습니까? 들여다보려는 게 맞을 겁니다. 허허.

"……그럴 리가요?"

─전에는 '내 아들'이었는데 결혼하더니 '며느리의 남자'가 됐습니다. 시어머니가 행복할 리 없겠지요. 그러니까 선생님들도 부인(시어머니) 앞에서 '며느리가 예쁘다'고 함부로(?) 말씀하시면 안 됩니다. 하하.

"그건 맞아요."

─요즘 젊은 사람들은 방을 사적인 공간으로 생각합니다. 남이 들여다보는 걸 싫어합니다.

참석자들이 일제히 공감했다. 한 참석자가 결론을 말했다.

"우리 모두 며느리에게 문제가 있다고 생각했어요. 지금 홍 선생의 이야기를 들으니 시어머니에게 문제가 있다고 생각하게 됐습니다."

─사실 저도 시어머니가 백 퍼센트 잘못했다고 생각하지는 않습니다. 다만…….

한집에 살면서 방문을 잠그고 열쇠를 들고 나가는 며느리의 태도는 당연히 좋지 않은 것이다. 한국의 경험을 토대로 경제발전에 따라 급변하는 세태를 언급했을 뿐이었다. 쓸쓸한 건 사실이었다.

식사했어요?

매일 얼굴을 마주치는 사람이 물었다.

"식사하셨어요?"

-예. 먹었습니다.

"뭘 드셨어요?"

-밥과 닭고기, 샐러드, 과일을 먹었습니다.

"직접 해 드셨어요?"

-예. 해 먹었습니다.

"닭요리에는 뭘 넣었나요?"

-그냥 생강과 마늘을 넣고 수프를 만들어 소금을 쳐서 먹었습니다.

"고추나 후추는 넣지 않았어요?"

-예, 넣지 않았습니다.

"왜요?"

그러다 조금 있으면 다른 사람이 똑같이 물어왔다. 거의 매일 반복되는 일상이었다. 관심인가, 간섭인가?

오후에 산책을 나가는데 주인집 나파고다 아주머니가 "밥을 먹었느냐?"고 물었다. 낮에 딸과 함께 물었던 내용이다. "먹었다"고 했더니 "진짜냐?"고 되물었다. "진짜로 먹었다"고 대답했다. 어쩌면 우리의 옛 모습과 그렇게 똑같을까. 지금도 한국의 시골 할머니들은 그렇다. 학교 후문에서 만난 교직원도 "밥 먹었느냐? 뭘 먹었느냐?" 하고 꼬치꼬치 캐물었다.

사람들의 인사말은 크게 두 가지다. 우선 "식사했어요?"다. 만나는 사람마다 그렇게 물었다. 티타임 무렵이면 "차 마셨어요?"라고 물었다. 집 안에서도 볼 때마다 가족이 돌아가면서 "식사했어요?"라고 물었다. 하루에 적어도 10번은 들어야 했다. 이것이 한국처럼 그냥 인사하는 건지, 미국 사람처럼 정말로 밥을 먹었느냐고 물어보는 건지 헷갈렸다. 지인 한 명이 나중에 "안녕하세요? 어떠세요?"처럼 단순한 인사라고 알려주었다. 우리와 정서와 어순도 같았다. "차를 마셨습니까?"는 포괄적으로 식사했느냐는 의미였고 단순한 인사였다. 1년쯤 지나자 이런 질문이나 인사가 줄었다.

먹는 문화에 관해 위제 선생이 흥미로운 표현을 했다.

"스리랑카 사람들이 돈은 없어도 먹는 건 잘 먹어요."

기능대학 학생들은 부자가 아닌데도 도시락은 푸짐했다. 대개 밥에 닭고기, 생선, 각종 반찬을 싸 와서 나눠 먹었다. 먹을거리는 풍부하다는 이야기였다. 우리와 정서가 같은 인사말이 또 하나 있었다.

"어디로 가세요?"

-아무 데도 안 갑니다.

"어디로 가는데요?"

-그냥 걷는 겁니다.

이것도 매일 반복됐다. 주로 길거리에서 아는 사람이 묻는 말이었다. 부담스러워서 나중에는 무조건 "시내에 갑니다" 하는 식으로 적당히 대답했다. 사람들은 또 "어제 어디 갔다 왔어요?"라고 물었다. 이유는 두 가지로 추측됐다. 하나는 딱히 할 말이 마땅치 않아서고, 다른 하나는 외국인에 대한 호기심이었다. 어디에 가느냐고 묻는 것도 한국식에 가까웠다.

스리랑카 사람들은 원래 그래요

장을 보러 슈퍼마켓 푸드시티에 갔다가 불편한 일을 몇 가지 겪었다. 출입문을 여는데 젊은 여성이 따라 들어오기에 문을 잡고 한참 서 있었다. 그 여성은 들어오더니 본 체도 하지 않고 휙 하고 가버렸다. 닭고기를 사려고 정육코너에서 점원과 이야기하는데 어떤 아주머니가 와서 점원에게 대뜸 말을 시작했다. 나는 "지금 내가 이야기하는 중"이라고 말했지만 아주머니는 막무가 내였다. 기분이 상해 옆으로 비켜 서 있었다. 아주머니는 이야기를 마치더니 그냥 가버렸다. 쇼핑 후 출입문을 열고 나가려는데 부부로 보이는 남녀가 앞에 있기에 먼저 나가도록 배려했다. 따라 나가려는데 여성이 문을 세게 닫고 그냥 나가버렸다. 나는 두 손에 물건을 들고 있었다.

다른 날의 경험 세 가지. 입구에 가방을 맡기는데 경비가 보관증인 토큰을 책상 위에 탁하고 던졌다. 그래서 "기분이 나쁘니까 앞으로 그러지 마라"고 했다. 계산대에서 내 차례에 어떤 사람이 옆 레인으로 들어가 물건 두 개를 내 쪽 점원에게 보였다. 계산대에 물건이 있어서 내 것이 아니라고 했더니 점원은 "저 사람 거"라고 했다. 그 사람이 먼저 계산하고 나갔다. 누구든지 한 개만 사서 계산대에 올려놓고 다시 들어가 한 수레 사 와서 물건을 놓은 순서대로 계산하면 어떻게 될까? 오는 길에 과일가게에 들렀더니 주인이 또 내 엉덩이를 툭툭 건드리면서 뭐라고 했다. '상놈'의 태도였다.

어느 날은 계산대에 있을 때 젊은 여성이 뒤에서 점원에게 "물건이 한 개니까 먼저 계산하게 해달라"고 말했다. 점원이 나를 쳐다보기에 "안 된다"고 했다. 몇 번 얌체들에게 새치기를 당한 경험 때문이었다. 불과 2주 뒤 60대 남자와 손자로 보이는 소년이 오더니 차례를 기다리던 내 앞으로 얼른 나가서 물건을 계산대에 올려놓았다. 뻔히 보고 있던 계산원은 그냥 바코드를 찍기 시작했다. 그래서 "내 차례"라고 말하고 제지했다. 그래도 미안해하거나 부끄러워하는 기색이 없었다.

물론 스리랑카 사람들은 대체로 친절했다. 특히 외국인에게 호감을 갖고 접근해왔고 악의가 없어 보였다. 여성들은 자주 '살인 미소'를 지었다. 한편으로는 인사성 유무에 대한 기준과 예절이 달라서인지 무례하다고 느끼는 경우도 잦았다. 그런 점에서 스리랑카 생활은 '환상의 2년'이면서 동시에 무례에 대한 '인내의 과정'이기도 했다. 이런 이유로 스리랑카 사람들의 뿌리와 가치관, 배경에 관심을 갖게 됐다. 특히 현지인들의 삶에 깊숙이 자리 잡고 있는 카스트와 이에 따른 생활문화 현상, 바꾸어 말하면 계층에 따른 차이를 모르고서는 사람들을 포괄적으로 이해하기란 불가능해 보였다. 또 하나, 예의와 예절의 문제는 스리랑카만의 문제가 아니라 글로벌한 문제이며 계층에 따른 차이가 클 거라는 가정에 따라서였다.

관찰하면서 내린 결론은 유유상종. 인종이나 문화권에 따른 차이보다 같은 문화권 내 계층에 따른 차이가 더 크다는 것이다. 공식적으로 철폐된 카스트는 민주사회주의공화국에서도 왜 유의미한 차이로 나타날까. 과거 왕조의 수도였던 캔디 출신이 실제로 예의 바른 것은 어떤 이유에서일까. 성姓은 상위 카스트라고 하는데도 직업에 따라 예의나 품위가 판이한 것은 또 어떻게 설명할까. 이와 관련해서 카스트의 뿌리에 대해 여전히 풀리지 않는 의문이 있다. 왕이 직업에 따라 카스트를 부여해 신분의 차이를 두니까 계층문화가 생긴 것일까, 아니면 계층문화가 확연하니까 그에 걸맞은 카스트를 부여한 것일까.

한번은 젊은 부부가 계산한 뒤 큰 카트를 내 앞에 두고 그냥 가버렸다. 계산대를 나가는 내 통로가 막혔다. 이렇게 버릇없는 사람들과 기분을 상하게 하는 일들이 카스트 제도에 관심을 갖게 된 주된 이유였다. N씨에게 이러한 황당한 경험들에 대해 이야기했다.

"스리랑카 사람들은 원래 그래요. 인사도 안 해요."

―원래 그래요? 일부 여성들은 지나가면서 미소까지 짓던데, 인사성이 밝은 게 아닌가요?

"……."

―정말로 예의가 없습니까?

"고맙다는 인사도 하지 않아요."

―일부의 문제가 아니라는 뜻입니까?

"예. 그렇습니다."

혼란이 왔다. 많은 사람이 "안녕하세요?" 하고 인사해도 대꾸하지 않던 기억이 났다. 잘 아는 사이인데 내가 매일 인사를 건네도 절대다수는 절대로 먼저 인사하는 법이 없었다. 빤히 쳐다보는 경우가 다반사였다. 젊은 사람들도 그랬다. 문화적 차이? 개인의 수준 차이? '무례=문화'라고 정리해버리면 명쾌하고 편하겠지만 뭔가 좀 서글퍼질 것 같았다. 며칠 뒤 '무례'에 대해 쓴 내 싱할라어 일기장을 보던 N씨는 태도를 싹 바꿔서 일기에서 '일부 사람들'로 고쳐야 한다고 주장했다. 몇 번 확인했을 때도 "'모두

가' 원래 인사를 안 한다"고 단언하더니 '일부'라고 번복한 것이
다. 번복은 이렇듯 일상이었다.

인사를 안 하는 것이 정말로 전통적, 보편적 문화라면 마음 상
할 일이 없었다. 사실 이것이 일부 현상인지, 보편적 문화인지에
대해서는 여전히 자신이 없다. 그래서 한국어과 학생들의 인사
교육에 공을 많이 들였다.

어쨌든 인사를 안 하는 상황은 이어졌다. 정류장에서 아기를
안은 젊은 여성이 바닥에 돈을 떨어뜨렸다. 내가 주워서 손에 쥐
여주었다. 여자는 돈을 받더니 고맙다는 말은커녕 외면하고 그냥
가버렸다. 수업 중에 다른 과 학생이 교실 문을 열더니 내겐 일언
반구 없이 대뜸 학생들에게 뭐라고 이야기를 했다. 무례하다고
이야기했지만 갈 때도 그냥 가버렸다. 학생들만의 문제가 아니었
다. 교사 가운데도 있었다. 내가 가르친 한 학생의 고등학교 동창
들과 함께 여행을 갔다. 한 사람이 내 어깨를 툭툭 두드리면서 어
린아이를 대하듯 행동해서 야단을 쳤다. 한참 뒤에는 다른 사람
이 내 어깨에 손을 올려서 예의가 없다고 했다. 두 사람은 모두
"죄송하다"고 말했다. 내가 가르친 학생이 "선생님, 학교에서 예
절을 가르치지 않아서 그렇습니다"라고 말했다. 이런 일이 잦아
서 몇 사람과 예의에 대해 이야기했다.

―많은 사람이 예의가 없습니다. 인사를 하지 않는 게 문화인
것 같습니다.

"문화까지는 아닙니다. 인사를 해야 한다는 사실을 모르는 사

람이 많을 뿐이죠."

−인사하는 걸 모르다니요?

"일반적으로 교육을 덜 받은 사람들이 인사를 할 줄 모릅니다."

−아는 사람에게 어떤 형태로든 인사하는 것은 글로벌 에티켓 같은 것 아닙니까?

"절에 가면 모두 스님에게는 엎드려 절합니다. 하지만 저학력 층은 보통 때 인사를 할 줄 몰라요."

−매일 볼 때마다 '안녕하세요?' 해도 반응이 없습니다. 대학을 나온 사람들조차 인사하면 본체만체합니다.

"저도 그렇게 느낍니다. 물론 눈인사의 경우는 방법이 다를 뿐 인사를 하는 것입니다. 인사할 줄은 모르지만 선생님은 외국인이 니까 대부분이 좋아하는 것도 사실입니다."

−왜 인사를 안 합니까?

"무엇보다 학교에조차 예절교육이 없기 때문입니다. 또 카스트와도 관계가 있습니다. 초중학교 과정에 윤리 과목이 있지만 실제로는 가르치지 않습니다. 대학 진학에 영어와 수학이 중요하 니까요. A레벨(고교)에는 윤리 과목이 없습니다."

−카스트와 관계있다는 건 무슨 뜻입니까?

"카스트가 제도적으로는 없어졌지만 인사하고 말할 때의 예의 와 식사예절을 보면 대충 알 수 있습니다. 높은 카스트는 대체로 예절이 바릅니다."

–언어예절과 인사예절은 짐작하겠는데 식사예절은 어떻게 다릅니까?

"예를 들어, 높은 카스트는 음식을 먹을 만큼만 조금씩 덜어서 다 먹습니다. 모자라면 더 가져다 먹습니다. 낮은 카스트는 대체로 접시에 많이 담아서 남으면 버립니다. 다른 사람 몫까지 갖다 버리는 셈입니다. 교육 수준과 함께 카스트 신분도 무시할 수 없습니다."

다른 지인은 이렇게 설명했다.

"어떤 사람들은 학력이나 사회적 지위가 낮아서 심한 콤플렉스를 갖고 있죠. 그래서 내심 겁을 먹고 인사를 안 하는 경우도 있습니다."

–그럴 수도 있습니까? 매일 보는 사이고, 저는 외국 사람인데 겁이 날 게 없지 않습니까?

"아닙니다. 워낙 격차가 있기 때문에 감히 인사할 생각을 못한다고 볼 수도 있습니다."

–정말 그럴까요? 그렇다면 왜 빤히 쳐다보고 있을까요? 아무튼 앞으로는 다른 각도에서도 보도록 노력하겠습니다.

사실 스리랑카 사람들의 무례를 보면서 한국 사람들의 민낯을 보는 듯해 내심 뜨끔했다. 어쩌면 우리의 예절 하향 평준화 경향이 더 심각한 건 아닐까.

교육과 지역의 차이예요

큰절과 무례에 대해 R 선생과 이야기를 나눴다.

－설날에 부모님이나 스님에게는 바닥에 엎드려서 큰절을 하더군요.

"스님, 선생님, 부모님께 하는 인사입니다. 다른 어른께는 하고 싶으면 합니다. 설, 졸업식 같은 때 큰절을 하고, 집에서는 아침저녁으로 나가고 들어올 때 부모에게 큰절을 합니다."

－의미는 무엇입니까?

"큰절은 인사한다고 하지 않고 '기도한다'(완디나와)고 합니다. 상대가 '완디나와'할 경우에는 반드시 축복해줘야 합니다."

'완디나와'는 불공을 드린다는 의미다. 큰절을 하는 사람의 생각도 궁금했다. 젊은이 C씨에게 물었다.

－큰절은 무슨 의미입니까?

"일차적으로는 축복을 받기 위한 거죠. 물론 존경의 의미도 있습니다만. 부처님께 불공을 드리는 것과 같은 뜻입니다. 절을 받으면 반드시 축복해 줘야 하죠."

－큰절은 언제 합니까?

"설날에 부모님께 하거나 절에서 스님에게 하는 경우를 빼면, 어른을 오랜만에 뵙는 경우와 마지막 인사 때 합니다. 또 시험을 보러 가기 전에 큰절을 해서 축복을 받기도 합니다."

한국어과 학생들이 무릎을 꿇고 교사들에게 큰절을 하고 있다.

　－한국에서 큰절은 존경의 표시입니다. 축복을 받으려는 게 아
닙니다.
　"저도 한국 드라마를 보면서 존경심을 표시하면서 공손히 인
사하는 모습이 참 좋다고 느꼈습니다."
　－예의가 없는 경우를 많이 봅니다.
　"제 생각엔 교육과 지역의 차이예요."
　－교육의 차이라면?
　"명문학교에서는 예절교육을 철저히 하지만 많은 공립학교에
서는 예절교육을 하지 않습니다. 그래서 인사를 하지 않고 버릇
이 없어 보이는 겁니다."
　－지역의 차이란 무엇입니까?

"예를 들어 지난 왕조의 수도였던 캔디에서는 사람들이 무례한 경우가 거의 없습니다. 중북부 대도시 K시는 다릅니다. 그 도시 호텔학교에서 공부한 적이 있는데 그곳 사람들은 아주 예의가 없었습니다."

그의 말은 사실이었다. 휴대전화기의 카메라 기능이 고장 나서 고쳐보려고 K시의 판매수리센터에 갔다. 같이 간 N씨는 전화기 액정을 갈고 보호케이스를 씌웠다. 가게 판매대는 통로를 중심으로 양쪽에 늘어서 있었다. N씨는 계산대 앞에 섰고 나는 그 뒤에 서 있었다. 내 뒤쪽 어린 여직원이 액정과 케이스 값을 합쳐 계산한 뒤 난데없이 뒤에서 내 어깨를 툭툭 치면서 부르더니 계산서를 내밀면서 계산대에 전달하라고 손짓을 했다. 무례가 도를 넘었다고 생각했다.

산만해서 집중을 못 하는 K 학생의 집을 가정방문했다. 나올 때 학생은 물론 두 동생과 아버지, 어머니까지 큰절을 했다. 당황해서 "이러지 마시라"고 했더니 학생 아버지는 "연세가 많은 분이니까 존경의 인사를 드린다"고 했다. C 학생의 어머니도 아들 셋과 함께 큰절을 하면서 "연세가 많은 분에게 큰절을 하는 게 풍습"이라고 말했다. R 선생은 "나이가 든 사람에게는 존경심이 생기거나 마음에 드는 경우에 큰절을 한다"고 말했다.

한편 평소 예의가 바른 졸업생이 한국으로 일하러 떠나면서 집에 와서 큰절을 했다. 또 M 학생은 고용허가제 한국어능력시험EPS-TOPIK을 치러 가기 전에 며칠 못 뵐 것이라면서 큰절을 했다. 우연인지(?) 그는 185점(200점 만점)의 고득점을 했다.

정해진 집안만 그 이름을 쓸 수 있어요

식당에서 한 청년이 교복을 입은 남학생을 마구 공격했다. 이 사건에 대해 관계자들에게서 들었다.

"학생이 식당에서 여학생에게 농을 했습니다. 하필이면 여학생의 남자친구인 동네 청년이 현장에서 보고 화가 나서 남학생을 때린 겁니다."

—남자친구가 있는지 몰랐을 텐데, 때릴 것까지 있습니까?

"그것도 그거지만, 문제는 다른 데 있습니다. 맞은 학생 동네에는 같은 카스트만 살고 있는데 무슨 문제가 생기면 집단 보복하는 사람들입니다."

—이 동네에서 멀리 있습니까?

"3~4킬로미터 떨어진 마을입니다. 피해 학생에게 '집에 가서 맞았다는 이야기를 하지 말라'고 당부했습니다. 만약 그 사람들이 몰려오면 시끄러워지죠."

—높은 카스트입니까?

"아닙니다. 가해 청년은 한동안 동네를 벗어나지 못할 겁니다. 맞은 학생 동네 근처에 갔다가는 무사하지 못할 테니까요."

카스트에 따라서 집단문화도 달랐다. I 학생은 자기와 같은 성을 가진 집안은 최상위 카스트에 속한다고 했다. 수업시간에 점잖은 태도와 인사예절의 중요성을 설명하기 위해 한국의 양반문화에 관해 말할 때도 I 학생은 침묵을 지켰다. 단둘이 있을 때만 입을 열었다.

"카스트를 무시하는 사람이 많지만 우리 할머니 같은 분들은 아주 많이 따지세요."

카스트가 살아 있다는 의미였다. 더군다나 그는 외동아들이었다.

"제 성이 왕족은 아니지만 캔디 왕조 시절 왕의 친인척으로 최상위 카스트였죠. 이들만 장관처럼 높은 자리에 오를 수 있었어요."

―어떻게 구분합니까?

"삼촌, 사촌 등 집안사람들 모두의 이름에는 '스리파라크라마'가 붙어 있어요. 제 경우는 아마 관청의 실수 같은데 이것이 빠져서 바로잡을 생각입니다."

―그 이름은 보통 사람들은 쓸 수 없습니까?

"정해진 집안만 그 이름을 쓸 수 있어요."

―왜 수업시간에 그 이름을 사용하지 않습니까?

"길고, 좀 옛날 분위기가 나서 안 썼습니다. 그렇지만 신분을 나타내주지요."

―사람 자체의 등급을 정하는 카스트는 당연히 문제가 있습니

035

다. 그렇지만 매너, 예의, 품위 이런 것들이 계층에 따라 차이가 난다는 점은 나름대로 생각해볼 필요가 있는 것 같습니다.

"선생님께서는 왜 카스트에 관해 물어보십니까?"

–다른 학생과 다른 점이 상당히 많아서…….

사실 I 학생은 점잖았고 필요할 때에는 돈을 나눠 내겠다고 나서는 등 인사를 차릴 줄도 알았다.

다른 계급과 결혼할 수 없어요

S군은 순박하고 성실했다. 벽돌공장에서 아르바이트해 부모와 여동생을 부양하면서 학교에 다닐 정도로 가난했지만 남을 돕는 데 앞장섰다. 항상 예의를 차리는 친구였다. 이 '착한' 학생이 사석에서 말했다.

"선생님. 저는 농부 카스트인데 다른 계급과 결혼할 수 없어요. 부모님이 용납하지 않아요."

스리랑카 결혼은 대부분 중매였다. 남녀유별 문화 탓도 있지만 기본적으로 카스트가 같아야 한다는 전제 때문이었다. 근래에는 흐려졌다지만 결혼에서는 카스트가 여전히 강한 힘을 발휘했다. 주말에 신문 클래시파이드 광고란에 실리는 남녀의 구혼광고에도 카스트가 표시됐다. 여성 J씨가 말했다.

"구혼광고에는 나이, 직업, 고향, 학력, 종교와 신장 등을 적습니다. 카스트는 종교 옆에 표시합니다."

실제로 신문 광고란에는 '불교-고비' '불교-살라가마' 식으로 적혀 있었다. 광고주의 연락처만 있고 이름은 없기 때문에 익명성이 어느 정도 보장됐다. 여성 P씨에게 대졸 아들에게 중매결혼을 시킬 거냐고 물었다.

"잘 모르겠네요. 아들은 아직까지 여자친구가 없는데 두고 봐야죠."

카스트 제도를 염두에 두고 물었는데 판단 유보 대답이 돌아왔다.

－두 딸은 어떻게 결혼했습니까?

"모두 중매로 결혼했어요."

예상대로 중매였다. 대학 출신인 두 딸이 모두 중매결혼을 했다는 것은 신분과 현재의 경제력 등을 고려했다는 의미다. 중년 남성 K씨는 카스트에 얽힌 심각한 경험을 들려주었다.

"결혼 전에 사귀던 여성이 있었는데 저보다 카스트가 낮아서 결혼할 수 없었습니다. 직장 등 조건은 다 좋았는데 결혼은 불가능했습니다."

－주변에 카스트를 비밀로 하면 되지 않습니까?

"집에서 비교적 가까이 살아서 알려질 수밖에 없었습니다. 그 경우 동네에서 살 수가 없고 나중에 아이에게도 카스트와 관련한 문제가 생깁니다."

한편 딸의 연애결혼을 앞둔 G씨는 이렇게 말했다.

"딸이 기차로 통근하면서 사윗감을 만나 사귀었습니다. 신랑 어머니가 우리 집사람에게 전화를 걸어와 '딸을 며느리로 맞고 싶은데 어떻게 생각하느냐'고 물었죠. 카스트도 같고 해서 집사람이 좋다고 허락했습니다."

G씨는 이렇게 덧붙였다.

"우린 농부계급이라 상위 카스트입니다. 일하거나 사회활동을 할 때는 따지지 않지만 사돈은 같은 계급이었으면 합니다."

'정치적인 올바름'의 관점에서는 카스트가 중요하지 않다고 말했지만, 마음속에는 카스트가 깊이 뿌리를 내리고 있었다.

'한국과 똑같다'고 말했어요

스리랑카에 "한국과 똑같다"는 말이 있었다. 사람들은 여간해서는 이런 표현이 있다는 사실 자체를 알려주지 않았다. 30대 중반의 교사 T씨가 영어로 말했다.

"어릴 때 스리랑카에서 가난하고 낙후한 동네를 보면 '한국과 똑같다'고 말했어요. 슬럼(빈민가)이라는 말을 그렇게 표현한 거죠. 지금은 그런 표현을 쓰지 않습니다만."

기술 관련 교사인 50대 N씨도 달동네를 가리킬 때 이 표현을 썼다고 싱할라어로 확인해주었다.

"작은 집이 다닥다닥 붙어 있는 동네를 보면 '한국 같다'고 표현했어요. 옛날에 가난한 사람들은 땅이 없으니까 정부에서 무상으로 땅을 받아서 아주 작은 집을 붙여서 짓고 어렵게 살았습니다. 이런 동네를 말하는 거죠."

정확히 달동네라는 의미였다. 그런데 20세 청년도 이 표현을 알고 있었다.

–어떨 때 쓰는 말입니까?

"작은 집이 다닥다닥 붙어 있는 가난한 동네요. 사람들도 별로 착하지 않고……. 그럴 때 쓰는 말이죠."

과거 한국이 세계 최빈국이었으니 당연하기도 했다. 지금 한국은 봉사단원을 파견해 '20년 개도국' 스리랑카를 돕고 있다. 우리가 정신 줄을 놓으면 언제 이 표현이 깨어날지 모른다. 20세 청년도 알고 있을 정도로 아직 '살아 있기' 때문이다.

방을 내줄 테니 자고 가세요

스리랑카는 '찬란한 섬'이란 뜻이다. 사람들은 줄여서 그냥 '랑카'라고 불렀다. 랑카는 섬이란 뜻이지만 스리랑카 섬만을 가리킨다. 여행하면서 친절하고 좋은 사람들만 여러 명을 만난 날이

라뜨나푸라 버스터미널. 유난히 친절하고 좋은 사람들을 많이 만난 여행이 있었다.

있었다.

카라와넬라에서 라뜨나푸라로 가려는데 어떤 사람이 잘못 가르쳐주는 바람에 엉뚱한 버스를 탔다. 중간에 내렸는데 다른 버스들이 아예 서지 않고 그냥 지나갔다. 옆 가게 아주머니가 한 시간 동안 같이 서서 버스를 세워주어서 탈 수 있었다.

나는 라뜨나푸라에서 버스를 타고 발랑고다에서 내렸다. 차장이 정류장 안내 직원에게 "이 사람 부두갈라로 가" 하고 말하자 직원은 하던 일을 제쳐두고 버스까지 100미터 정도 함께 가서 타는 것을 확인한 뒤 돌아갔다.

1차선이라 앞에서 차가 오면 후진해서 피해야 하는 시골길을 두 시간 정도 달려 부두갈라 절에 도착했다. 주지 스님이 "배가 고플 것"이라면서 점심을 준 뒤 "늦었으니까 방을 내줄 테니 자고 가세요"라고도 권했다.

돌아올 때 탄 버스는 공교롭게도 갈 때 탔던 버스였다. 발랑고다에 도착하자 차장이 버스 갈아타는 위치를 정확히 알려주었다. 한참 뒤 차장은 내가 있는 정류장에 다시 와서 확인까지 하고 갔다.

환승하려고 애윗사엘라에 내리니 사방이 캄캄했다. 한 젊은이가 버스 갈아타는 곳에 같이 가자고 했다. 밤이라 경계하면서 좁은 언덕길로 내려가니 정류장이 있었다. 청년은 내 버스를 확인한 뒤 돌아갔다.

한국서 번 돈으로 차를 사서 운영하고 있죠

공휴일인 포야(보름)에 딸라가마 절에 가려고 버스를 타고 12루피를 냈다. 젊은 차장이 묻기에 한국에서 왔다고 했더니 자기도 "군산 현대중공업에서 배에 페인트칠하는 일을 해서 돈을 벌어와 집을 짓고 산다"고 했다.

　-돈을 많이 벌었습니까?

　"예, 부자예요. 한국서 번 돈으로 차를 사서 운영하고 있죠."

　-이 버스 주인입니까?

"제 차예요."

버스를 사서 운전기사를 고용하고 자신은 차장을 맡아 돈을 관리하고 있었다.

－한국에서 한 달에 얼마나 받았습니까?

"휴일수당까지 포함해 300만 원 정도 받았습니다."

－많이 받았네요. 기숙사에서 생활했습니까?

"예. 회사 아파트에 살았습니다."

－저는 봉사단원으로 한국어를 가르치고 있습니다.

"제 이름은 삼파뜨이고 선생님이 계시는 집 아들딸과 잘 압니다."

한국에 다녀온 스리랑카 사람 가운데 "이름이 뭐예요?" 하고 무례하게 묻지 않는 사람을 처음 봤다. 돌아올 때 공교롭게도 그 버스를 또 탔다. 차비 12루피를 줬더니 '사장 차장'은 괜찮다면서 끝내 받지 않았다.

환불은 안 됩니다

새로 산 시계가 이틀 만에 고장이 났다. 딱 하루만 맞고 이틀 뒤부터 하루 이삼 분씩 늦어지더니 며칠 뒤 아예 하루에 한 시간 정도씩 늦어졌다. 영수증과 6개월짜리 보증서를 들고 가서 바꿔달라고 했다. 남녀 직원이 안 된다고 했다.

  ─바꿔주십시오.

  "안 됩니다. 고쳐드리겠습니다. 이주일 걸립니다."

  ─보증서에 6개월 보증이라고 돼 있습니다. 사자마자 매일 한 시간씩 늦어졌습니다. 바꿔주세요.

  "바꿔줄 수 없습니다."

  ─그러면 환불해주십시오.

  "환불은 안 됩니다. 고쳐드리겠습니다. 6일이면 됩니다."

  수리 기간이 6일로 줄었다.

  ─와라카폴라에서 가장 크고 유명한 매장인데 교환도, 환불도 안 된다는 게 말이 됩니까?

  남자 직원이 매니저에게 전화를 걸었다.

  "안 된다고 합니다."

  ─그래요? 우리 학교에 연락해 문제로 삼겠습니다.

  즉석에서 코워커에게 큰 소리로 전화했다.

  ─이곳에서 가장 크고 유명한 가게입니다. 시계가 고장이 났는데 교환도, 환불도 안 된다고 합니다.

  위제 선생이 전화로 말했다.

  "지금 교장선생님과 함께 가겠습니다. 우리가 이야기하면 다를 거예요."

  분위기가 심상치 않음을 안 직원이 조금 뒤 "교환해주겠다"라면서 더 비싼 것을 사라고 했다. 싫다고 하고 같은 가격의 물건을 골랐다. 위제 선생과 자야위크라마 교장이 차를 타고 왔다. 그리고 입을 모아 말했다.

"스리랑카 시스템 같은 겁니다. 허허. 죄송합니다."

하얀 피부가 참 아름답네요

프린시 아주머니는 아들을 늘 '수두 푸따'라고 불렀다. 직역하면 하얀 아들, 사랑스러운 아들이란 뜻이다.

—왜 수두 푸따라고 부릅니까?

"피부가 흰 편이라서 그렇게 불러요."

사람들은 특정 여성을 피부가 하얀 사람, 피부가 검은 사람이라는 식으로 설명하는 경우가 많았다. 가정방문을 했을 때도 난데없이 학생의 아버지가 자기 딸을 가리키며 "피부가 하얗다"고 말했다.

—피부가 조금만 하얘도 하얗다고들 하는데, 흰 피부를 좋아하십니까?

"맞아요."

—왜 그렇게 생각합니까?

"그냥 좋아해요."

한번은 슈퍼마켓의 여직원이 "멋있다"고 하더니 내 얼굴과 팔을 가리키면서 "하얘서 멋있다"고 덧붙였다.

자야샤니 학생이 '사랑하는 나의 부모'를 주제로 작문을 해왔다. 어머니는 아버지를 '수두 마핫따야'라고 부르는데, 아버지는 어머니를 그냥 '수두'라고 부른다고 썼다.

—수두는 희다는 뜻인데?

"희다는 뜻이지만 사랑하는 사람을 그렇게 부릅니다. 영어식으로 하면 'honey'쯤 될 거예요."

—아버지는 왜 어머니를 수두 노나라고 하지 않고 수두라고만 부릅니까?

"수두 노나보다는 그냥 수두라고 부르는 게 훨씬 정다워요."

노나는 아내를 일컫는데 '부인' 정도의 높임말 격이다. 아베쿤 선생과 아베 선생이 말했다.

"수두는 희다는 뜻이지만 사랑스럽다lovely는 뜻으로도 씁니다. 순수하다, 깨끗하다는 의미인데 사랑하는 사람이나 자녀들에게 씁니다."

'수두'에 대한 갈망은 여러 모습으로 표출됐다. 타밀 사람도 마찬가지였다. 타밀 결혼잔치에서 하객들과 이야기하던 도중 어떤 소년이 다가오자 옆 사람이 "얘는 아주 검다"고 말했다. 아무 이유가 없었다. 의아해서 "피부색을 말하는 겁니까?" 하고 묻자 그는 "그렇지 않습니까?" 하고 되물었다. 다른 사람들도 거들었다. 대답 대신 웃기만 했다. 자세히 보면 조금 검은 듯도 했지만 자칫 논란에 휘말릴 수도 있는 데다가 그 색이 그 색이었기 때문

이다. 맹자는 오십보백보라고 했지만 이 경우는 '95보, 100보'쯤
돼 보였다.

밥을 먹고 나서는 차를 안 마셔요

스리랑카는 차의 나라다. 누와라엘리야를 비롯해 전국적으로 차
가 생산된다. 이들은 차를 어떻게 마실까? 직장에서 오전 10시
30분부터 30분간은 티타임이었다. 이름은 '차 시간'이지만 과자
나 빵, 케이크를 먹고 나서 마지막에 차를 마셨다. 간단한 다과
파티에서도 차는 마지막에 마셨다. 오후 3시경 또 한 차례 티타
임이 있어서 비스킷이나 아이스크림을 먹은 뒤에 차를 마셨다.
밥을 먹은 뒤에는 차를 마시는 것을 보지 못했다. 결혼식 피로연
에서조차 식사 뒤에는 차를 제공하지 않았다. 여러 사람과 이야
기했다.

"밥을 먹고 나서는 차를 안 마셔요. 전국적으로 똑같습니다."

—차는 언제 마십니까?

"빵, 와데, 비스킷 같은 것을 먹은 뒤에 마십니다. 아침도 빵
을 먹으면 차를 마십니다. 코코넛우유를 섞어 만든 밥인 키리밧
을 먹은 뒤에도 차를 마시지만 밥을 먹고 나서는 절대 안 마십니
다."

─그래서 결혼식 파티에도 차가 없군요. 식사 전에도 차를 마시지 않지요?

 "빈속에는 마시지 않습니다. 감파하 지역의 어떤 동네에서는 아침에 밀크티를 한 잔 마시고 그 후에는 마시지 않습니다. 하루 한 잔입니다. 동네마다 풍습이 조금씩 다릅니다."

 ─티백을 좋아하지 않는 것 같습니다.

 "함께 우려서 나눠 먹는 것을 좋아합니다. 티백은 별로 안 좋아합니다."

 ─일반인이 좋아하는 차와 백화점에서 파는 비싼 차는 다른 것 같습니다.

 "인공향이 첨가되면 좋아하지 않습니다. 그냥 차를 좋아합니다. 사실 비싼 거나 싼 거나 차 자체의 맛은 그게 그거고 포장만 다른 것 아닙니까?"

 ─맛 차이가 있지 않습니까? 비싼 것이 아무래도 은은한 맛이 좀 남아 있고……．

 "첨가향 때문일 겁니다. 어두운 밤에 상표를 떼고 차를 우리면 맛이 같다고 생각할 겁니다. 외국인에게 선물을 할 경우에는 포장과 이미지가 중요하니까 좀 다르겠지요."

 ─저는 차를 하루에도 아주 여러 잔 마십니다.

 "여기서도 하루에 5잔 이상 마시는 노인을 본 적이 있습니다. 보통 사람은 아침 10시 30분에 한 번, 오후 3시경에 한 번 정도 마십니다."

-밀크티도 많이 마시지 않습니까?

"우유가 비싸니까 덜 마십니다. 차에 생강을 넣어서 많이 마십니다."

-생강을 넣습니까? '설탕 차'일 정도로 설탕을 많이 넣던데요?

"차 반, 설탕 반 정도입니다. 생강을 많이 넣으면 생강 맛이 강해집니다. 우리가 마시는 것은 색깔은 차지만 맛은 설탕 아니면 생강입니다."

-차 재배 전에 커피를 많이 재배했다는데……?

"국민의 5퍼센트 정도가 차 대신 커피를 마실 겁니다. 부자들은 저녁을 먹은 뒤 자기 전에 커피를 마시는 문화가 있습니다."

-부자들이 커피를 마십니까?

"문화입니다. 좀 비싸기도 하고……. 특히 배가 아프면 커피를 진하게 타서 마십니다. 복통을 없애는 약처럼 생각합니다."

하루는 책처럼 디자인한 상자에 든 차를 우렸더니 현지인 R씨는 "인공향이 들어 있는 것 같다"면서 "스리랑카 사람들은 좋아하지 않을 것 같다"고 했다. 이 차에는 부드러운 어린잎도 들어 있고 끓인 물에 찻잎을 넣으면 하얀 꽃가루 같은 게 조금씩 떴다. 첨가향인 듯했다. 맛도 달랐다. 값도 비싸고 입안에 향이 감도는 느낌을 주었다. R씨는 "우리가 마시는 차와는 완전히 다른 맛인데 포장 때문에 비쌀 것"이라면서 차를 조금 가져갔다. 그는 나중에 "아내가 이 차를 마셔본 뒤 좋다, 나쁘다고 말하지 않고 맛과 향이 다르다고만 하더라"고 전해주었다. 그러면서 "우리는 그냥 블랙티를 좋아한다"고 했다. 싸고 진한 차를 의미했다.

저는 영어를 잘합니다

80대인 W씨는 과거 캔디의 차밭 지배인이었다고 했다. 항상 영어로 말을 걸어왔지만 막상 영어로 대답하면 잘 통하지 않는 경우도 많았다.

　－차밭을 소유했습니까?

　"아니요. 주인은 영국 사람이었고 제가 전체를 관리했죠."

　－영어를 썼습니까?

　"예, 영어로만 대화했습니다. 일꾼은 전부 타밀 사람들이라 타밀어를 썼고 농장주는 영국 사람이니까 공통언어를 쓸 수밖에 없었습니다."

　다른 현지인은 만나면 항상 "굿모닝" 하고 인사했다. 오후에도 굿모닝이었다.

　－오후니까 '굿애프터눈'입니다. 하하.

　"저는 그냥 굿모닝 하나면 됩니다."

　그 후에도 그는 언제나 굿모닝이었다. 저녁 파티에서 맥주를 마시면서 현지인들과 싱할라어로 대화할 때였다. 한 사람이 아무런 이유 없이 옆 사람을 가리키면서 말했다.

"콜롬보 호텔에서 일해서 영어를 잘합니다. 선생님과 영어로 대화할 수 있습니다."

–저는 영어가 서툽니다. 영어를 잘하십니까?

"예. 저는 영어를 잘합니다."

–저는 미국 대학에서 1년 동안 연수까지 했는데도 영어는 여전히 어렵습니다.

"저는 싱가포르에 1년 동안 있었습니다. 콜롬보 호텔에서도 일해서 영어를 잘합니다."

막상 이야기해보니 문법과 발음, 특히 악센트 때문에 그의 말을 알아듣기 어려웠다. 자꾸 되묻게 됐다. 그가 말했다.

"나는 영국식 영어를 하고 당신은 미국식 영어를 하니까 말이 통하지 않습니다."

–영국식과 미국식의 차이 때문만은 아닌 것 같습니다.

일부 스리랑카인은 영어 실력을 과시하려는 경향을 보였다. 난데없이 불쑥 "영어를 할 수 있습니까?" 하고 물어오는 경우가 많았다. 대부분 잘하지 못한다고 대답했지만, 어떤 경우에는 조금 한다고 대답하기도 했다. 막상 영어로 이야기하면 알아들을 수 없는 경우가 많았다. 이때 이들의 90퍼센트가량은 '영국식과 미국식 영어의 차이 때문'이라고 주장(?)했다. 사람들은 일반적으로 영어뿐만 아니라 일상생활에서도 자기 잘못이나 실수를 절대 인정하지 않는 태도를 보였다. 위제 선생은 영어와 관련해 이렇게 말했다.

"인도의 마하트마 간디는 영국에 맞서 독립운동을 했지만 영어만은 꼭 배워야 한다고 강조했습니다. 인도 사람들은 계속 영어를 사용했고 공용어가 됐습니다. 덕분에 인도인들은 영어를 잘합니다. 간디는 그런 점에서 훌륭합니다."

－스리랑카도 영국 식민지였잖습니까?

"스리랑카는 독립하면서 영어를 못 쓰게 하고 싱할어와 타밀어만 쓰게 했습니다. 제가 학교에 다닐 때 한동안 아예 영어 과목이 없었어요. 그 후에 배우긴 했지만 이미 늦었습니다. 그래서 영어를 못합니다."

－사실 저도 영어를 잘 못합니다. 50년 넘게 배우고 있고 미국 대학에서 공부까지 했는데……. 나이가 든 싱할라 사람들은 영어 발음이 좋지 않은 편인데, 젊은이들은 좋아지고 있습니까?

"거의 같습니다. 다만 콜롬보를 비롯한 대도시에는 최근 영어 말하기 학원 같은 것들이 생겨서 젊은이들의 발음이 좀 좋아졌습니다."

다른 지인과도 영어에 대해 이야기했다.

－영어 학원에도 많이 갑니까?

"아주 성행합니다. 어린 학생들도 방과 후 영어 학원으로 내몰립니다. 아이가 영어 기숙학원에서 3개월간 먹고 자면서 영어 공부를 했지만 별로 실력이 좋아진 것 같지 않았습니다. 곳곳에 보습학원이 있고 인근 닛탐부와만 해도 학원이 많습니다."

−외국에 단기 어학연수를 가도 효과가 없기는 마찬가지 아닐까요?

"그렇습니까?"

해외 어학연수를 생각하기 어려운 이곳 사람들은 숨은 뜻을 이해하지 못했다. 한국 사람들도 미국에 살면 모두 영어를 할 줄 아는 것으로 착각했던 시절이 있었다. 기능대학 한국어과에 영어를 '문장'으로 말할 수 있는 학생이 한 명 있었다. 캔디의 명문 킹스우드 고교 출신인 그는 "모든 과목을 영어로 배웠다"고 말했다. 스리랑카는 영국에서 독립하면서 영어 말살정책을 썼지만 지금은 정규 대학에서 거의 모든 과목을 영어로 강의한다고 했다.

배우자가 아닌 이성이 옆에 앉으면 안 돼요

차마리 싱할라어 선생에게 싱할라어 '있다'와 과거형인 '있었다'를 배울 때였다. 싱할라어로 문법 연습 삼아 농담으로 물었다.

−남자친구가 있었습니까?

"아, 스리랑카에서는 그렇게 물으면 곤란해요. 과거에 남자친구가 '있었다'는 사실이 알려지면 그 여성은 결혼하기 힘들어요. 물론 요즘은 대도시를 중심으로 조금씩 바뀌고 있기는 하지만……."

일행은 웃었지만 사실 웃을 일이 아니었다. 여성은 대부분 상냥하고 낯선 사람에게도 웃음을 지었다. 그래서 남녀 교제도 비교적 자유로울 거라고 생각하기 쉽다. 하지만 그렇지 않다는 점을 여러 경우를 통해서 확인했다. 적어도 1970년대까지의 한국과 닮았다. 여성의 '과거'는 결혼에 장애가 됐었다.

학교에서도 이 점은 확연히 드러났다. 학생들끼리는 비교적 자유롭게 어울렸지만 조금 나이가 있는 미혼 여성들은 남자와 구내식당에 가는 것도 꺼렸다. 사무실이나 운동장처럼 공개된 곳이 아니면 남자와 둘이서는 이야기도 잘 하지 않았다. 한 미혼 여성에게 물었다.

－왜 함께 식당에 가지 않습니까?

"가십이 생깁니다. 사람들은 남의 이야기를 하려고 잔뜩 벼르고 있습니다. 그래서 안 갑니다."

옆 교실에서 일하고 있던 여직원 두 명이 쉬는 시간에 찾아왔다. 교실로 들어오라고 했지만 계속 문밖에 서서 이야기했다.

－들어오세요. 수업 시작하려면 아직 한참 남았습니다.

"아니에요. 남자와 함께 교실이나 방에 있으면 문제가 생길 수 있어요."

－아니, 남녀가 한 사람씩도 아니고 여자가 두 명인데 무슨 문제입니까? 더욱이 바로 옆 교실에서 수업 중인데…….

"그렇지 않아요. 같이 있다는 사실 자체로도 사람들 입에 오르내립니다."

한 교사가 귀갓길에 같은 방향으로 가는 여직원을 자동차 뒷자리에 태웠다. 옆자리는 비워둔 채. 그래서 '참견'했다.

-레이디가 앞에 앉으시지요.

"가십이 나오고 이상한 소문이 나돌게 됩니다."

-자가용 앞자리를 비워둔 채 손님이 뒤에 앉으면 운전사와 주인의 관계가 됩니다.

"스리랑카에서는 배우자가 아닌 이성이 옆에 앉으면 안 돼요."

분명히 약속했는데

여행을 많이 다닐 때였다. 친한 D씨가 "아누라다푸라에 같이 가자"고 제안했다. 그런데 약속한 날짜가 다가와도 연락이 없었다. 메시지를 여러 번 보냈지만 반응이 없어서 혼자 다녀왔다.

얼마 뒤 남부 갈레에 같이 가자고 또 제안해왔다. 그러자고 했다. 역시 연락이 없었다. 미리 스케줄을 확정해야 다른 일정을 잡고 학교 일을 처리할 수 있었다. 메신저를 여러 차례 보냈지만 반응이 없었다. 다른 일에는 열심히 반응하고 연락하던 사람이었다. 그 후에도 어디어디에 함께 가자고 몇 차례 제안해왔기에 "약속이 있다"는 식으로 피해버렸다.

T씨의 경우도 비슷했다. T씨는 남부의 고향집에 놀러 오라고

여러 번 말했다. 그때마다 가겠다는 의사를 밝혔지만 날짜를 정해주지 않았다. 방학 주말에 갈 테니 편한 날짜를 알려달라고 했다. 또 약속했지만 한 달이 지나도록 매일 봐도 일언반구가 없었다. 결국 다른 사람에게 연락해 남부를 여행했다.

언젠가 한번은 시내 광장에서 철야 콘서트가 열렸다. 같이 가기로 한 B씨를 만나러 10분 일찍 약속 장소에 갔다. 그는 없었다. 지인에게 물었다.

-오후 7시 40분에 만나기로 했습니다.

"조금 전에 이미 왔다가 갔습니다."

-그럴 리가요. 분명히 약속했는데.

"왔다가 갔습니다."

결국 혼자 가서 콘서트를 보았다. 며칠 뒤에 만난 B씨는 "친구가 다쳐서 병원에 갔다 왔다"고 주장했다.

1000개 말아주면 60루피 받아요

담뱃값이 비쌌다. 세금 때문이었다. 2017년 기준으로 한 갑에 800~1000루피(7000원 안팎)였으니까 소득수준을 고려하면 아주 비쌌다. 그래서 대용품이 두 종류 있었다. 피우는 '비디'와 씹는 '불랏'이었다.

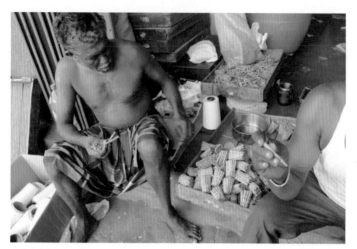

시내 가게에서 담배 대신 말아서 피우거나 씹는 '비디'를 만들고 있다. 세금 때문에 담뱃값이 비싸니까
인도에서 들어온 풀이 대용품으로 인기였다.

시내 가게에서는 작은 시가 같은 비디를 말아서 팔았다. 상인
은 "담뱃잎 비슷한 풀을 인도에서 들여와 말고 있다"면서 "피우
거나 씹을 수 있다"고 했다.

담배와 비디는 물론 불랏위타도 학생들에게 금지돼 있었다.
학생들의 음주와 흡연 단속을 맡고 있는 담당 교사가 말했다.

"학교에서는 불랏도 금지돼 있어요. 불랏위타는 가난한 사람들
이 불랏 잎에 부악, 잎담배, 라임을 넣고 말아서 씹는 것입니다."

—불랏은 스님이 행사에 올 때에 드리고, 결혼식에서 손님 수
만큼 들고 나와서 인사하는 좋은 식물이 아닙니까?

"그렇지만 취하게 하는 물질이 들어 있습니다. 더 큰 문제는

불랏에 다른 것을 넣어서 씹는다는 점입니다."

−다른 것이라면?

"마리화나나 다른 마약 성분을 섞는다고 판단하고 있습니다. 불랏을 씹고 나서 멍하니 있거나 늘어지거나 엎드려 있는 경우가 있습니다. 불랏만 씹어서는 그렇게 되지 않습니다."

−길거리에서 인도산 대용 담배인 비디를 말아서 팔던데……?

"비디는 불랏과 비슷한 겁니다."

한 젊은이는 "불랏 재료인 부악에 마약 성분 같은 것이 들어 있어서 피우거나 먹지 않고 씹기만 해도 몸에 성분이 들어간다"고 말했다.

마을 뒷산에 올라갔다 오는 길에 폭우를 피해 어떤 집에 들어갔을 때 주부가 부업으로 비디를 말고 있었다.

−이 일로 돈을 많이 법니까?

"1000개 말아주면 60루피(450원 정도) 받아요."

−비디 잎은 상인들이 갖다줍니까?

"예, 우리는 말기만 해요."

−1000개 마는 데 얼마나 걸립니까?

"세 시간 걸려요."

−아주 빨리 마네요. 그런데 60루피면 적은 돈이 아닙니까?

"요즘 보통 쌀 1킬로그램에 100루피 정도 하니까 500∼600그램 살 수 있죠."

종일 2000개 정도 만다고 가정했을 때 쌀 1킬로그램을 살 수 있다는 계산이 나왔다.

불랏위타와 비슷하지만 고급형인 사라위타가 있다. 사라위타는 수키리, 수두루, 에나살, 와사와시, 사딕카, 잉그루피알레 등을 빻아서 코코넛 가루와 섞어 불랏 잎에 싸서 씹는 거라고 했다. 먹지는 않았다. 원산지는 인도인데 인도, 파키스탄, 스리랑카 사람들의 기호품이었다. 비디가 한 개에 10루피고 불랏위타도 싼데 비해 사라위타는 50루피 정도로 비쌌다. 담뱃값과 비슷해 서민은 사라위타를 즐기기 어려웠다. 불랏과 비디의 사례는 높은 세금에 대해 대용품의 다양화와 서열화로 대응하는 시장의 모습을 보여주었다.

* 루피의 원화 계산은 2017년 1달러에 약 150루피 하던 시절을 기준으로 100루피를 약 750원으로 계산했다. 그 후 루피 가치는 1달러에 180루피까지 떨어졌다.

생선만 흔해서 그래요

동해안 트링코말리는 해안도시라 생선이 풍부했다. 중부 내륙에서는 작은 생선을 말려 반찬으로 만들거나 튀김으로 내놓았는데 짜고 맛이 별로였다. 트링코말리 식당에서는 작은 고등어나 조기만 한 생선이 나왔고 신선해서 맛이 좋았다. 구운 생선이나 반찬(호디)이나 모두 컸다.

당연히 어업 종사자가 많았다. 일행의 친구로 안내를 맡았던

가난하지만 행복해 보이는 트링코말리의 어부(뒷줄 오른쪽)와 가족.
뒷줄 왼쪽은 안주인, 앞줄 오른쪽은 오빠 우팔리 씨.

현지인 우팔리 씨의 여동생 가정을 방문했는데 남편이 어부였다.
가족은 바닷가 집에 살다가 2004년 해일 피해를 입어 뭍 쪽으로
옮겨 와 집을 확장하는 중이었다. 부부와 딸 셋이 있었다.

"저희는 중부 알라우와 출신인데 20년 전에 와서 어업을 하고
있습니다."

−물고기를 잡으면 수입이 좋습니까?

"중부 고원지대에서는 생선이 비싸지만 이곳은 싸니까…….
다른 먹을거리는 별로 없고 생선만 흔해서 그래요. 다음에 우리
배를 타고 고기 잡는 체험을 하시지요. 초대하는 거니까 꼭 오십
시오."

트링코말리는 위도상으로는 중부보다 조금 높은 정도지만 기후는 판이했다. 흔하디흔한 코코넛도 나지 않았다. 망고는 중부에서는 4~5월이 시즌이지만 여기서는 사철과일이라고 했다.

－작은 나라에 기후가 정말 다양합니다.

"이곳은 요즘(11월) 비가 내려 대지가 초록색이지만 나머지 시즌에는 비가 오지 않아서 온통 누런색입니다."

부인의 오빠인 우팔리 씨가 말했다.

"저도 집이 해변인데 해일 때문에 살 수 없어서 정부 땅을 무상으로 빌려 집을 짓고 있습니다. 빌린 땅에 집은 개인이 지어서 기한 없이 살 수 있습니다."

부근에서 비슷한 규모의 집 여러 채를 건축 중이었다. 현지인은 "이곳 어부들은 가난한 편"이라면서 "주로 타밀 사람과 무슬림이 살고 있어 싱할라어가 안 통한다"고 했다.

살기는 좋지만 정글이라 싸요

땅값이 궁금했다. 수도권 격인 감파하 지역의 농촌에 사는 위제 선생이 말했다.

"우리 동네는 1퍼처스에 5만 루피 정도합니다. 100미터×100미터(1만㎡)가 160퍼처스입니다. 큰길 쪽으로 갈수록 비싸지고

길가는 1퍼처스에 20만 루피쯤 합니다. 간선도로인 캔디로드로 나가면 더 비쌉니다."

계산해보니 1퍼처스는 약 1.9평이었다. 시골 땅은 평당 20만 원 정도인 셈이었다.

-생각보다 비싸네요.

"사려는 사람은 있지만 팔려는 사람이 없으니까요. 제가 어린 시절에는 1만 제곱미터에 5000루피(3만 7500원) 정도였습니다."

40~50년 전에는 평당 120원 정도였다는 이야기였다. 땅값이 약 1500배가 된 셈이었다. 와라카폴라는 시골이지만 콜롬보-캔디로드를 끼고 있다. 또 쿠루네갈라와 라뜨라푸라, 미리가마로도 연결되는 교통 요충지였다. 기능대학은 캔디로드에서 800미터 정도 떨어진 언덕에 있다. 뒤에는 산이 있고 앞에는 작은 개울이 흐르는 주택가다. 학교 근처 땅값을 주민에게 물었다.

"1퍼처스에 10만 루피쯤(약 75만 원) 합니다. 시내 쪽으로 가면 훨씬 비싸고 산 쪽은 1퍼처스에 5만 루피(37만 5000원) 정도입니다."

학교 근처 주택가는 평당 40만 원에 가까웠다. 산 중턱 동네는 중심가에서 1킬로미터 남짓 떨어져 있다.

-산 너머 동네는 어떻습니까?

"거기도 와라카폴라인데 5만 루피쯤 합니다."

-그 동네는 왜 쌉니까?

"살기는 좋지만 정글이라 싸요. 시내에 걸어 다닐 수는 있지만 산을 넘어야 합니다."

쿠루네갈라 지역 알라우와 시골 땅은 1퍼처스에 4만 5000루피라고 했다. 버스가 다니는 시골길에서 1킬로미터 정도 떨어진 곳이었다.

원래 스리랑카는 토지 사유제의 역사가 일천하다고 했다. 과거에는 모든 땅이 왕의 소유였고 지금도 많은 땅이 국유지라고 했다. 지인들이 말했다.

"캔디 왕조에서는 전국의 모든 땅은 왕의 것이었습니다. 왕은 주고 싶은 사람에게 땅을 나눠 주고 쌀 등 생산물을 받았습니다."

－왕의 땅을 임대하는 것인데 농부계급인 고비가마에게 준 것입니까?

"그건 꼭 그렇지 않습니다. 카스트에 관계없이 나눠 주었습니다. 왕이 마음에 들면 무용수에게도 땅을 주었습니다. 가령 관리나 농부가 땅을 받았으면 고비가마 농부에게 그 땅을 다시 빌려 주고 세를 받아 일부를 왕에게 바치는 식이었습니다. 코코넛 밭이면 그 카스트가 받아서 같은 카스트가 와서 모여 살면서 코코넛을 재배하는 식이었습니다."

－왕이 소유권을 가지고 임대하는 방식이었군요. 그 땅을 대물림할 수 있었습니까?

"할 수 있었습니다. 왕의 소유니까 경작권만 물려줄 수 있었습니다. 와라카폴라에도 옛날에 캔디 불치사가 왕에게 받아 소유하고 있는 땅이 아직 있습니다. 그런데 땅을 다시 조금씩 빌려서 경작해야 하는 사람들은 중간 주인에게 잘 보여야 하니까 각종 형태의 '뇌물'이 성행했습니다."

미래를 알 수 없기 때문이죠

공무원 지인이 퇴직금에 대해 말했다.

"은퇴할 때 24개월 치 월급을 목돈으로 받을 수 있습니다. 아이 한 명을 결혼시킬 수 있는 돈입니다."

－연금이 통상 월급의 70퍼센트인데 24개월 치를 별도로 받습니까?

"정년퇴직 때 일시불로 받습니다. 연금(펜션)은 별도입니다."

－일시불로 안 받으면?

"그러면 바로 연금에 매월 10퍼센트 정도씩 가산해서 줍니다."

－일시불로 받으면?

"목돈으로 받으면 10년 후부터 연금에 매월 10퍼센트 정도 가산해줍니다."

－어느 쪽이 유리합니까?

"주변 사람들은 모두 목돈으로 받습니다. 미래를 알 수 없기 때문이죠. 몇 살까지 살지……."

수많은 인재가 이 나라를 떠났어요

호주에 이민 가 산다는 싱할라인과 이야기했다. 그는 TV 뉴스를 보고 있었다.

"설탕 가격이 너무 많이 올랐어요. 걱정입니다."

—왜 많이 올랐습니까?

"세금을 너무 올려서 그런 겁니다. 왜 세금을 그렇게 많이 걷는지…… 똑똑한 사람들이 없어서 그런 겁니다."

—무슨 뜻입니까?

"수많은 인재가 이 나라를 떠났어요. 호주, 영국, 미국에 수십만 명씩 이민 가 있습니다. 한국에도 스리랑카 사람들이 많지요?"

—네, 한 3만 명쯤 일하고 있다고 들었습니다. 이민은 흔한 일이 아닙니까?

"문제는 우수한 인재들, 박사들이 모두 가버리고 없다는 겁니다."

시장경제를 잘 아는 사람이 적어서 문제라는 의미로 이해했다. 그는 "농학박사로 과거 페라데니야대학에서 가르쳤으며 국제식량농업기구FAO 방콕사무소에서 일한 적이 있다"고 했다. 그도 박사 이민자인 셈이었다. 예나 지금이나, 한국이나 스리랑카나, 세금이 싸고 삶의 질이 좋은 곳으로 두뇌와 자본이 옮겨 가는 게 진리인가 보다.

손으로 먹고, 소를 지키네요

콜롬보 근처 먼 상가에 다녀올 때였다. 밴을 대절해 갔는데 일행 중 한 사람이 분담키로 한 차비가 없다면서 바로 앞 은행에 다녀 오겠다고 했다. 50분 뒤에야 나타났다. 앞 은행의 ATM이 고장 나서 다른 곳에 가서 돈을 찾아오느라 늦었다고 했다. 황당한 경우였다. 그 사람은 상가에 갈 때 출발 한 시간 반 뒤에야 중간에 서 탔으므로 돈을 찾을 시간이 충분했다. 그렇지만 찾지 않았다. 또 ATM이 고장 났으면 바로 옆에 있는 은행에서 찾으면 됐다. 그렇지만 그는 어디론가 가서 거의 한 시간 뒤에야 나타났다. 왜 그랬을까? 사람들이 거의 다 내렸을 때 한 지인이 싱할라어로 말했다. 직역하면 이렇다.

"손으로 먹고, 소를 지키네요."

-무슨 뜻입니까?

"내 돈 내고 밥을 먹고, 남의 소나 봐주고 있다는 뜻입니다. 스리랑카 속담입니다. 내 돈 쓰고 남 좋은 일만 시켜준다는 얘기지요."

달걀 값이 너무 올라버려서 사다 팔 수 없어요

매주 수요일과 토요일에 공설 장터에서 한국의 오일장과 같은 장이 섰다. 시장이 문을 연 이후 한동안 달걀은 8개에 100루피(개당 12.5루피)였는데 어느 날 7개에 100루피로 올랐다. 개당 14.3루피였다. "왜 올랐느냐?"고 물었더니 옆의 장사꾼이 "세금 때문"이라고 농담처럼 대답했다. 얼마 뒤에는 6개에 100루피(개당 16.7루피)였다. 크지도 않았다. 얼마 전까지 8개에 100루피 하던 것이었다. 상인은 "요즘 달걀이 좀 귀하다"고 했다.

2017년 개장한 와라카폴라 신 시장. 이 지역 농산물만 팔 수 있다.
일부 상인은 재래식 저울에 무게를 달아서 킬로그램 단위로 판매했다.

이어 10개에 175루피(개당 17.5루피)로 석 달 전에 비해 40퍼센트나 치솟았다. 단골 아주머니의 좌전에서 달걀이 사라졌다. 아주머니는 "달걀 값이 너무 올라버려서 사다 팔 수 없어요"라고 했다. 단골이 바뀌었다. 몇 주 뒤부터 내리기 시작하더니 10개에 145루피 안팎으로 석 달 전과 비슷해졌다.

2018년 10월 말에는 흰 달걀 10개에 120루피(갈색은 130루피)로까지 내렸다. 9개월 전보다 오히려 싸졌다. 11월 말에는 다시 170루피로 오르더니 12월 중순에는 190루피로 최고가를 경신했다. 두 달 정도 190루피로 보합세를 보이더니 이듬해 2월 말에는 170루피로 내렸다.

1년 동안 관찰한 결과 달걀 값은 수요와 공급에 따라 정확하게 오르내렸다. 비싼 달걀이 좌판에서 퇴출되기도 했다. 민주사회주의 체제에서도 시장은 어김없이 작동하고 있었다.

믿고 그냥 빌려준 거라서

D씨 집은 비교적 부유한데 툭툭만 있고 승용차가 없었다.

－왜 차를 사지 않습니까?

"아들이 공부를 마칠 때까지 안 살 겁니다. 26살 아들이 대학을 졸업하고 유학을 가면 돈이 많이 들 거예요."

-집안이 부자 아닙니까?

"전에 부자였지요. 사기를 당해 2000만 루피(약 1억 5000만 원)를 날렸습니다."

스리랑카에서 1억 5000만 원이면 한국에서 5억 원 이상, 시골이니까 어쩌면 10억 원쯤 될 것도 같다.

-주식 같은 거 했습니까?

"……."

주식이란 영어 단어를 모르기에 회사에 투자했느냐고 돌려서 물었다.

"아니요. 세 사람에게 빌려줬다가 못 받았습니다."

-왜요?

"증거가 없어요. 믿고 그냥 빌려준 거라서 (차용증 같은) 서류가 없어요. 증거가 없습니다."

신용의 문제는 곳곳에 도사리고 있었다. 단, 그의 말이 사실이라는 전제 아래. 박사과정에 다닐 때 성균관대 전헌 교수가 말한 내용이 떠올랐다.

"신용카드란 뭡니까? 신용이 없음을 반증하는 것 아닙니까? '내'가 여기 있는데도 '나'를 믿지 못하니까 별도의 신용카드가 필요한 거지요. 결국 신용카드는 신용이 없다는 의미가 아닙니까."

여기는 아직 '신용사회'로구나! 과거 한국이 그랬듯이.

제 나이면 아주 노처녀예요

여성 D씨에게서 흥미로운 이야기를 들었다.

"타밀 사람들은 결혼을 아주 일찍 해요. 16, 17세만 돼도 결혼을 많이 해요. 무슬림도 똑같습니다."

16, 17세면 한국 나이로 17~19세에 해당한다. 과연 결혼하기에 '아주 이른' 나이인지는 개인 판단에 따라 다를 수 있다.

-그럼 고등학교는 어떻게 되나요?

"안 가는 사람이 많습니다. 요즘 조금씩 바뀌고 있긴 하지만……. 싱할라 사람인 저는 열아홉에 결혼했는데, 친정아버지는 결혼 후 시댁에서 저를 대학에 보내준다는 조건으로 결혼을 허락하셨어요."

-40년 전 당시로서는 획기적인 일이었겠군요.

"그렇지요."

-결혼 때문에 빚어지는 문제도 있지 않겠습니까?

"16년쯤 전에 무슬림 신부를 만난 일이 있어요. 아버지가 금은방을 하는 큰 부자였는데도 딸이 너무 말라서 인기가 없었어요. 마침 캔디에 사는 중매인의 소개로 결혼이 성사됐죠."

-신부가 마르면 인기가 없습니까?

"그럼요. 말라도 너무 말랐어요. 우리 어머니가 옷 안에 천을 잔뜩 넣어서 두껍게 만든 뒤 신부에게 입혀서 결혼식을 할 정도였어요."

—어떻게 됐습니까?

"신랑이 이것저것 요구해서 신부 아버지가 집과 차를 사주고 별의별 것을 다 해주었죠. 풍습에 따라 일주일간 신부 집에 머물다가 신랑 집으로 갔는데 며칠 뒤 신랑이 모든 걸 챙기고는 사라져버렸어요. 돈만 노렸던 거죠."

—중매쟁이는 양쪽을 다 알았으니까 중매했을 것 아닙니까?

"그랬겠지요. 그렇지만 도망가고 없는 걸 어떻게 합니까. 아무튼 신부는 그 일주일의 신혼생활로 임신했고 지금도 홀로 살고 있어요. 아이가 지금 열다섯 살쯤 됐어요."

젊은이들에게 결혼은 큰 관심사이자 고민거리기도 했다. 20세가 넘으면 결혼에 대해 생각하고 많은 여성은 가급적 25세 전에 결혼했다. 20대 후반이면 늦었다고 생각했다. 콜롬보에서 일하는 한 남성은 30세 미혼이었는데 "경제사정 때문"이라고 말했다. 콜롬보대학 출신인 30대 중반 싱할라 여성은 "한국 남자나 호주 남성과 결혼해서 외국에 나가서 살고 싶다"고 말했다. 다른 30대 초반의 싱할라 여성 S씨는 이렇게 말했다.

"남자친구가 있지만 아직 결혼하자는 말을 안 하네요. 여러 가지로 형편이 어려운 듯해요. 제 나이면 아주 노처녀예요."

그는 결혼도 여의치 않고 해서 늘 외국에 나갈 궁리를 했다. 집안 형편과 직장 휴직 등이 모두 쉽지 않다며 고민 중이었다. 30대 중후반이나 40대 초반 미혼 여성도 가끔씩 눈에 띄었다.

'미혼 할머니'를 두 명 만났다. 한 사람은 70세가 넘은 R씨였다. 배운 사람이었고 영어도 하는 점잖은 여성이었다.

－왜 결혼하지 않았습니까?

"일하느라고 바빠서 하지 못했습니다."

R씨는 말하면서 웃었다. 그는 과거 캔디 쪽에서 사회복지사로 일했다.

다른 여성은 60세가 갓 넘은 K씨였다. 정년퇴직 전 어느 날, 같이 사는 언니가 아파서 일찍 집에 간다고 했다.

－언니와 함께 삽니까?

"예. 세 자매가 남동생과 함께 삽니다. 그중 한 사람만 결혼해서 아들 두 명이 있습니다."

－왜 결혼하지 않았습니까?

"편하지 않습니까? 혼자 살면 머리가 아플 일이 적잖아요."

－아, 네. 그럴 수 있겠네요.

뇌물이 없어야 경제가 발전하는데

한국어 말하기 대회를 앞두고 학생들에게 '아름다운 우리나라 스리랑카'를 주제로 글을 써오게 했다. 스리랑카의 자연과 사람들에 대해 자랑하는 내용이었는데 한 학생의 글에 이런 대목이 있었다.

"스리랑카는 개발도상국입니다. 스리랑카는 20년 전에도 개발도상국이었습니다."

현지인들과 각국의 월급과 연금제도에 관해 이야기를 나눈 기억이 떠올랐다. 당시 A씨가 말했다.

"30년 전에는 장관이 무급 봉사직이었습니다."

-당시 장관은 권한이 없는 명예직이었습니까?

"아닙니다. 권력은 막강했습니다."

-수입이 있었습니까?

"허허, 음성적인 수입이 많았습니다."

-순수 봉사는 아니었네요.

"뇌물이 상당한 규모라고 알려져 있습니다. 사업을 인허가해주고 수익의 50퍼센트를 커미션으로 챙기는 경우까지 있었다고 합니다."

-15퍼센트요?

"15퍼센트라니요! 50퍼센트입니다. 50 대 50으로 수익을 나누었다는 겁니다."

싱할라어 숫자 15와 50의 발음이 헷갈려서 빚어진 오해였다.

-50퍼센트라……. 사실이라면 공직이 비즈니스 자리 같습니다.

"그럴 수도 있습니다."

-부자가 되었겠습니다.

"그 돈을 외국 은행, 특히 스위스 은행에 넣어뒀다고 합니다. 뇌물이 없어야 경제가 발전하는데……."

한편 스리랑카는 외채를 갚지 못해 남부의 항구 함반토다가 사실상 중국에 넘어가는 일을 겪었다. H씨가 싱가포르 리콴유 전 총리의 말을 들려주었다.

"수십 년 전 스리랑카는 아시아에서 잘 사는 나라로 손가락에 꼽혔습니다. 당시 리콴유 총리가 '싱가포르를 스리랑카 같은 나라로 만들어야 한다'고 했습니다. 그런데 지금은……."

형편이 어려우니까 자살률이 높은 것 같아요

세계보건기구WHO 통계에서 스리랑카가 자살률 세계 1위라는 사실이 의아했다. D씨 등 싱할라 남녀 지인 네 사람과 이에 관해 의견을 나눴다.

−자살률이 높은 게 사실입니까?

"맞습니다. 요즘은 좀 줄어들었다고 합니다."

−주요 이유는 무엇입니까?

"이유가 잘 파악되지는 않습니다. 스리랑카에서는 전통적으로 연애 문제와 관련한 여성의 자살이 많았습니다. 남자를 사귀다가 임신했는데 남자가 도망가버리면 여성이 스스로 목숨을 끊는 경우가 심심찮게 있습니다. 스리랑카는 미혼모가 혼자 살아갈 수 없는 풍토입니다. 또 하나는 남녀가 사귀다가 카스트 차이 등으로 결혼하지 못하게 되는 경우입니다."

－한국에도 과거에 그런 경우가 있었습니다. 스리랑카는 5계와 8계를 암송하는 불교도가 다수이고 대가족제도 등으로 가족관계도 비교적 원만한 것 같은데 자살률이 높다는 게 잘 이해가 안 갑니다.

"저희도 잘 이해가 안 갑니다. 다만, 중북부와 중동부 쪽, 즉 아누라다푸라와 폴론나루와 일대의 자살률이 아주 높다는 점이 특징입니다. 서부 지역은 자살률이 낮습니다. 와라카폴라 일대에도 자살하는 사람은 많지 않습니다."

－아누라다푸라와 폴론나루와라고 하면 옛날 수도였던 곳이 아닙니까?

"그건 옛날 얘기고 지금은 가난하고 상대적으로 저학력계층이 많이 살기 때문에 분위기가 상당히 다릅니다. 또 하나 자살률이 높은 지역이 누와라엘리야 일대인데 인도에서 온 타밀 사람들이 많이 사는 곳입니다."

－누와라엘리야 일대 타밀 사람은 다릅니까?

"다릅니다. 차 재배를 위해서 인도에서 건너온 타밀 사람들입니다. 비교적 저학력이 많고 가난하게 삽니다. 반면에 최북단 자프나에 사는 타밀은 스리랑카에 오랫동안 살아온 '반 토종' 타밀 사람들입니다."

―인도에서 나중에 건너온 타밀 사람들이 더 어렵게 산다는 뜻입니까?

　"그렇습니다. 양쪽의 사이도 좋지 않습니다. 자프나 일대에 사는 스리랑카 타밀 사람들보다 인도에서 온 타밀 사람들의 카스트가 낮은 것으로 알려져 있습니다. 카스트의 벽 때문에 정서도 다르고 서로 교류가 안 된다고 합니다. 인도에서 온 타밀 사람들은 형편이 어려우니까 자살률이 높은 것 같아요."

　―그렇다면 과거 30년 내전은 누구와 치른 것입니까?

　"정부군이 자프나를 중심으로 한 스리랑카의 반 토종 타밀 반군세력과 전쟁을 한 것입니다. 인도에서 온 타밀 사람들은 반군을 돕지 않았습니다. 물론 용병이야 일부 있었겠지만 양쪽은 기본적으로 사이가 좋지 않습니다."

　―와라카폴라 일대는 어떻습니까?

　"이곳 타밀 사람은 주로 스리랑카 타밀 사람입니다. 그런데 자살률은 일본이 아주 높지 않습니까?"

　―과거에 일본의 자살률이 아주 높았습니다. 그렇지만 지금은 한국이 경제개발협력기구OECD 국가 가운데 자살률 1위라고 합니다. 밥은 먹고살게 됐는데 스트레스를 받고 심약해진 탓도 있는 것 같습니다.

　"스리랑카도 비슷하다고 할 수 있습니다. 예를 들면 부모가 야단치면 자식이 부모에게 '복수'하는 차원에서 자살하는 경우도 꽤 있습니다. 결국 자살률이 높은 것은 일부 지역과 인종의 자살

률이 높은 것이 한 원인이고, 실연과 미혼모가 될 수 없는 풍토,
스트레스와 부모에 대한 반감 등이 작용한다고 볼 수 있습니다.
물론 말기암 환자들이 절망해서 목숨을 끊기도 합니다."

파란색은 사실상 존재하지 않아요

스리랑카 사람들은 파란색을 좋아한다. 파란색에 대한 이들의 생
각이 좀 복잡했다. 교직원들이 흰 바탕에 파란색이 들어간 티셔
츠를 새로 디자인해 유니폼처럼 입었다. 당시 감파하 기능대학에
근무하던 니할 선생 등과 이야기했다.

　-스리랑카 사람들이 파란색을 좋아한다고 들었습니다.

　"파란색은 사실상 존재하지 않아요."

　-무슨 말인지요?

　"바다는 파랗게 보이지만 막상 들여다보면 색이 없습니다. 하
늘도 똑같습니다."

　-있는 것 같지만 실제로는 없는 것이다……. 불교도다운 말
입니다. 한국 사람은 파랑이 희망의 색이라고 생각합니다.

　사실 '색즉시공 공즉시색色卽是空 空卽是色'이라고도 말하고 싶었으
나 반야심경의 구절을 싱할라어로 표현할 실력이 안 됐다. 흥미
롭게도 파란 것에 대한 이야기는 또 다른 '색'으로 이어졌다.

"우리는 포르노를 '닐 필름'(청색영화)이라고 합니다."

닐 필름은 포르노를 가리키는 속어인 블루무비와 같은 의미로 사용하는 듯했다.

－요즘 사람들은 파랑 하면 영어의 영향으로 우울을 떠올리기도 합니다. 우리는 도색영화라고 합니다. 복숭아색, 즉 분홍영화라는 뜻입니다. 성적인 것이 아닌, 일반적으로 선정적인 것을 가리킬 때는 영어 영향으로 '황색'이라고 표현합니다.

"노란색?"

－예, 정론지가 아닌, 저속하고 선정적인 기사를 싣는 신문을 황색신문이라고 부르고 그런 행태를 황색저널리즘이라고 하는 식입니다.

'청색영화'나 '분홍영화' '황색언론'이나 모두 '색'을 쓰고 있었다.

데일리뉴스 창간 100주년 특집

'중위권 소득 국가'(월드뱅크 분류)의 창간 100주년 특집은 어떨까? 스리랑카 영자신문 〈데일리뉴스Daily News〉 창간 100주년 기념호는 대략 다음과 같다.

A섹션 1면은 100주년이라고 큰 제목을 달고 대통령 등 몇 사

람의 축하 메시지를 실었다. 2, 3면부터는 거의 일반 뉴스를 다뤘다. 모두 16페이지였다. 별지로 역시 뉴스를 다루는 플러스^{Plus} 섹션도 8페이지 그대로 발행됐다. 비즈니스 섹션은 8페이지로 일반 경제뉴스를 다뤘다. 특집은 모두 96페이지였다. 신문의 100년 역사, 중요한 순간들, 회고 등 여러 섹션으로 구성됐다. 기업들의 축하 광고도 실렸다. A섹션 16페이지＋플러스 섹션 8페이지＋비즈니스 섹션 8페이지 등 정규 섹션 32페이지에 100주년 특집 96페이지 해서 모두 128페이지의 묵직한 신문이었다.

하루 뒤 신문은 거의 정상으로 돌아왔다. 1면 톱으로 전날의 창간기념식 파티 사진을 실은 정도였다. 안에도 일부 특집성이 있었지만 비중이 크지 않았다. 역시 신문은 과거를 먹고사는 게 아니라 그날그날의 뉴스가 생명이었다.

2장

컴퓨터 살 돈이 없으니까요

스리랑카 회의가 원래 그래요

기능대학 부임 초기 오전 11시에 교무회의가 열렸다. 낮 12시경 끝날 예정이었지만 오후 3시에야 끝이 났다. 일단 모임이 열리면 대체로 길게 늘어졌다. 이야기하고 또 하고……. A 선생은 '에와게머'(또한/에……, 또……)를 수십 차례 붙여가면서 45분 동안 이야기하기도 했다. 그는 불과 5분짜리 인사말에서도 이 표현을 13번이나 사용했다. 그래서 '미스터 에와게머'라고 별명을 붙여놓았다.

　-4시간씩 마라톤 회의를 하다니 중요한 일이었나 봅니다.

　"스리랑카 회의가 원래 그래요. 여러 가지 이야기를 하느라……."

　-여러 이야기 중에서 중요한 내용은요?

　"학생들 용의검사를 해서 문제가 있으면 내일부터 바로 집으로 돌려보내라는 것입니다."

─며칠 전 정부에서 조사 나왔을 때 지적한 게 있었지요?

　"예. 머리가 단정하지 못한 학생, 수염을 기른 학생, 검은색 바지 대신 청바지를 입은 학생을 바로 돌려보내라고 했습니다. 퇴교시키라는 이야기죠."

　─지난번에 지적받은 내용인가요?

　"예. 아주 일부 학생이 지적을 받았습니다."

　─한국어과 학생은 회의에 오라는 이야기가 없었습니다.

　"지적받은 학생이 없었어요. 교사들은 모두 참석했지만 학생들은 문제가 있는 일부만 불렀습니다."

　─그런 회의는 20분이면 충분할 것 같은데요?

　"아, 이야기할 아이템이 많았어요. 10개쯤 됐습니다. 워낙 문제가 많아서요. 허허."

　─다른 내용은 무엇입니까?

　"교사가 몸이 아프거나 출장을 가서 수업을 하지 못할 경우 학생들을 방치하지 말라는 거예요. 어떤 과에는 세 명의 교사와 강사가 있어 수업을 대신할 수 있지만 교사 한 명뿐일 경우 문제가 되거든요."

　─한국어과도 해당되는데요?

　"도서관이나 컴퓨터실에서 자습시키거나 모두 집에 보내면 문제가 없습니다."

　─대체 수업이 아니라……?

　"그렇습니다. 문제는 교사가 없을 경우 학생들이 교내 곳곳을 돌아다니거나 떠들어서 방해가 된다는 거죠."

8월 방학 시작 첫날 교무회의가 아침에 시작돼 오후 늦게까지 진행됐다. 학교와 학사 시스템에 관한 이야기를 했다고 들었다. 회의를 오래 하는 것 자체가 '시스템'인데 시스템에 관해 이야기했다고 했다. 시스템이 아니라 실행파일의 문제가 아닐까. 교사 경험이 없어서 한국의 학교 문화와 비교 평가하기는 어려웠다.

마라톤 교무회의가 있은 지 한 달 뒤 오전 11시 30분, 한국어과가 소속된 비즈니스 섹션의 학생대표들과 교사들의 합동회의가 열렸다. 각 과 대표가 몇 명씩 오고 교사는 전원 참석했다. 학생들은 학교와 교실의 문제점이나 개선 요구사항을, 교사들은 학생들에 대한 요구사항을 말했다. 한국어과 대표는 "교실 천장의 팬이 고장 났다" 하고 말했다. 훈육 담당 나디샤 선생이 오래 이야기했다. 회의는 30분 정도 진행됐다.

학생들은 "작은 개선 사항에 대해 말했다"고 했고 학교 측인 나디샤 선생은 "학생들의 머리, 복장 등에 관해 이야기했다"고 했다.

당시 고쳐달라고 요구한 선풍기는 8개월이 지나도록 그대로였다. 결국 KOICA에 요청해 에어컨을 들여옴으로써 해결했다. 이듬해 같은 회의에서 한국어과 대표는 "교실에 와이파이를 설치해달라고 요청했다"라면서 "한국어 수업에 도움이 될 것"이라고 주장했다. 학생들은 교장이 와이파이를 설치해주기로 약속했다고도 했다. 사실 와이파이는 백해무익이라고 생각했지만 말할 필요조

차 없었다. 그 후에 학교 관계자가 왔기에 "교실 형광등 3개에 불이 들어오지 않으니 수리해달라"고 했지만 암만 기다려도 소식이 없었다. 결국 코워커가 전기과와 직접 연락해 해결했다.

1년에 휴가 45일을 씁니다

교직원 N씨가 말했다.

"스리랑카 공무원은 1년에 휴가 45일을 씁니다. 토요일과 일요일, 기타 법정 공휴일을 빼고 쓰는 휴가입니다."

─그럼 1년에 쉬는 날이 150일이 넘네요.

"그렇습니다."

대충 짐작으로 계산해보았다. 1년은 52주니까 토요일과 일요일이 104일이고 매월 보름(포야)에도 쉬는데 주말과 겹칠 수도 있으므로 10일 정도로 잡고 나머지 종교 명절이 또 있으니까 5일 정도 잡으면 120일 정도 쉬게 된다. 개인 휴가 45일을 보태면 165일 정도 쉰다는 계산이 나왔다. 1년에 200일쯤 일하는 셈이다. 교사의 경우 방학은 별도였다. 방학은 휴일이 아니지만 사실상 학교에 나오지 않으므로 토·일요일과 공휴일이 겹치거나 시험감독 등으로 일부 출근하는 점을 고려해도 '휴일'이 최소 한 달이상 늘어났다. 학교장 주재 회의가 끝난 뒤 A씨가 말했다.

"교장이 휴가를 전부 사용하지는 말라고 했습니다."

―잘됐네요. 그래야 학생들 수업시간이 늘어나지요. 1년에 개인 휴가가 45일이라면서요?

"네? 아이들도 키워야 하고…… 많이 모자랍니다."

A씨는 정색했다. 불만스러운 모양이었다. 그러나 일부 교사들은 휴가 45일 가운데 열흘 정도만 쓰고 학생들을 가르치는 열정을 보였다. 물론 휴가를 쓰지 않아도 수당을 주지는 않았다.

돈이 없어서 일을 나갔어요

기능대학에서는 1년에 한 번 학생들이 교사 평가를 했다. 평가문항은 6개였다. ① 정해진 일정에 따라 진도가 나가고 있는가? ② 콘텐츠가 잘 구성돼 있는가? ③ 과제를 적절히 내주는가? ④ 강의가 도움이 되는가? ⑤ 시설이나 교육자재는 충분한가? ⑥ 진로지도 등 기타 도움을 주는가?

각 5점 만점에 학생들이 비밀로 쓰도록 해 교사가 걷어서 섹션헤드에게 전달하는 방식이었다. 2018년 7월에 평가를 받았다. 한국어과 학생 18명 가운데 수요일에 9명, 목요일에 추가로 5명 등 출석한 14명이 평가에 참여했다. 아베 전 교장은 "평점 4점이 넘어야 좋습니다. 4점 미만이면 좋지 않죠"라고 말했다.

한국어과는 출석률이 낮은 학생이 꽤 많았다. 시험일에만 결석하는 학생도 있었다. 출석률이 낮아서(80퍼센트 미만) 졸업시험 응시자격이 없더라도 담당 교사가 사인하면 자격을 주었다. 가난해서 일하느라 결석하는 경우도 많기 때문이었다. 졸업시험은 학교 성적이 50점 미만이면 응시할 수 없었다. 자동차과나 전기과, 전자과 출석률은 상대적으로 높았다. 자격증을 따면 취업할 수 있기 때문이었다. 한국어과는 한국에 일하러 가지 않으면 실용성이 없었다. '꼭 한국에 가겠다'는 학생들(절반가량)은 EPS-TOPIK에 합격한 뒤에도 열심히 출석했다.

어학 과목에서 출석과 성적의 상관관계가 흥미로웠다. 1학기에는 머리가 좋아 보이는 학생이 잘했다. 그렇지만 2학기가 지나고 8월 방학이 끝난 뒤 3학기에는 달라졌다. 1, 2학기에 한글도 제대로 못 읽었지만 꾸준히 출석한 '거북 학생'들은 상당한 수준의 의사소통이 가능했다. 반대로 첫 학기에 우수했지만 결석이 잦은 경우에는 말귀를 못 알아들을 정도로 뒤처졌다. 역시 어학은 머리로만 하는 게 아니었다.

그런데 왜 출석률이 모자라도 교사가 사인하면 졸업시험을 칠 수 있게 해 줄까? 체험을 통해 나름의 합리성을 발견했다. 2019년 1학기에 한국해외봉사단원연합회KOVA 장학금 수혜자로 위두산카 학생을 추천했다. 위두산카는 첫 중간고사에서 말하기와 쓰기 모두 90점을 넘은 유일한 학생이었다. 성실했고 점잖았다. 아버지가 몇 년 전 교통사고로 돌아가셔서 간호사인 어머니의 수입으로 두 동생과 함께 네 식구가 살고 있었다. 수혜자로 추천하자마자 위두산카는 일주일간 결석했다. 매일 출석하던 학생이었다. 전화해도 연결되지 않았다. 이에 대해 아는 학생도 없었다. 학교에 안 나오면 장학금을 줄 수 없겠다고 생각해서 추천이 마감되기 전에 대상을 바꿀까 고민했다. 그런데 학생이 며칠 뒤 학교에 왔다.

　-그동안 왜 안 왔나?

　"돈이 없어서 일을 나갔어요."

　-돈이 왜 필요했나?

　"EPS-TOPIK 원서 접수 때 4316루피(약 3만 2000원)를 내야 하는데 돈이 없으니까 아르바이트를 해 돈을 벌어서 어제 원서를 접수하고 왔어요."

　-무슨 아르바이트를 했나?

　"결혼식장에서 음료수와 음식을 나르고 심부름을 했어요."

　-그런데 왜 전화를 해도 받지 않았나?

　"전화에 통화할 돈이 남아 있지 않았어요. 카드를 살 수 없었거든요."

　-…….

　입주해 가정교사를 하던 대학생 시절이 떠올랐다.

컴퓨터 살 돈이 없으니까요

기능대학에 타자 과정이 있어서 싱할라어와 타자, 속기 등을 함께 배웠다. 컴퓨터 시대이고 스마트폰 사용자도 많은데 여전히 타자기로 타자를 가르쳤다. 책상마다 싱할라어 자판 그림이 놓여 있었다. 나디샤 선생에게 물었다.

　-컴퓨터 시대에 타자기를?

　"컴퓨터 살 돈이 없으니까요. 아직은 타이프라이터를 많이 사용합니다."

　-졸업하면 취직이 잘됩니까?

　"잘됩니다. 잘하는 학생은 공채를 통해 법원이나 국회에서 일

기능대학 타이핑과 학생들이 타자기로 타자 연습을 하고 있다.

하기도 합니다."

　-타자 급수가 있습니까?

　"6급까지 있습니다. 한국에는 타자기가 없나요?"

　-지금은 타자기를 쓰지 않습니다. 30, 40년 전만 해도 사용했습니다. 제가 대학 다닐 때에도 타자기를 두드려 학내 영자신문을 만들었습니다. 싱할라어 자판이 있네요?

　"네, 싱할라어로 칩니다."

　교실에는 40년이 넘은 타자기 20여 대가 있었다. 사람들은 타자 교실을 '골동품 가게'라고 불렀다.

뚱뚱한 여자와 결혼할 거예요

수업시간에 '짧다'와 '길다'에 대해 설명하면서 미니스커트와 긴치마 중 어느 것을 좋아하는지, 어느 것이 더 아름답다고 생각하는지 물었다. 긴치마가 좋다는 학생이 10명, 미니스커트가 좋다는 학생은 3명이었다. 당시 홍일점 S 학생도 긴치마에 한 표를 던졌다. 다소 뜻밖이어서 "긴치마와 미니스커트의 문제는 문화와 취향의 차이일 뿐"이라고 얼버무렸다. 콜롬보에서조차 무릎 위로 올라가는 스커트를 입은 여성을 본 기억이 없다. 허벅지는 허리와 달리 성적인 느낌을 주기 때문이라고 했다.

그러고 나서 얼마 뒤 위제 선생이 여성의 미에 관해 이야기를 꺼냈다.

"스리랑카와 미국, 한국의 미인 기준이 다른 것 같습니다."

—어떻게 다른 것 같습니까?

"우리는 살이 좀 쪄서 약간 통통해야 미인이라고 생각해요. 미국인들은 날씬한 사람, 쇄골이 드러나는 사람을 미인이라고 하는 것 같아요."

—한국도 미국과 비슷합니다. 마른 사람이라기보다 이른바 S라인을 좋아합니다. 다른 기준도 있습니까?

"얼굴이 동그란 여성이 미인이죠. 얼굴이 길면 안 좋아해요."

—한국인은 얼굴이 작고 갸름해야 미인으로 생각합니다. 서구 취향일 수 있습니다. 한국도 전에는 '달덩이 같은 미인'을 최고로 쳤습니다.

"스리랑카 사람들은 얼굴이 하얀 것을 좋아합니다."

미인의 기준은 문화권에 따라 다를 수밖에 없다. 스리랑카에서도 콜롬보 같은 대도시 사람들은 날씬해지려고 애쓰고 있었다. 뚱보의 나라 미국에서도 체중과 소득, 체중과 학력은 반비례한다고 하지 않던가. 현지인들이 말했다.

"사리야는 마른 여성이 입으면 멋이 없습니다. 살이 좀 쪄야 멋있습니다."

관찰해보니 사실인 것 같았다. 마른 여성은 서양 의상 모델로는 좋지만 사리야나 웃사리야를 입을 경우 확실히 멋이 떨어져 보였다.

D 학생은 친한 여자친구가 두 명이라고 늘 말했다. 한국어 형용사 활용에 대해 배울 때 두 사람 가운데 '뚱뚱한' 여자와 결혼하겠다고 했다. 다른 남학생들은 모두 '예쁜' 여자와 결혼하겠다고 했다. 홍일점 S 학생은 '돈 많은' 남자와 결혼하겠다고 했다. D는 '뚱뚱한' 여자에 대해 일관된 생각을 갖고 있었다.

확실히 '마른' 여성은 인기가 없었다. 콜롬보 같은 대도시를 중심으로 몸매에 신경을 쓰는 사람이 늘고는 있지만 기본적으로 여자는 통통해야 한다는 생각이 있었다. 특정인을 언급할 때 말랐다고 다소 흉을 보지만 뚱뚱하다고 특징을 잡아 말하는 경우는 흔치 않았다. "너무 마르면 시집을 갈 수 없다"라는 말이 공공연하게 나올 정도였다. 요즘 많은 젊은이들은 '뚱뚱한' 여성을 별로 좋아하지 않았다. 그렇지만 '마른' 여성은 절대로 좋아하지 않았다.

한국인은 약속을 잘 지킵니다

다수의 학생은 '순진하다'고 할 정도로 순수하고 마음씨가 착한 편이었다. 하지만 좋아 보이는 심성과는 달리 오랜 생활문화에 젖은 탓인지 황당한 일이 자주 생겼다.

G 학생이 계속 결석해서 학생들에게 물었다. "온다고 하면서

안 옵니다." G에게 전화했다. "다음 월요일부터 가겠습니다." 그러나 그날이 지나도 계속 오지 않았다.

C 학생도 학교에 오지 않아서 전화했다. "다음 월요일부터 가겠습니다." 그도 오지 않았다. 다른 학생들에게 물어봤더니 "취직했다"고 했다. 나중에는 아예 전화를 받지 않았다. 1년 뒤에는 다른 코스에 입학했다면서 교내행사에 와 있었다.

학생들의 결석이 잦았다. 이유는 대부분 "머리가 아파서"였다. 일부는 결석을 심각하게 생각하지 않았다. 상당수는 "친구와 누와라엘리야에 갔다 왔다"는 식이었다. 사전에 이야기하는 경우는 거의 없었다. 물론 형편이 어려워 일하느라 결석한 것은 예외지만 그들조차 사전에 알려주지는 않았다.

시험을 친다고 2주 전에 예고하고 칠판에 적어놓았다. 매일 이야기했고 하루 전날에는 "내일 시험"이라고 강조했다. 당일 "오전 11시부터 시험을 친다"고 했더니 몇 명이 "'갑자기' 시험을 친다고 해서 당황했다"면서 "시험날인지 몰랐다"고 말했다.

약속 어기기와 시간 안 지키기가 일부의 '문화'가 되다시피 하니까 학교에서도 약속과 시간 지키기를 강조했다. 한국에 3개월 연수를 다녀온 적이 있는 교장이나 교사들은 "한국 사람들은 약속과 시간을 정확하게 지킨다"고 늘 학생과 교직원들에게 말했다. 드물게도 칼같이 약속을 지키는 B씨와 이야기했다.

"한국인은 약속을 잘 지킵니다. 스리랑카도 영국이 계속 지배했더라면 아마 약속을 지키는 문화가 정착했을 겁니다."

내심 뜨끔했다. 한국 사람도 사람 나름이지, 과연 모두 그럴까?

학생은 염색이 금지돼 있거든요

스리랑카 젊은이들은 머리를 이상하게 깎았다. 밑에서 바짝 치켜 깎고 위는 길게 남겨 놓아 바가지를 씌워놓은 모양이었다. 거의 예외가 없었다. 학생들은 그냥 '베컴 스타일'이라고 불렀다. 영국 축구선수였던 데이비드 베컴의 스타일을 일컫는다. 학교에서 베컴 스타일은 단속 대상이었다. 윗머리를 길게 남기지 말라는 것이었다.

반면 여학생들은 거의 머리를 한 갈래 또는 두 갈래로 땋거나 묶고 다녔다. 직장인들도 같았다. 나이가 든 여성 일부는 한복을 입을 때 하는 머리처럼 뒤를 동그랗게 만들었다. 젊은 여성은 파마도 했지만 드물었고, 커트하고 파마한 경우는 찾아보기 어려웠다.

젊은이들은 수염에 아주 신경을 썼다. 이발사는 수염을 다듬는 데 공을 들였다. 교사들은 면도를 했지만 바깥에는 수염을 기른 사람들이 많았다. 무슬림은 수염을 길게 기르지만 싱할라 사람들은 1~2센티미터 남기고 나름대로 구레나룻을 다듬었다. 2017년 가격표에 적힌 이발비(단순 커트)가 성인 120루피, 어린이

학생들 사이에 유행한 '베컴 스타일'. 다수 학생들은 머리를 밑에서부터 완전히 밀고 위에는 길게 남겨 놓는 스타일을 좋아했다.

와라카폴라 시내의 이발소에서 이발사가 구레나룻을 다듬고 있다.

80루피였다. 면도는 80루피이고 특별 면도는 100루피였다. 2018년 4월에는 커트 요금이 150루피로 올랐다.

이발비는 지역과 서비스에 따라 차이가 났다. 젊은이들이 찾는 시내 보통 이발소인 가얀은 120루피(나중에 150루피)였다. 바로 옆 유니섹스 미장원 뉴스타일은 200루피였는데 시설과 서비스, 실력이 모두 좋았다. 당시 콜롬보에서는 보통 150루피, 고급 300루피였다. 120~150루피는 1000원 안팎으로 싼 가격이다. 콜롬보의 경우 150루피짜리가 더 세련되게 깎았다. 젊은이들이 가니까 패션과 유행에 신경을 쓰기 때문인 것 같았다. 비싼 곳은 깨끗했고 나이 든 이발사가 있었다. 여성 미용사는 남성의 머리를 깎지 않았고 깎을 줄도 몰랐다.

학교에서는 항상 머리와 구레나룻을 깎으라고 강조하고 용의검사도 했지만 학생들은 틈만 나면 턱수염을 기르려고 했다. 일부 젊은이들은 수염에 무늬를 새기기도 했다. 친구가 결혼할 경우 들러리로 간다면서 한사코 수염을 길렀다. 신랑은 백 퍼센트 구레나룻을 길렀다. '수염=위엄'으로 생각했다. 교사들이나 콜롬보의 직장인은 수염을 깨끗하게 깎거나 콧수염 정도만 있었다. 직업과 계층에 따른 문화 차이로 보였다.

학교에서는 머리카락 염색이 금지 항목이다. 여학생 J는 옅은 갈색으로 염색했다가 누군가가 '일러주어서' 단속됐다.

"갈색으로 염색했다는 민원이 행정사무실에 들어왔어요. 학생은 염색이 금지돼 있거든요."

─여기는 중고교가 아니라 대학 아닙니까?

  "4년제 대학은 헤어스타일이 문제가 되지 않죠. 하지만 기능대학은 관할 정부 부처가 다르고 규정도 달라요."

  ─학생들이 18세가 넘은 성인입니다만······.

  "그렇지요. 갈색이나 검은색이나 비슷하다는 건 우리도 다 알아요. 규정상 안 된다는 거죠."

  ─그 규정은 왜 생겼을까요?

  "기능대학 학생들은 대체로 가난해요. 용돈도 거의 부모들이 부담하는데 머리 염색까지 하면 부담이 너무 커지니까 까다로운 규정이 있을 수밖에요."

  그런 이유라면 일리가 있다고 생각했다. 나중에 J 학생의 머리를 살펴보니 정말로 갈색 염색이 돼 있었다.

  ─언제 염색했습니까?

  "지난해 말에 했어요. 6개월쯤 됐어요."

  ─난 몰랐는데······. 학교 측은 지금까지 가만히 있다가 왜 이제야 이야기할까요?

  "······."

  학생이 그 이유를 알 턱이 없었다. 누군가가 시기심에서 신고했을지도.

  ─염색은 얼마짜리입니까?

  "아는 언니가 그냥 해줬어요."

  ─미용비를 준다면 얼마나 듭니까?

"1200루피(9000원) 정도 할 거예요. 싼 것은 보통 800루피(6000원)쯤 해요."

하지만 현지 사정에 비추어볼 때 싼 것은 아니었다. 부모의 주머니사정을 고려해 정부가 규제할 수도 있겠구나 싶었다. 같은 차원에서 교복도 이해가 됐다. 그런데 수염은 왜 깎으라고 할까? 부모의 주머니사정과 무관한데……. 손질하면 돈이 들어가서일까?

J 학생은 "머리가 단정하지 못하다"는 이유로 또 한 차례 주의를 받았다. 머리를 곱게 빗어 묶거나 뒤로 넘기지 않고 일부가 옆으로 삐죽삐죽 나왔다는 이유였다. J 학생은 불량학생이 아니었고 성적도 가장 우수했다.

스리랑카 최고의 명문입니다

미디띠야왈라 초등학교는 감파하 근처 반두라고다에 있다. 프라말랄 교장의 초청으로 미니 특강을 했다. 초등학교는 만 5세에 입학하고 5학년까지 있다. 이 학교는 학년별 2개 반씩 모두 10개 반에 학생은 2018년 6월 현재 376명이었다. 강당이 없어서 6개 반을 돌면서 이야기했다. 4, 5학년 교실 위주로 갔고 2학년 교실에도 한 번 들어갔다. 교실들은 작지만 정돈돼 있었고 깨끗했다.

미디피야왈라 초등학교 특강. 왼쪽은 담임교사, 오른쪽은 프라말랄 교장이다.

교사는 모두 여선생님이었다.

외국인이 와서 학생들과 대화하는 것은 처음이라고 했다. 한국이 어떻게 과거 최빈국에서 유일한 원조 공여국이 되었는지를 가족사와 엮어서 이야기하고 미국 연수 이야기도 들려주었다. 꿈을 강조하면서 큰아들 성휘의 예를 들었다.

"큰아들 성휘는 미국 컬럼비아대학교에서 경제학과 수학을 전공하고 연세대 의학전문대학원을 나온 의사입니다. 성휘는 조금 다른, 좀 더 큰 꿈을 갖고 있습니다. 아프리카나 중미 국가 같은 가난한 나라를 돕겠다는 꿈입니다. 그래서 하버드대 대학원에서 국제보건학을 공부합니다. 미국인 R씨 부부는 성휘의 꿈에 공감해서 지금까지 6년 동안 학비를 지원해왔습니다."

집안 자랑을 하려는 게 아니었다. 뜻이 있으면 길이 있다는 점을 체험 실화를 통해 실감 나게 전달하려는 노력이었다. 학생들에게 장래 꿈에 대해 물어보니 "조종사가 되고 싶다"는 대답이 많았다. 교장이 강조한 게 있었다.

"홍 선생님은 30여 개 나라에 가보셨습니다."

학생들은 모두 놀라는 표정이었다.

"16년 전 교장으로 부임했을 때 학생이 47명이었습니다. 지금은 376명이니까 9배 정도 커진 셈입니다."

프라말랄 교장은 지인의 모친 제사 때 만나 "시골 학교라 학생들이 외국인과 이야기할 기회가 전혀 없다"라면서 특강을 요청했었다.

프라말랄 교장은 학교 현황을 간단히 설명했다. 영어 교사도 한 명 있었다.

"5학년이 되면 학력평가고사를 치르는데 장학생시험이라고 부릅니다. 200점 만점에 180점 이상이면 합격입니다. 성적이 아주 우수하면 콜롬보 같은 대도시에 있는 좋은 칼리지로 진학할 수 있습니다."

한 해에 졸업생이 50명 안팎인데 최근 몇 년간 장학생시험 합격률이 7.3~23.5퍼센트로 기록돼 있었다. 교장이 자랑스럽게 말했다.

"지난해에는 학생 한 명이 191점을 맞아서 콜롬보 로열칼리지로 갔습니다. 스리랑카 최고의 명문입니다."

순간, 싱할라어 수업 때 본 영화 〈시리 라자 시리〉가 떠올랐다. 2008년 제작된 이 어린이 영화는 시골의 가난한 초등 5학년 학생이 장학생시험에서 전국 수석을 차지해 콜롬보의 최고 명문 칼리지로 진학한다는 스토리다. 로열칼리지를 지칭하는 게 분명해 보였다. 주인공은 옮겨 와서도 시골뜨기에 가난하다고 따돌림을 받지만 이를 딛고 결국 연극의 주인공인 '왕'이 된다. 교장의 이야기는 영화 스토리와 똑같았다.

넉 달 뒤인 10월 초순, 한 여직원은 5학년 딸이 장학생시험에서 전교 1등을 했다면서 작은 파티를 열었다. 명문 중고교에 진학할 수 있게 됐기 때문이다. 이미 두 딸을 명문고와 명문대에 보낸 바 있는 아베 전 교장이 파티에서 '축사'를 했다.

학교의 자랑은 나라를 막론하고 명문학교 진학률인가? 모든 부모의 꿈은 자녀의 명문대 진학인가?

상위 10퍼센트만 성적순으로 국립대에 진학해요

지인 A씨에게 각급 시험에 대해 물었다. 그의 부인 D씨는 A레벨 시험(대학입학전국시험) 합격자에 대한 대학입시 업무를 담당하는 공무원이었다. 대학 교육의 경우 학생 선발을 비롯한 교육 전반과 기금 등 일체를 법적기구인 대학육성위원회UGC가 맡고 있었다. UGC는 정부 고등교육부 소속이긴 했지만 사실상 독립적으로 대학교 15개와 연구기관들을 관장했다.

ー초등 5학년이 보는 장학생시험(전국학력고사)의 목적은 무엇입니까?

"두 가지입니다. 장학생 선발과 우수학생 가려내기입니다. 가난한데 커트라인을 통과하면 장학금을 받고 좋은 칼리지(O레벨, 중고교 과정)에 갑니다. 가난하지는 않은데 190점 이상이면 대도시 명문 칼리지에 진학할 수 있습니다."

ー스리랑카 체제에 명문고교가 있다는 게 조금 이상하게 들립니다.

"있습니다. 콜롬보에 몇 개 있고 캔디, 마타라, 갈레 등 대도시에 좋은 학교가 있습니다. 시험에 합격하면 전국 어느 학교에나 갈 수 있는 자격이 있습니다. 떨어지면 동네 학교로 갑니다."

ー명문 중의 명문은 어디입니까? 말하자면 1등…….

"남자 학교는 단연 콜롬보 로열칼리지입니다."

ー로열칼리지는 정원이 몇 명입니까?

"한 학년이 2000명 정도입니다. O레벨과 A레벨은 따로 운영됩니다."

ー여학교는 어떻습니까?

"역시 콜롬보에 있는 위샤카칼리지입니다."

로열칼리지는 '스리랑카의 이튼칼리지'라는 별명으로 불렸다. 영국 최고의 명문 이튼칼리지에 비유한 것이다. 재학생들은 '로

열리스트'라고 불렸다.

최고의 명문에 대해서는 다른 의견도 있었다. 일부 학생은 이렇게 말했다. "남자 학교 가운데에는 아난다칼리지와 날란다칼리지(이상 불교 계통)가 인기가 있을 것이고, 로열칼리지와 떠르스턴칼리지도 좋습니다. 캔디의 킹스우드칼리지도 최강 중 하나입니다. 여학교는 수자타칼리지(마타라 소재)가 손꼽힙니다."

대학에 가려면 성적이 최상위권이어야 했다. 무조건 성적순이기 때문이다.

–대학은 어떻게 진학하는지요?

"중고교 6년(11학년)을 마치고 O레벨 시험을 통과하면 A레벨 학교로 진학합니다. A레벨 고교 졸업반(13학년) 때 A레벨 시험에 합격해야 대학에 갈 수 있습니다. 무료인 국립대학은 성적이 높아야 합니다."

–대학 진학률이 10퍼센트로 알려져 있습니다.

"국립대 입학생이 대략 상위 10퍼센트이고, 사립대 입학생은 그다음 5퍼센트 정도 될 겁니다."

–사립대학도 A레벨 시험에 합격해야 합니까?

"그렇습니다. 성적이 우수하면 국립대로 가고, 나머지는 비싼 등록금을 내고 사립대학에 갑니다. 사립대학은 외국 대학이어서 영어로만 강의하니까 A레벨 시험을 통과했더라도 영어를 못하면 갈 수 없습니다."

–A레벨 시험은 재수, 삼수가 가능합니까?

"국립대학은 세 번(삼수)까지만 응시할 수 있고 사립대학은 횟수 제한이 없습니다."

–O레벨 테스트도 같습니까?

"O레벨 테스트는 몇 번이고 볼 수 있습니다."

–O레벨과 A레벨 학교는 같이 있습니까?

"예. 그런데 O레벨 테스트 성적이 좋으면 A레벨은 명문고교로 옮겨 갈 수 있습니다."

–대학의 학생 선발 방식이 궁금합니다.

"A레벨 시험 점수순으로 뽑습니다."

–복수 지원이 가능합니까?

"10개 대학까지 지원할 수 있습니다. 지원한 순서에 따라 커트라인을 통과하면 합격입니다. 우선 지원한 대학에 합격하면 다른 대학에는 중복 합격이 되지 않습니다."

–복수 지원은 허용하되 일단 한 대학에 합격하면 그 학교로만 가야 하는 것이로군요.

"그렇습니다. 지원 대학 순서대로 점수를 기준으로 합격자를 선발하다 보니까 A레벨 시험을 통과했더라도 점수가 낮으면 대학에 못 가는 학생들이 다수 나옵니다."

사실 성적에 따라 기계적으로 선발할 경우 잠재력을 볼 수 없다는 약점이 있어 보였다. 스리랑카의 경우 여유가 있는 계층의 자녀는 찍기 식 과외를 통해 점수를 올릴 수 있었지만 돈이 없는 다수는 과외를 받을 수 없기 때문이었다. 더욱이 교사도 과외 지도를 할 수 있는 체제였다. '과외＝진학'의 등식이 성립하는 것 같았다. 누구나 대학에 갈 수 있어서 이른바 용이 나올 '개천' 자체가 없어진 한국과는 달랐다.

여기서는 노골적이라는 겁니다

기능대학 교사 가운데 정규 대학 출신은 많지 않았다. 특히 기능 코스에는 그랬다. 교사들에게 물었다.

－학생들이 고교 졸업생인데 교사들은 정규 대학 출신이 많지 않습니다.

"시스템이 다릅니다. 실제로는 현장에서 10년 정도 일해 실무를 잘하는 기능인이 필요하다고 볼 수 있습니다. 대학 출신은 오히려 잘 못합니다. 교장, 교감도 학위가 없지만 잘하고 있지 않습니까?"

－그럴 수 있겠군요. '공학'이 아니니까요.

"물론 대학 출신도 있습니다. 영어와 타자 같은 어학 관련 코스, 회계 과정은 정규 대학 출신 교사가 맡습니다. 그렇지만 이공계 기능 분야 교사의 경우 학사학위가 있더라도 나중에 주말과정 학위나 익스터널 학위를 받은 경우가 많습니다."

－초중고교 교사는 어떻습니까?

"일반적으로 교사들은 학사학위보다 낮은 단계의 자격증을 갖고 있습니다."

-어느 날은 교사들이 대거 학교에 나오지 않았습니다.

"교직원 노조가 여러 개 있는데 그 가운데 주로 대졸 정규 교사로 이뤄진 노조가 임금 인상을 요구하면서 파업했습니다. 교직원은 4개 등급으로 나뉘어 있습니다. 상위인 정규직 교사, 바로 아래 급, 일반 행정직, 용원 등 보조원으로 구성됩니다. 같은 교사라도 채용 당시 조건에 따라 3개 등급이 있습니다. 물론 모두 정규직입니다."

그래서 기능대학 교사와 행정직원의 급수와 급료가 같은 경우가 있었다. 최근 들어서는 정규 학사학위를 갖고 있는 교사 비중이 높아졌으며 이젠 고졸이 기능대학 교사가 되기는 힘들어졌다고 했다. 드물게는 석사학위 소지자도 있었다. 세 아이의 아버지인 A 교사는 콜롬보대학교 대학원 기술경영 석사과정에 다니고 있었다.

"2년 과정인데 매달 4번, 일요일에만 학교에 갑니다. 1년은 공부하고 1년은 논문을 써야 합니다. 학비는 1년에 10만 루피(약 75만 원)입니다."

주간 정규 과정에 다니는 일반 대학생은 3년을 다니면 전공이 없는 일반학위를 받을 수 있었고, 전공이 있는 학위를 받으려면 4년을 다녀야 했다.

같은 직종 정규직이라도 학력 편차가 있었다. 현지인들은 친해지면 같은 직장의 동료를 가리키면서 이렇게 말했다.

"저 사람은 학위가 있어요."

"저 사람은 정규 학위는 없고 익스터널 학위가 있어요."

콜롬보에서 만난 한국인 K씨는 "스리랑카에서는 학사학위 유무에 따라 월급도 차이가 난다"면서 "학벌에 따라 뭔가 신분의 차이 같은 것도 느껴진다"고 말했다. 그래서 말했다.

－학부의 중요성은 세계 어느 나라에서나 똑같지 않습니까? 미국이나 한국이나 스리랑카나…….

"여기서는 노골적이라는 겁니다."

그럴까? 방법이 덜 세련됐을 뿐 학위(학벌)에 따른 차별 또는 구별의 본질은 같지 않을까? 스리랑카는 A레벨 테스트를 통해 학벌을 국가가 관리하는 체제였다.

돈이 많이 들어서 못 갑니다

누와라엘리야로 체험학습을 갔다. 학갈라 식물원에서 보니 낯선 학생이 한 명 끼어 있었다. 학생들은 "C 학생의 친구인데 버스에 함께 타고 왔다"라고 했다. 귀를 의심했다. 한국어과 학생들의 현장학습에 외부 사람이 내 허락도 없이 끼어들어 왔다? 그것도 중간에 내가 물어서 알게 됐다?

D 학생은 현장학습 일정을 잡아놓고 한참 뒤에 그날 아버지와 부처님 발자국이 있다는 성지인 스리파다야에 가겠다고 했다. 막상 여행에는 예고 없이 참가했다.

당초 국립공원 호튼 프레인스의 월드스 엔드World's End까지 가기로 했고 출발하면서도 과대표가 확인했다. 앞서 위제 선생은 "거기 가려면 돈이 더 들고, 걷는 데 오래 걸려서 다른 곳에는 들를 수 없다"고 말했었다. 누와라엘리야에서 학생들은 목장, 학갈라 식물원, 그레고리 호숫가에 오래 머물렀다.

－호튼 프레인스에는 언제 가려고 이렇게 여러 곳에 들르는지?

"거기에는 가지 않습니다."

－아침에도 간다고 하지 않았나?

"돈이 많이 들어서 못 갑니다. 학생당 240루피를 내라고 합니다."

다른 C 학생이 집사람에게 주라며 누와라엘리야 시장에서 산 작은 백을 내밀었다.

－뭔가?

"작은 선물입니다."

－학생은 며칠 전에 돈이 없어서 현장학습에도 참가할 수 없다고 하지 않았나?

"예."

－그런데 무슨 돈으로 선물을 사 왔나?

"……."

C 학생은 웃기만 했다. 나중에 다른 교사가 설명했다.

"하하. 그건 스리랑카 사람들의 풍습입니다. 돈이 없어도 뭔가 선물을 하는 것……."

우선 먹고 이야기합시다

교사들 전근 파티 때의 일이다. 수업시간에 짬을 내어 송별행사를 했는데 일단 먹는 일이 시작됐다. 간식을 먹고 차를 마셨다. 주인공에게 물었다.

−주인공이 뭐라고 한마디라도 하고 나서 먹어야 하는 것 아닌가요?

"늘 이렇게 해요. 제 말보다는 먹는 게 훨씬 중요하니까요."

2018년 4월 방학 뒤 개학식이 티타임에 파티 형식으로 열렸다. 교장이 "우선 먹고 이야기합시다"라고 말한 뒤 접시에 음식을 담았고 교직원들도 일제히 먹기 시작했다. 행사를 하면 말하기를 좋아해서 식사하러 가는 시간 자체가 늦어지긴 했지만 음식을 앞에 두고는 길게 이야기하지 않았다. 과거에 한국은 공식 모임이나 직장 회식 때 윗사람의 일장연설 때문에 밥이 식고 음식이 맛이 없어진 다음에 먹는 일이 잦았다.

그렇다면 접대문화는 어떨까. 먹는 것에는 확실히 후했다. 언

방학 후 개학식 행사에서 교장이 "우선 먹고 이야기합시다"라고 말한 뒤 교직원이 일제히 음식을
접시에 담고 있다.

제나 손님에게 먼저 먹도록 했다. 공식 행사나 사석이나 '손님 먼
저'였다. 외국인이 있으면 '외국인 먼저'였다.

　가정방문 때 미리 "여러분 집에서 절대로 점심은 먹지 않겠다.
오전에 차만 한 잔 주면 된다"고 학생들에게 강조하고 그 말을
지켰다. 그런데 예외가 한 번 생겼다. 오전 10시경 방문했는데 이
미 점심을 준비해놓고 있었다. 다른 집도 모두 점심을 먹고 가야
한다고 했지만 그냥 왔다. 나파고다 아주머니가 물었다.

　"학생들 집에서 점심을 먹었나요?"

　－학생들 집에서는 식사를 하지 않습니다.

　"잘하셨습니다. 점심을 준비하려면 주부가 힘듭니다."

—어릴 때 한국에서도 식사시간에 남의 집을 방문하면 안 된다고 했습니다. 모두가 아주 가난했기 때문에 손님이 밥을 얻어먹으면 그 집은 굶어야 했습니다.

"……."

절대빈곤을 이해할 턱이 없었다. 아무튼 아주머니의 이야기는 다른 집에서 밥을 얻어먹지 않는 게 좋다는 취지였다. 당시 미국 뉴욕에 머물던 아내에게 코워커 집에서 점심을 먹고 왔다고 했더니 "남의 집에 가서 밥을 얻어먹으면 바쁜 주부에게 큰 폐를 끼치는 일"이라고 했다. 위제 선생에게 그대로 전했다.

"그렇지 않아요. 여기 사람들은 손님 대접을 즐기거든요."

—주부에게는 아주 신경이 쓰이는 일입니다.

"홍 선생 듣기 좋으라고 거짓말을 하는 게 아니에요. 친구면 정말 즐거워서 대접해요. 사무실 직원들도 홍 선생을 실제로 그렇게 대하고 있지 않나요?"

—과거 한국도 집에서 식사를 대접하는 일이 잦았습니다. 체면상 하는 경우도 많았습니다.

"스리랑카 사람들은 다른 건 몰라도 먹는 문화만큼은 좋습니다. 손님 접대는 진심에서 하는 거예요."

위제 선생은 이튿날 아베 전 교장을 만나서도 똑같은 이야기를 꺼냈다. 아베 선생도 "스리랑카 문화를 잘 몰라서 그런다"라면서 정말로 접대하는 것을 좋아한다고 강조했다.

교장 하다가 교감으로 일해도 문제없어요

기능대학은 크게 두 종류였다. 칼리지 오브 테크놀로지College of Technology·CoT와 테크니컬 칼리지Technical College·TC인데 교육 내용은 거의 같았다. CoT는 한국의 도청 소재지 정도에 있었는데 3년짜리 과정을 일부 개설할 수 있다고 했다. 그렇다고 상급 학교도 아니었다. 교장의 경우 CoT에서는 디렉터라고 부르고 TC에서는 교장이라고 부를 뿐 직급은 같다고 했다.

TC 교장은 교장급과 교감급의 두 종류가 있었다. 교장급은 수가 적고 정부에서 늘려주려 하지도 않았다. 상당수 TC에는 교감급이 교장직무대행Acting Principal으로 있었다. 직대는 교장실에서 일하며 대외 서류에도 '교장'으로 사인했다. 이 때문에 인사 때 이방인에게는 헷갈리는 일이 발생했다.

부임 당시 교장은 교감급이었는데 정년을 앞두고 두 달간 집에서 쉬게 되자 평교사급인 교감대행이 교장 업무를 대행했다. 평교사급 교장 체제가 상당 기간 이어졌다.

몇 달 뒤 새 교감급 교장이 부임했지만 몇 개월 안 돼 다른 TC에 교감으로 전근했다. 계속 그 자리에 머무를 수 있었지만 교장급이 되기 위해 2인자인 교감 자리를 자청했다는 것이었다. 교감급 교장으로 있을 경우 승진 없이 정년을 맞는다고 했다. 새 교장역시 교감급이었다.

반년 뒤 정년이 1년 남은 교감급 교장이 또 부임했다. 기존 교장은 전근을 가지 않고 그냥 교감으로 남았다. 기존 교감대행은 전기과 평교사로 돌아갔다. 한 교직원이 말했다.

"교장 하다가 교감으로 일해도 문제없어요. 새 교장의 나이가 훨씬 많기 때문이죠. 더욱이 새 교장은 정년이 1년밖에 안 남았습니다."

학교 관계자가 인사 시스템에 대해 설명했다.

"교감급들이 경쟁할 경우 평점이 좋은 사람이 교장대행을 맡고 다른 사람들은 교감으로 재직해요. 그렇지만 정년이 가까워지면 교장대행의 기회를 줍니다."

재미있는 시스템이었다. 차라리 교장급 평교사라면 이방인에게 정서 충돌을 일으키지 않았을 것 같다.

한편 은퇴한 위키 선생이 컴퓨터하드웨어 과정에 학생으로 들어와 한동안 10대 후반~20대 초반의 학생들과 함께 공부했다. 그는 자동차과에서 한 해 전 정년퇴직하고 불과 반년 전까지 강의했었다.

코홈바 나무도 슬퍼서 눈물을 흘릴 것입니다

아베 교장 정년퇴임식이 티타임에 대강당에서 열렸다. 강당은 코코넛나뭇잎으로 장식됐다. 벽에도 코코넛나뭇잎으로 만든 꽃병에 꽃이 꽂혔다. 학생들이 바나나줄기와 코코넛나뭇잎으로 죽공예처럼 만든 것들이었다. 행사는 코코넛기름에 불을 붙이는 것으로 시작됐다. 꼭대기에는 코코넛 꽃이, 양옆에는 장식용 같은 '곡콜라'가 있었다. 모두 불교 의식에 필요한 것들이다.

교장 부부를 비롯해 보직자와 교장의 친구 등이 차례로 심지에 불을 붙였다. 활동 모습을 담은 영상을 본 뒤 회고담이 진행됐다. 교직원 전원과 인근 학교 교장들, 전직 교장 및 직원도 참석했다.

회고담이 길어졌다. 중간에 감사패, 선물 전달, 학생들의 노래와 티타임도 있었지만 짧았고, 기본적으로 '말'이었다. 시작한 지 2시간 20분 정도 지난 낮 12시 50분경 주인공이 45분 정도 연설했다. 오후 2시가 넘어 공식 행사가 마무리됐다. 릴레이 마라톤식 말하기는 생활이고 즐거움이었다. 시간에 대한 기회비용 산출 방식이 달랐다.

일부 남자들은 학교 외부로 나가서 한잔한 뒤 돌아와 점심을 먹었다. 저녁에는 주인공의 집으로 몰려갔다. 전통이라고 했다. 밴으로 돌아오는 길에 교직원들은 무반주로 손뼉을 치면서 노래했다. 큰 규모의 파티는 모두 이런 형식으로 진행됐다. 케갈라 기능대학 반다라 교장 정년퇴임식도 똑같은 형식이었다.

경비원 아쇼카 씨의 정년퇴임식은 오전 10시 50분에 시작해 오후 1시에 끝났다. 지인들이 도착하는 대로 한마디씩 인사말을 했다. 이웃 학교 교장도 출동했다. 행사 주관 측은 "예상보다 아주 일찍 끝났어요"라면서 흡족한 표정이었다. 행사 중에 프레마 선생이 노래를 불렀다. 나디샤 선생은 아쉬움을 담은 시를 지어서 시조처럼 노래하듯 읊었다. "교문 옆에 서 있는 코홈바 나무도 슬퍼서 눈물을 흘릴 것입니다⋯⋯." 시를 지어 낭송하는 것이 전통이라고 했다. 공식 행사 후 두 시간 정도 파티가 열렸다.

바나나 잎에 싸서 먹으면 건강에 좋아요

오전 10시 30분 티타임의 구내식당. 한 학생이 도시락을 펼치자 대여섯 명이 달려들어 순식간에 먹어치웠다. 다른 학생이 도시락을 꺼냈고 똑같은 방식으로 먹었다. 옛날 우리가 어렵게 살던 시절 양푼에 보리밥을 비벼 나눠 먹던 장면이 떠올랐다. 학생들은 "함께 먹으면 맛있고 부담도 덜 수 있어서 돌아가면서 도시락을 싸 온다"고 했다.

도시락은 대개 밥과 반찬을 비닐에 같이 담아 싼 뒤 다시 신문지에 쌌다. 반찬은 크게 두 종류, 카레와 호디였다. 카레는 고기같은 건더기 반찬이고 호디는 국물이 많은 반찬이다. 학생들은 샐러드 같은 날것은 가져오지 않고 익힌 반찬을 싸 왔다. 생선도 한 조각 정도 있고 닭고기가 조금 들어 있기도 했다. 밥과 반찬을

학생들이 살짝 구운 바나나 잎에 싸 온 도시락을 나눠 먹고 있다.

손으로 비벼서 먹었다. 고구마와 비슷한 만녹카는 별도로 담아
오기도 했다. 어느 날 학생들이 비닐 대신 파란 잎에 도시락을 싸
와서 함께 먹었다.

　-초록색 잎은 무엇입니까?

　"바나나 잎이에요. 바나나 잎에 싸서 먹으면 건강에 좋아요."

　-건강에 좋다?

　"뜨거운 밥을 비닐에 싸면 건강에 해롭지만 바나나 잎은 몸에
좋아요. 더구나 바나나 잎을 살짝 구우면 향기가 좋죠."

　말 그대로 친환경 도시락 싸기였다.

명문대에 가면 원하는 것을 다 들어주겠다고 했어요

지인의 인척 집에서 하루 묵을 기회가 있었다. 집도 컸지만 마당에는 구입한 지 한 달 정도 된 새 독일제 승용차가 있었다. 세금 약 300만 루피(약 2250만 원)를 포함해 새 차 구입에 총 850만 루피(약 6375만 원)가 들었다고 했다. 스리랑카의 경제수준을 대입하면 엄청난 돈이었다.

—무슨 일을 하십니까?

"가게를 하는데 대기업이 운영하는 푸드시티처럼 크지는 않지만 여러 가지를 팔고 제법 큽니다."

—돈이 잘 벌리나 봅니다.

"예, 수입이 괜찮습니다."

—오늘은 포손 포야(보름) 전날인데 밤 10시 넘어 퇴근했지요?

"아침부터 밤늦게까지 매일 일합니다. 매달 25일은 공무원 월급날이라 직후에 손님들이 많이 오기 때문에 열심히 일하면 돈을 벌 수 있습니다. 내일(27일)은 휴일이지만 일하러 일찍 갑니다."

이튿날 아침 그는 어머니와 함께 가게로 갔다. 점심시간에는 밴으로 도시락을 싸서 배달했다. 지인에게 물었다.

—이분들은 원래 부자였습니까?

"아닙니다. 부인(74)은 30년 전에 남편이 세상을 떠나자 무슬림 가정에서 식모로 일했습니다. 아들인 제 친구는 그 집 운전기사를 했습니다. 나중에 부인이 아주 작은 가게를 차리고 열심히 일해서 규모를 키웠죠."

─아들이 물려받아서 함께 키운 거로군요.

"그렇습니다. 지금도 모자가 함께 일합니다."

─비싼 승용차는 언제 탑니까?

"친구 차가 아닙니다. 대학 2학년인 딸에게 선물로 사준 겁니다."

─무슨 일로 어린 딸에게 고급 승용차를……?

"콜롬보대학이나 페라데니야대학 같은 명문대에 가려면 A레벨 테스트 점수가 아주 높아야 합니다. 친구는 딸에게 고득점해서 명문대에 가면 원하는 것을 다 들어주겠다고 했어요. 딸이 상위권인 루후나대학교에 진학했는데, 올해 2학년이 되어서 차를 사달라고 한 겁니다."

─차를 몰고 학교에 갑니까?

"아닙니다. 학교에는 몰고 갈 수 없습니다. 그냥 주말에 와서 잠깐씩 몹니다."

부인도 대학을 나왔습니까?

사람들은 모이면 아이들 성적과 진학 이야기를 많이 했다. 다른 사람을 소개할 때에도 당사자는 이름 정도만 간단히 언급하고 아이들의 성적이나 학벌을 중심으로 소개하는 경우가 흔했다.

"딸이 페라데니야대학 의대 3학년입니다."

"딸이 콜롬보대학에서 정치학을 전공해요."

"아들이 의사입니다."

옛날 우리 모습과 유사했다. "아들이 O레벨 테스트에서 모두 A를 맞았다"면서 성적표 사진을 페이스북에 올린 뒤 사무실에서 자축파티를 열기도 했다. 한국에서는 자식의 성적이나 대학 진학을 자랑하거나 물어보는 일이 금기가 된 지 오래다. 이것도 선후진의 문제인가? 사람들은 심지어 내게 "부인도 대학을 나왔습니까?" 하고 물었다. 그렇다고 하면 "그 나이에 대학을……" 하면서 놀랍다는 표정을 짓곤 했다.

학생들은 어려서부터 학원에 많이 다녔다. 상위 10퍼센트의 확률을 뚫고 국립대학에 들어가기 위한 투자인 셈이었다. 부모들은 학교 앞에서 기다렸다가 수업이 끝나면 아이의 손을 잡고 바로 학원으로 향했다. 심지어 대학생이 되어서도 스펙 쌓기가 한창이었다.

영어, 수학 학원은 붐볐다. 조금 큰 도시에서는 영어기숙학원도 성업 중이었다. D씨는 "아들을 영어 기숙학원에 3개월 동안 보낸 적이 있다"고 말했다.

자녀의 성적에 대한 관심은 치맛바람으로 나타났다. 감파하 지역에 사는 여성 R씨는 교사에게 건네는 선물에 대해 "요즘은 학부모의 선물이 지나쳐 뇌물 수준"이라면서 "비싼 전자제품까지 마구 안긴다"고 했다. 소득수준에 비춰 전자제품은 큰 뇌물이었다. 세계 어느 나라에서나 사교육의 바람은 거셌다.

팔방미인 며느리에 아버지 닮은 사윗감을

2018년 10월 콜롬보 공공도서관에서 KOICA 후원으로 한국어 말하기 대회가 열려 한국어과 자야샤니 학생이 3위로 입상했다. 학교에서 '난리'가 났다. 제11회 대회였는데 콜롬보 본선 진출 기회 자체가 드물었던 시골 학교에서 자야샤니와 차뚜리카 등 학생이 두 명이나 진출한 데다가, 기능대학 학생으로서는 최상위 입상까지 했기 때문이었다. 1, 2위는 한국어를 각각 4년과 1년 6개월 동안 배운 사람들이었지만 자야샤니는 4개월 배운 것이 고작이었다. 전통적으로 상위권을 차지해온 4년제 정규 대학인 K대 한국어과 학생들은 모두 탈락했다.

교장과 교감을 비롯한 교직원들의 전폭적 지원이 큰 힘이 됐다. 예선을 앞두고 교직원 여섯 명이 한국어교실에 모의심사위원으로 와서 실전연습을 했다. 그 결과 두 학생이 모두 예선을 통과했다. 본선을 앞두고는 학교 IT 담당 직원의 도움으로 PPT 자료 2개를 만들었다. 교감은 자료를 직접 검토하기도 했다. 넓은 자동

자야샤니 학생이 2018년 KOICA 한국어 말하기 대회에서 '팔방미인 며느리에 아버지 닮은 사윗감을'이라는 주제로 스피치를 해 3위로 입상했다.

차과 교실에서 교사 세 명과 자동차과 학생들을 대상으로 프로젝터를 켜고 드라이리허설을 함으로써 무대공포증을 줄였다. 며칠 뒤 컴퓨터 소프트웨어 교실에서 실전에 가까운 리허설을 했다. 교사 10여 명과 한국어과, 타이핑과, 자동차과, 봉제과 학생들이 청중으로 지켜보는 가운데 최종 점검을 했다. 이처럼 눈물겨운 도움을 바탕으로 본선에서 두 명 중 한 명이 상위 입상했다. 입상한 자야샤니 학생은 '팔방미인 며느리에 아버지 닮은 사윗감을'이라는 제목으로 부모님에 대해 이야기했다. 차뚜리카 학생은 전통무용인 베스댄스에 얽힌 이야기를 '베스댄스, 쿠웨니 공주의 슬픈 사랑 이야기'라는 제목으로 스피치했다. 차뚜리카 학생은 본선에서 베스댄스 의상을 빌려 입고 베스댄스까지 추어서 관심을 끌었다.

입상 순위는 전혀 중요하지 않았다. 우리는 과정을 즐겼고 준비 과정에서 이미 많은 것을 성취했기 때문이었다. 더구나 주도州都나 디스트릭트의 수도 같은 대도시가 아닌 '읍면 지역'에서 본선에 진출한 곳은 와라카폴라 기능대학이 유일했다.

생각 끝에 감사의 자축파티를 열기로 했다. 몇 개월 전 서울에서 집사람이 왔을 때 큰 홀에서 교직원 전체를 초청해 현장에서 직접 전을 부치면서 파티를 연 경험이 있었다. 그래서 오전 티타임에 커리어센터의 큰 강당에 다과를 차리고 교직원 60여 명 전원과 도와준 학생 70명을 모두 초대했다.

이때에도 타이핑과 학생들이 샌드위치 만드는 일을 맡아주었다. 학교 측은 자야샤니 학생이 한국어 말하기 발표를 한 번 더 하도록 기회를 주었다. 시골 기능대학에서 일어난 작은 한류였다.

3장

저를 자유롭게 해주십시오

우리 문화가 그래요

여직원 시신드라 씨의 집들이에 초대됐다. 새집은 정글에 있어서 경치가 좋았다. 진입로가 흙길이었고 작은 계곡 위로 나무를 엮어 다리를 놓고 건너다녔다.

손님 일행은 일요일 오전 11시 20분쯤 도착했다. 남자들은 한쪽에서 술을 마셨고 마시지 '않는' 남자와 마실 수 '없는' 여성은 거실에서 다과를 먹었다. 오후 1시, 주인이 물 두 잔을 들고 와 식사시간을 알렸다. 옆집에 사는 시어머니 등 가족 여러 명이 요리를 했다.

참석자들이 조금씩 모은 돈을 교장이 봉투에 담아 안주인에게 건넸다. 집주인 부부, 전직 교장도 함께 손을 내밀어 다섯 사람이 봉투를 잡은 뒤에 부부가 받았다. 전·현직 교장이 간단하게 한마디씩 축하 코멘트를 했다. 바깥주인도 간단히 답사를 했다. 오후 2시 30분경 일정이 끝났다.

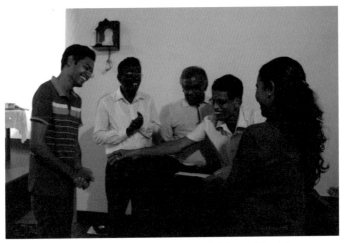

아베쿤 교장이 시신드라 씨(오른쪽) 부부에게 '봉투'를 전달하기 위해 손을 내밀고 있다.
가운데 두 사람은 전직 교장들.

집들이에는 우리 일행뿐 아니라 친척과 바깥주인의 친구들도 몇 명 왔다. 합동 집들이가 됐다. 집들이 집에서 모든 음식을 준비한다는 점에서 손님도 음식을 조금씩 들고 가는 서양의 서민 스타일과는 달랐다. 과거 우리나라 집들이 문화와 유사했다.

집은 대강 완성됐지만 페인트칠이 덜 돼 있었다. 스리랑카 사람들은 대부분 건물 뼈대를 만들고 방 한두 칸만 생기면 일단 살면서 마저 짓거나 마무리하는 경우가 흔했다. 돈이 없으면 중단했다가 생기면 한 칸 덧붙이는 식이다. 완성한 뒤 입주하는 우리와는 달랐다. 춥지 않기 때문에 비만 막으면 일단 사는 데는 지장이 없었다. 돌아오는 길에 한 교직원이 말했다.

"우린 돈은 없지만 집을 방문하고 모여서 먹고 마시고 이야기하는 걸 좋아해요. 우리 문화가 그래요."

양반계급은 라달라죠

캔디 왕조 시대에는 많은 카스트가 있었다. 작은 카스트들이 규모가 큰 카스트에 흡수 통합되어 요즘은 10여 개 카스트가 있는 것으로 알려져 있다. 캔디 왕조 카스트는 인도 영향으로 존재했던 고대 카스트와는 다르다고 했다.

최고 카스트는 왕과 함께 나라를 통치했던 라달라다. 라달라는 라드(로열)와 쿨라(카스트)의 합성어인데 불치사를 총괄하는 관리와 장관 등이 이에 속했다고 한다. 이들은 정치·행정 및 종교기관 업무를 담당한 계급으로, 왕이 임명하며 싱할라어로 '아디카름'이라고 부르는 고위 관료 계급이다.

다음은 고비가마로 농부계급인데 싱할라인의 60~70퍼센트를 차지하는 것으로 알려져 있다. 모든 땅은 왕의 소유였고 고비가마는 종신 위탁관리시스템인 '라자카리야'에 따라 농사를 지었다고 한다. 쌀농사를 짓는 농부만 이에 속했다. 라달라와 함께 불교에 가장 큰 영향력을 미치는 계급으로 꼽힌다. 스리랑카에서 일반인이 땅을 소유하게 된 것은 식민지 시절 이후라고 한다. 라달라와 고비가마만이 고위직을 받을 수 있었다고 한다. 오늘날에도 1993년 폭탄테러로 사망한 프레마다사 대통령을 제외하고는 대통령은 모두 고비 계급에서 나오는 것이 불문율이라고 했다. 이상은 스리랑카 전 지역 공통의 카스트다. 중부 고원지대인 캔디의 카스트와 해안지대인 아래쪽 나라(파하따라터) 카스트는 차이가 있다고 했다.

캔디 카스트의 경우 위의 두 카스트 외에 와훔푸라(또는 데와)가 있었는데 이들은 코코넛을 재배해 코코넛설탕을 만들었다. 바뜨가마는 고비가마와 달리 작은 땅에 소규모 농사만 지을 수 있었다고 한다. 나반단나(아차리)는 장인 계급이고, 라다는 세탁업자이며, 베라와는 전통 북을 치는 사람들이었다. 키나라 카스트는 하인계급으로 격리되어 살았다고 한다.

캔디 출신의 D씨가 흥미로운 이야기를 들려주었다.

"캔디 왕조의 왕은 매일 무용수들과 함께 지내면서 그들의 춤을 즐겼습니다. 그렇지만 무용수들에게 높은 카스트를 부여하지 않았습니다."

아래쪽 나라의 경우 고비가마까지는 같지만 그 아래에는 살라가마, 두라와, 카라와 같은 계급이 있다고 했다. 살라가마는 주로 해안에서 계피를 재배해온 사람들인데 과거 주류 불교 격인 시암종의 차별에 항의해 일부가 미얀마로 건너가 불교를 수입해 아마라푸라 종을 만들어 서민 불교를 일으켰다고 한다. 두라와는 무사 또는 코끼리 사육사이고, 카라와는 어업 종사자들이라고 한다.

포르투갈 식민지 시대부터 총독이 관리로 육성한 계층으로 영국 식민지 시대로 이어진 무달리야르도 있었다고 했다. 이 카스트도 여러 가지로 분화돼 있었다고 한다. 이밖에도 인도에서 온 타밀 사람들에게는 베라바, 킨나라야 같은 계급이 있는 것으로 알려져 있다.

이야기하기가 껄끄러운 소재인 카스트에 대해 자세히 파악하기는 어려웠다. 그렇지만 여전히 '있었다'. 따라서 카스트에 대한 이해가 없이는 스리랑카 문화와 생활, 가치관을 깊이 파악하기가 어려운 게 사실이었다.

미국에 있는 인도인 변호사 N씨가 인도 카스트에 대해 현지 지인에게 간단히 설명한 내용을 전해 들었다. 인도도 공식적으로는 카스트가 철폐됐지만 여전히 강력한 힘을 갖고 있다고 했다. N씨 자신은 최고 계급인 브라만과 크샤트리아 계급의 중간이라고 했다.

"기본적으로 카스트가 다르면 결혼할 수 없죠. 그래도 남자의 경우에는 한 단계 아래 계급의 여성과 결혼할 수 있지만 여자는 절대로 아래 카스트에게 시집갈 수 없습니다."

―어떻게 카스트를 파악할 수 있는지?

"성을 보면 바로 알 수 있어요. 수많은 성이 있지만 워낙 어렸을 때부터 몸에 배기 때문에 압니다. 계급이 수없이 많은데 바이샤까지를 '어퍼 카스트'라고 부릅니다."

―미국에는 어떤 사람이 유학을 옵니까?

"명문대 유학생은 사실상 모두 브라만 계급입니다. 영어를 정확하게 사용하는 사람도 브라만이라고 보면 됩니다. 제일 낮은 카스트인 달리트는 화장실 청소밖에는 할 수 없습니다."

-가끔씩 영어 성을 쓰는 사람도 있지 않습니까?

"최하위 카스트에서 성을 바꾼 겁니다. 그렇지만 바로 위 카스트만 해도 성을 그대로 사용합니다."

인도 케랄라주 코치에서 브라만 가정을 방문할 기회가 있었다. 스리랑카의 카스트제도에 관심을 갖고 있던 차였다. 30대인 스리람 벤키타라만 씨는 의사로, 인도 국가행정고시 전국 2위를 차지한 고위 공직자였다. 그의 아버지는 동물학 교수 출신으로 은퇴했고 어머니는 현직 은행원이었다. 이 가족이 우리 가족에게 호텔에서 저녁을 샀는데 예의범절이 놀라울 정도로 뛰어났다. 벤키타라만 씨는 연장자인 내게 꼭 '서Sir'를 붙였다. 가족은 음식을 조금씩 덜어서 깨끗하게 다 비웠다. 이 가족은 말라얄람어를 사용하는 케랄라주에 살면서도 특이하게 가정에서는 타밀어를 사용하고 있었다. 이들은 "우리 집안은 타밀어를 쓰는 브라만"이라고 소개했다. 며칠 뒤 집에 초대돼 갔을 때 벽면 가득히 힌두 신들의 모습이 붙어 있었다. 그 가족은 우리에게 케랄라 지방의 굵고 단순한 금색 줄무늬가 있는 사리와 도티(남성 전통 하의)를 선물로 주었다.

코치 공항에서 우버 택시로 벤키타라만 씨 집에 가는 길에 운전기사가 우리 일행에게 물었다.

"손님은 채소, 과일, 고기 등 무슨 음식이든지 잘 먹습니까?"

─그럼요. 우리는 다 잘 먹습니다. 힌두교도들은 고기를 먹지 않는다고 들었습니다.

"아닙니다. 고기도 먹습니다."

─지금 찾아가는 친구(스리람) 집안은 철저한 채식주의자인데요.

"아, 그렇다면 브라만 계급일 겁니다. 브라만은 전통적으로 채식만 해요."

실제로 정통 브라만은 고기는 절대 먹지 않고 술과 담배를 하지 않으며 집안을 거의 힌두사원으로 생각하는 태도를 보였다. 예의도 밝았다. 또 낮은 카스트나 이혼자와는 절대 결혼할 수 없다고 했다. 상대가 외국인인 경우에도 카스트 자체가 없기 때문에 결혼은 절대 불가하다고 했다.

잘 대접하면 하느님께서 비를 내려주신다고 믿죠

철야 기우제가 시내 운동장에서 열렸다. '코홈바 약 칸카리야' 의식으로 악마를 대접해 비와 풍요를 기원하는 행사였다. 와라카폴라 시내 절이 주최했고 그 절의 불교학교 학생들이 일을 도왔다. 행사는 토요일 오후에 시작해 일요일 오전에 끝났다.

무대는 바나나줄기와 코코넛나무 가지 및 잎으로 만든 집과

제단, 대문 및 기둥에 달린 장식 등으로 구성됐다. 코코넛, 바나나 등 과일이 매달려 있었다. 닭 한 마리가 소품으로 놓여 있었는데 무용수가 붙잡고 춤을 출 때 사용했다. 주지 스님이 무대 중앙에 자리를 잡았다.

오후 4시 무렵 캔디에서 온 무용수들이 요란한 장식이 달린 모자(베스)를 쓰고 캔디 페라헤라(퍼레이드)에 등장하는 캔디언댄스를 추었다. 캔디언댄스의 핵심인 베스댄스는 악마를 대접하는 의식에서 비롯됐다고 전해진다.

춤꾼들은 바깥 제단으로 가서 코코넛기름에 불을 붙인 뒤 음식을 올리고 고수들은 북을 두드렸다. 행사는 대부분 공연 팀이

코홈바 약 칸카리아에서 누운 무용수 앞에 벼슬에서 피를 조금 뽑은 닭이 놓여 있고 주최한 절의 주지 스님이 지켜보고 있다. 진행 과정을 비디오에 담고 있다.

직접 진행했다. 오후 9시. 행사가 다소 느슨하게 진행되더니 승려가 한참 이야기한 뒤에는 빠른 춤이 시작됐다.

이튿날 오전 5시 30분. 악마와 함께 벌이는 의식이 진행됐다. 산발한 악마를 접대하고 악마가 춤을 추고……. 악마가 코코넛 꽃을 흔들고 뜯어 뿌리기도 했는데 도중에 쓰러지자 물을 끼얹어 깨웠다. 악마와 말을 주고받는 형식은 관객이 가끔씩 함께 웃는 것으로 미뤄 만담인 듯했다. 진행은 한국의 마당극과 비슷했고 악마의 연기는 무당굿과 유사했다. 주민 200명 정도가 밤새 지켜보았다. 주지는 자리를 옮겨 앉아 있었고 한 승려는 졸고 있었다. 무슬림 여성 한 명도 구경했다. 오전 7시. 모두들 가까운 절로 이동했다.

고아원 원장으로 학생 20명과 함께 구경 온 수가뜨 씨와 이야기했다.

"기우제인데 3000년 전에 시작됐다고 합니다. 비가 안 오는 지역이 많습니다."

－행사를 뭐라고 부릅니까?

"'코홈바 약 칸카리야'라고 합니다. 코홈바는 나무 이름이고 약은 악마, 칸카리야는 행사입니다."

－어떤 의미가 있습니까?

"코홈바 나무에 사는 악마는 힘이 아주 세다고 합니다. 그 악마를 도와주면 다른 잡귀들을 쫓아내준다는 뜻이죠."

코홈바 나무neem tree 는 스리랑카와 인도 등지에 있다. 피부병이나 상처가 났을 때 먹고 바르기도 하며 당뇨에도 좋다고 하는 등 잎과 열매가 만병통치약으로 통했다. 잎은 약간 쓰지만 씹으면 향기가 감돌았다.

－제단의 음식과 과일은 누구에게 바치는 겁니까?

"모두 악마들에게 바칩니다. 가뭄은 악귀들 때문이라고 생각해서 악귀들이 먹고 도와달라는 의미예요."

－연례행사입니까?

"특별한 행사입니다. 절에서 경비를 부담했고 바로 저기 계신 90세 되신 분이 행사조직을 총괄했습니다. 무용수들은 캔디에서 온 직업 댄서들입니다."

며칠 뒤 불교 신도인 차마리 씨와도 이야기했다.

"비를 내리게 하는 것은 하느님입니다. 힘이 센 코홈바 약을 잘 대접해서 춤을 추게 하면 하느님이 기뻐해서 비를 내려주신다는 것입니다. 실제로 캔디에서 페라헤라를 하면 비가 옵니다."

－여긴 비가 매일 내리다시피 하지 않습니까?

"그렇지만 얼마 안 떨어진 와리야폴라만 해도 비가 안 옵니다. 물이 없어요."

－행사가 매년 열립니까?

"5년마다 한 번씩 특별하게 열립니다. 지역별로 날짜를 정해 행사를 마련합니다."

－모두 절에서 주최합니까?

"대부분은 절에서 주최하지 않지만 이번에는 무용수 초대 비용을 비롯해 모든 비용을 절에서 부담했습니다. 이 킹 코코넛은 지난번 코홈바 약 칸카리야에서 쓴 것인데 마시면 몸에 아주 좋다고 합니다. 드십시오."

−제단에 놓여 있거나 벽에 걸려 있던 과일입니까?

"맞습니다. 그때 쓴 것들이 아주 좋다고 해요."

싱할라어문학을 전공한 나디샤 선생이 설명했다.

"코홈바 악마 페스티벌이란 뜻입니다. 건강하게 오래 살고, 과일과 곡식도 풍성하고, 돈도 많이 벌고 물도 잘 나오게 해달라고 비는 겁니다."

−코홈바 약은 어떤 악마입니까?

"선악이 공존합니다. 잘 대접하면 하느님께서 비를 내려주신다고 믿죠."

−하느님께 직접 제사를 지내면 되지 않습니까?

"코홈바 약이 하느님과 연결하는 일을 맡고 있기 때문입니다. 논리의 문제가 아니라 인간 감정의 문제라고 생각합니다."

−현장에서 악마와 무용수들이 닭을 붙잡고 흔들던데······.

"닭의 피를 코스나무 잎에 뿌리는 의식이 있습니다."

−절에서 주최했고 불교는 살생을 금하는데 피를 뿌린다면?

"닭 볏에서 피를 약간만 나게 해서 뿌리는 것입니다."

사람마다 버전이 조금씩 달랐지만 귀신을 잘 대접하면 귀신이 도와줘서 비와 풍요를 가져다준다는 믿음에서 비롯됐다는 공통점이 있었다. 코홈바 약 칸카리야는 중부 고원지대인 캔디 중심의 위쪽 나라 의식으로 꼽혔다.

좋은 일이 일어나도록 기원하는 거예요

켈라니야대학교의 위슈밀라 씨가 한국어 말하기 대회에서 남부 해안지방을 의미하는 아래쪽 나라 의식인 데윌마두를 소개했다.

"데윌마두는 루완웰라에서 시작됐습니다. 인도 왕 세르마느가 꽃향기를 맡던 중 개구리가 코를 통해 머릿속으로 들어가 두통이 심해졌습니다. 파티니 여신의 저주 때문이니까 불교 나라인 스리 랑카에 가서 저주를 풀어야 한다는 처방이 나왔고 왕이 와서 의식을 행하자 저주가 풀렸다는 내용입니다."

의식은 세 단계로 진행된다고 했다.

"시작 단계에서는 목욕하고 기름에 불을 붙이고 신에게 꽃을 바친 뒤 드럼을 치면서 춤을 춥니다. 가면을 쓰고 원을 그리면서 횃불을 입에 넣거나 불을 뿜어냅니다."

중간 단계에서는 밥과 양념한 캐슈너트를 악마인 '마하선'에게 바치고 '텔메 춤'을 추면서 곡예를 한다고 했다. 한 사람의 몸에 신이 들어가면 다른 사람들은 그의 몸에 송진을 바르고 불을 붙이며 동물 탈을 쓴 사람이 불 위를 걷는다고 했다. 나쁜 기운을 없애는 의식이라는 것이다.

"마지막 단계는 코코넛우유를 끓여 좋은 일이 일어나도록 기원하는 거예요. 항아리를 깨뜨려 액운을 막고 참여자들이 사방을 돌면서 신에게 절하는 것으로 끝납니다."

위슈밀라 씨에게 물었다.

－데윌마두에서 텔메 춤을 추면서 노래도 부릅니까?

"예, 노래도 부릅니다."

－데윌마두 의식과 코홈바 약 칸카리야는 어떻게 다릅니까?

"데윌마두의 춤은 아래쪽 나라(파하따라터) 춤이고 코홈바 약 칸카리야의 춤(베스댄스)은 위쪽 나라(우다라터) 춤입니다."

사실 위슈밀라 씨가 말한 루완웰라는 사바라가무와 주의 지역 이름이다. 다른 싱할라인은 "용어가 사바라가무와 주의 춤이나 의식과 유사한 것들이 많다"고 했다. 최소한 뿌리가 같다는 점을 시사하는 대목이었다. 사바라가무와의 대표적인 파한마두 의식은 직접 볼 기회가 없었다. 와라카폴라가 속한 케갈라 디스트릭트는 현재 행정구역으로는 사바라가무와 주에 속하지만 정서나 문화적으로는 캔디 중심의 위쪽 나라에 속해왔다고 했다.

스리랑카는 춤과 북의 나라다. 아베 전 교장이 춤에 관해 들려주었다.

"스리랑카에는 크게 세 가지 전통 춤이 있습니다. 위쪽 나라 춤과 아래쪽 나라 춤, 사바라가무와 춤입니다."

－위쪽 나라 춤은 어떤 것입니까?

"중부 고원지방의 춤, 다시 말해 캔디언댄스입니다. 베스댄스를 비롯해 캔디 페라헤라에 주로 등장하는 춤입니다."

－아래쪽 나라 춤은?

"남부 해안지방의 춤입니다. 인도 힌두교의 영향을 많이 받았는데 카타라가마 페라헤라가 대표적인 무대입니다. 파티니댄스 같은 것입니다. 파티니댄스 가사를 '파티니 핼러'라고 합니다."

－사바라가무 춤은 처음 듣습니다.

"사실 저도 본 적이 없습니다. 아래쪽 나라 춤과 조금 다르다고 하는데 사바라가무 주의 주도州都 라뜨나푸라에서 열리는 페라헤라에서 볼 수 있습니다."

때마침 싱할라 신문(2018년 8월 8일)에 아래쪽 나라 춤에 등장하는 18개의 가면을 담은 우표 발행 소식이 실렸다.

－베스댄스의 '베스'는 무엇입니까?

"캔디언댄스 무용수들이 머리에 쓰는 모자 같은 겁니다. 경력이 오래된 무용수만 쓸 수 있습니다."

차뚜리카 학생은 초중학교 시절 베스댄스와 베스댄스가 유래했다는 무속행사 코홈바 약 칸카리야에 대해 배웠다고 했다.

－위쪽 나라 춤과 아래쪽 나라 춤은 어떻게 다릅니까?

"춤을 출 때 스타일도 조금 다르고, 특히 아래쪽 나라 춤은 가면을 쓰고 추는 게 많습니다. 위쪽 나라 춤은 여자들이 많이 춰요. 연주하는 북 모양을 비롯해 북을 만드는 재료도 각각 코코넛나무, 키뚤나무 등으로 조금씩 다릅니다."

－위쪽 나라 춤은 여자들의 춤입니까?

"베스댄스는 여자들 춤이에요. 코홈바 약 칸카리야에서 남자들의 춤으로 시작됐지만 점점 인기를 얻으면서 여자들이 추게 됐습니다. 지금은 여자들만 베스댄스를 춘다고 보면 됩니다. 캔디 페라헤라에서만 남자들이 베스댄스를 춥니다."

아베 전 교장도 베스댄스가 여성들의 춤이라고 확인했다. 다시 차뚜리카 학생의 이야기다.

－코홈바 약 칸카리야 기우제에도 여자 무용수는 없었는데?

"베스댄스가 아니라 그냥 코홈바 약 칸카리야니까 그래요. 웨삭포야 때 폴론나루와 페라헤라에서 남녀가 함께 추는 걸 본 적이 있지만 요즘은 기본적으로 여자들이 춰요."

위쪽 나라 춤(캔디언댄스) 본고장인 캔디 페라헤라에 선보인 베스댄스. 캔디언댄스는 스리랑카의 대표적 전통무용으로 베스댄스가 가장 인기가 있다. 이때 연주하는 위쪽 나라 북인 게타베라는 양쪽이 좁아지는 달걀형이다.

메이크업 아티스트로 춤에도 조예가 깊은 반둘라 씨는 캔디언 댄스와 다른 춤의 차이를 이렇게 설명했다.

"캔디언댄스는 손가락을 모두 펴고 손목으로만 율동을 표현합니다. 인도 춤과 아래쪽 나라 춤은 손가락을 구부립니다. 세 손가락을 펴고 두 손가락은 구부리는 식으로도 표현합니다. 외국인들은 춤을 출 때 연주하는 북을 보고 위쪽 나라 춤인지, 아래쪽 나라 춤인지를 판단하는 게 쉽습니다."

켈라니야대학교 출신의 무용교사 푸슈파 선생은 "사바라가무와 춤에도 행복을 기원하는 의식용인 '산띠카르마야' 춤도 있고 무대에서 추는 전통춤도 있다"라면서 "춤을 출 때 양손을 높이

왈폴라 페라헤라에 등장한 아래쪽 나라 춤인 나가 락샤 댄스(악마 댄스). 아래쪽 나라 춤은 동물 등의 마스크를 쓰고 추며 훨씬 무속적이다. 춤출 때 원통형으로 길쭉한 북인 악베라를 연주한다.

푸슈파 선생의 사바라가무와 춤(오른쪽). 왼쪽은 위쪽 나라 춤. 사바라가무와 춤은 스리파다야와 사바라가무와 주 수호신인 사만을 숭배하는 의식에서 비롯된 춤으로 스리랑카 전통춤의 원형으로 꼽힌다. 춤출 때 연주하는 북 다올라는 원통이다.
사진 제공: 푸슈파 선생.

들어 올리지 않는다"고 설명했다.

사람들이 악마에게 주는 음식이에요

케갈라 근처 개울 다리 옆에 달걀과 밥, 반찬이 놓여 있었다. 개 밥과는 달라 보였다. 일행 중 한 사람이 설명했다.

"악마가 있다고 생각하는 사람들이 악마에게 주는 음식이에 요."

－악마가 저 음식을 먹었을까요?

"개나 먹겠지요."

－누가 갖다놓았습니까?

"알 수 없어요. 동네의 누군가가 갖다놓은 것입니다."

악마를 대접하면 좋다는 생각은 코홈바 약 칸카리야뿐만 아니라 길거리에도 있었다.

약 1년 뒤인 10월의 아침. 교문 옆에 제사상이 차려져 있고 밥과 과일은 물론 머리빗과 작은 유리병에 꽃장식도 있었다. 교직원 및 학생들과 이야기했다.

－누가 언제 갖다놓았을까요?

"밤 12시 아무도 안 볼 때 카푸 마핫따야나 그의 제자가 갖다놓았을 겁니다."

카푸 마핫따야는 절 안에 있는 힌두사원 격인 데왈라야에서 의식을 진행하는 싱할라 사람을 일컫는다.

－왜 갖다놓습니까?

"악마를 잘 대접하면 해코지를 하지 않는다고 생각하기 때문입니다."

－왜 학교 정문 옆에 놓아뒀을까요?

"항상 삼거리의 한쪽에 놓아둡니다. 학교 입구 도로가 T 자가 아닙니까?"

－구체적으로 어떤 악마들이 있습니까?

"리리야카, 마하소나, 칼루 쿠마라야 등 10명 정도의 악마가 있습니다."

　－음식은 물론 과일, 빗, 거울 등도 있었습니다.

　"풍습입니다. 닭의 벗에서 피를 조금 내어서 뿌려놓는 경우도
있습니다."

　－코홈바 약 칸카리야에서도 닭 벗의 피를 뿌렸습니다.

　"같은 이치죠. 리리야카 악마는 드라큘라처럼 사람의 피를 원
한다고 합니다. 사람 피를 바칠 수 없으니까 닭 벗에서 약간 뽑는
겁니다."

　－교문 옆에서 접대한 악마는 어떤 악마입니까?

　"페레따 악마인데 사람이나 집, 물건에 지나치게 집착하던 사
람이 죽으면 페레따가 돼요. 이 악마는 아내나 집을 내놓으라고
하고 돈도 못 벌게 해요. 페레따 악마 접대상을 '페레따 땃투와'
라고 합니다."(J 학생)

　－다른 악마들은 어떻습니까?

　"마하소나 악마가 때리면 심장마비가 온다고 생각합니다. 과
학과는 거리가 멀어요. 칼루 쿠마라야(검은 왕자)는 여성과 관련
돼 있으며 여성이 좋아하는 악마입니다. 시집갈 때가 되면 칼루
쿠마라야가 몸 외부를 덮는다고 생각합니다. 저는 성적 충동으로
이해합니다."(불교도 G씨)

　"칼루 쿠마라야는 여성의 첫 생리 때 찾아와서 괴롭혀요. 부적
을 써서 실 목걸이를 만들어 걸면 괜찮아요."(J 학생)

　－'검은 왕자'에게는 무슨 사연이 있습니까?

"왕자는 힌두 신이었는데 예쁜 여자가 자신에게 기도를 하지 않으니까 화가 났어요. 그래서 악마로 변해 밤에 여성들에게 다가와 몸을 괴롭히는 거죠."

—다른 악마에 얽힌 이야기도 있습니까?

"예를 들어 수두를 앓으면 악마가 화가 나서 생겼다고 생각해요."

—이들은 인도 악마입니까, 스리랑카 악마입니까?

"모두 스리랑카 악마예요."

한편 페레따 악마 접대상은 이주일 뒤에 학교 경비원이 치웠다.

시집갈 나이의 딸이 있다는 걸 알리는 행사죠

타밀 소녀의 첫 생리 기념의식이 있었다. 아침부터 두 사람이 파티 장소인 윈디 네스트 대문 위에 뭔가를 매달았다. 프린시 아주머니가 말했다.

"오늘 행사의 표시이자 장식입니다. 타밀 관습인데 대문 양쪽에 하나씩 바나나 두 송이를 매달아 첫 생리일 '말와라 디나여' 축하파티가 있음을 알리는 겁니다."

—말와라 디나여 행사는 어떻게 합니까?

"딸이 12, 13세가 되어 초경을 하면 일단 방에 가둬놓습니다.

고기는 못 먹고 채식만 해야 합니다. 목욕도 할 수 없습니다. 끝나고 방에서 나와 목욕하고 식사한 뒤 잔치를 합니다."

　－싱할라 사람도 똑같이 합니까?

"관습 자체는 같고 세부적으로 조금 다릅니다. 타밀 사람들은 딸을 한 달간 방에 가둬놓지만 싱할라 사람들은 4, 5일 정도만 가둬놓고 의식도 요란하지 않게 합니다. 저는 두 딸을 가두지도 않았고 행사 자체를 하지 않았습니다."

　－왜 하지 않았습니까?

"심하다고 생각했습니다. 그 대신 '여성'이 됐으니 이런저런 것들을 조심해야 한다고 일러줬습니다. 한국에서도 이런 행사를 합니까?"

　－아들만 있어서 잘 모르지만, 첫 생리를 했는지는 당사자와 어머니 정도만 알지 않을까요? 중앙아프리카에서 딸이 시집가기 전에 방 안에 몇 달간 가둬 살을 찌워서 보낸다는 글을 읽은 적은 있습니다만……

프린시 마담은 관습보다는 합리성을 앞세웠다.

　－아까 다른 분들이 설명할 때 '웃사워야'와 '펑크션function'이란 말이 나왔는데 전체 맥락을 이해하지 못했습니다.

"의식儀式 또는 행사라는 말인데 영어와 뒤섞인 것입니다. 오늘 행사는 '말와라 디나여 웃사워야'(생리일 의식)입니다."

이 표현이 너무 직설적이라고 생각해서 근래에는 주로 '빅걸 파티Big Girl Party'라고 부른다고 했다. 주인공의 아버지와 이야기

빅걸파티의 주인공인 13세 타밀 소녀. 성인 의상인 사리를 입었다.

했다.

　－딸이 몇 살입니까?

　"13살입니다."

　－리본 장식이 아름답습니다.

　"코코넛나무의 잎으로 밤새 엮어서 만든 겁니다."

　－바나나와 땜빌리를 대문 양쪽에 매달아놓았습니다.

　"힌두문화입니다. 조상이 인도에서 왔습니다."

　홀 입구 작은 금속 탁자 위에 촛대와 작은 물감 통 3개가 놓여 있었다. 타밀 사람인 '아치'는 손님들이 입장할 때 얼굴에 바르는 연지라고 알려주었다. 스피커를 달고 음악을 요란하게 틀고 있는 디제이와 이야기했다.

―모두 인도 음악입니까?

"그렇습니다. 타밀 사람들이기 때문입니다."

―DJ도 타밀 사람입니까?

"저는 무슬림입니다."

―무슬림도 이런 행사를 합니까?

"하지 않습니다. 요즘은 이런 행사 자체가 드뭅니다. 콜롬보에 계셨으면 아마 못 보셨을 겁니다. 기본적으로 부모가 시집갈 나이의 딸이 있다는 걸 알리는 행사죠."

행사 주인공은 힌두교도인 타밀 사람, 홀의 주인은 불교도인 싱할라 사람, DJ는 이슬람교도인 무슬림이었다. 집안일을 하는 아치는 타밀 사람이지만 기독교신자였고 나는 종교가 없는 한국인이었다.

오전 11시경 주인공 일행이 등장했다. 아버지 등이 하객들에게 향수를 뿌리고 얼굴에 연지를 발라주었다. 환영하는 의미라고 했다.

일부는 툭툭에서 과일과 음식을 싸들고 내렸다. 하객들의 입장은 오후 1시 반경까지 이어졌다. 하객들은 "아저씨들 두 명이 아직 안 와서 점심시간이 늦어졌다"고 했다. 음식은 스리랑카 음식과 유사했다. 하기야 스리랑카 음식은 키리밧 등 일부를 빼고는 대부분 인도 음식이니까. 주인공의 당숙이라는 중고교 교장과 이야기했다. 사람마다 주인공의 나이를 달리 이야기해서 다시 물었다.

-주인공은 몇 살입니까?

"13살입니다."

아침에 주인공의 아버지가 말한 내용과 일치했다.

-특별한 의식은 없습니까? 사진 찍고 식사만 하는 것 같은데요.

"의식은 없습니다. 그냥 파티입니다."

-바나나 등 과일은 손님들이 가져온 것입니까?

"아버지 사촌들이 가져온 겁니다. 사촌들이 아주 많아요."

-이제 '소녀'에서 '숙녀'가 되는 것입니까?

"예. 오늘부터는 사리를 입을 수 있습니다."

-어떤 분은 주인공의 외삼촌들이 행사를 주최한다고 말했습니다. 사리도 한 벌씩 선물하고 사진을 찍는다고 들었습니다만.

"외삼촌은 오지 않습니다. 과일과 음식은 친가 쪽에서 가져온 겁니다."

어떤 싱할라 사람이 전해준 이야기에 대해 타밀인 교장은 부인했다.

-행사 경비를 누가 댑니까?

"아버지가 경비를 부담하고 사촌들은 도움을 준 정도입니다."

교장의 이야기가 신빙성이 있어 보였다. 적어도 그가 말한 주인공의 나이가 아버지가 말한 것과 일치했기 때문이다. 공식 행사는 오후 4시경 끝났고 일부는 6시까지 춤을 췄다.

딸과 아기 모두에게 좋다고 해요

프린시 아주머니의 집에서 오전 4시에 '키리암마 다나야'가 열렸다. 아이를 낳은 엄마들만 초대해 키리밧과 바나나 등을 접대하는 행사였다. 의미는 '젖엄마 보시'쯤 된다.

조금 늦게 갔더니 하얀 옷을 입은 키리암마들이 한 상씩 받아 놓고 함께 기도하고 있었다. 그중 한 사람이 나뭇가지를 흔들면서 의식을 진행했다. 시골에서 굿을 할 때 대나무 가지를 흔들던 모습과 비슷했다. 노래도 부르고 기도도 했다. 코코넛기름에 불을 붙이고 가족을 축복하는 이벤트가 끝나자 가족 모두가 키리암마에게 선물했다. 키리암마들은 오전 6시쯤 떠났다. 프린시 아주머니가 설명했다.

"아이를 낳은 엄마들만 초대해서 키리밧과 바나나 등을 주는 행사입니다. 전통적인 보시입니다. 남편이 살아 있고 없고는 상관이 없습니다."

－몇 명이 왔습니까?

"7명입니다."

－나이가 드신 분들이 많던데, 모두 젖을 먹이는 엄마들인가요?

"나이는 30대, 40대, 50대로 다양합니다. 아기를 낳은 적이 있으면 나이는 상관없습니다."

─행사를 왜 마련했습니까?

"딸이 둘째아이를 임신 중입니다. 키리암마 보시를 하면 딸과 아기 모두에게 좋다고 해요."

─모자의 건강을 기원하는 것입니까?

"건강뿐 아니라 돈과 행복을 모두 준다고 합니다. 가족 모두에게 큰 복을 내리게 하죠."

─제가 조금 늦었는데, 그전에는 무슨 일이 있었습니까?

"오전 4시경에 일행이 도착했고 불랏을 접시에 담아 드렸습니다. 불랏은 껌처럼 씹기도 하는 식물인데 환영의 뜻입니다. 그리고 먼저 신에게 '와우'(기도)를 했습니다."

─그다음에는?

"모여서 기도한 뒤 키리밧, 케움, 바나나, 코코넛 밀크를 각각 7개씩 드렸고 바나나와 포도도 드렸습니다. 다시 기도한 뒤 분유를 선물했습니다."

─키리암마는 어디서 오셨습니까?

"동네마다 팀이 있어요. 우리 동네에도 있었는데 리더가 돌아가신 뒤 사실상 해체됐습니다. 요즘 젊은 엄마들은 하지 않으려하고……. 그래서 다른 동네에서 모셔온 팀입니다."

─아마추어입니까, 프로입니까?

"프로에 가깝겠네요. 7명씩 팀을 이루고 리더가 있습니다."

─불교 전통입니까?

"정통 불교는 아닙니다. 남신과 여신들에게 비는 것입니다. 불

나뭇잎을 든 리더의 지휘에 맞춰 '키리암마' 7명이 기도를 하고 있다. 오른쪽 세 사람은 프린시
아주머니 집안사람들.

교와 힌두교가 섞였는데 굳이 말하자면 힌두교에 가깝다고나 할
까요. 인도 전통이 많이 섞였으니까요. 도시에는 이제 없습니다."

위제 선생이 설명했다.

"'7-7-7'로 나가는 행사입니다. 키리암마를 7명, 14명, 21명
초대하는 식이죠."

ー초청 대상은 누구입니까?

"아이를 낳은 여성이면 됩니다. 나이, 남편 유무, 재산 유무는
관계없어요. 일반적으로 부자는 초대하지 않습니다."

ー무엇을 대접합니까?

"키리밧과 바나나, 케움 등을 사람마다 각각 7개씩 드립니다."

－그 많은 음식을 어떻게 다 먹습니까?

"집에 가져갑니다. 일찍 시작해 음식을 나눠 주면 끝나는 행사입니다."

－왜 하는 겁니까?

"아이를 낳은 어머니를 잘 접대하면 집안에 좋은 일이 생긴다고 믿습니다. 우리 집사람도 그렇게 생각해요. 일종의 불교적 전통이라고 할 수도 있습니다."

부처님과 미륵불 사이를 연결하는 것이 나타 데위요죠

캔디 불치사 옆에는 4개의 데왈라야가 있는데 통칭 나타 데왈라야라고 한다. 각각 나타, 파티니, 카타라가마, 비슈누가 있고 불치사와 각별하며 페라헤라도 함께 연다. 인도 출신 왕비를 위해만든 곳이라고 했다. 나와가무와 데왈라야의 경우 파티니 데왈라야이고 나머지 데위요가 있는 곳은 덤 같은 인상을 주는 데 반해이곳은 나타 데왈라야긴 하지만 각 데왈라야가 독립돼 있는 느낌이었다.

토요일 아침. 나타 데왈라야가 붐볐다. 현지 불교도가 말했다.

"나타는 '형체가 없다'는 뜻인데 미래의 부처 미륵불과 관련이있어요. 부처님과 미륵불 사이를 연결하는 것이 나타 데위요죠."

신도들은 과일 바구니에 대부분 20루피(약 150원) 한두 장을 담아 들고 줄을 서서 들어갔다. 카푸 마핫따야는 5분 정도 이야기를 한 뒤 시줏돈은 받고 과일과 음식은 돌려주었다. 나타 데왈라야는 이곳에서 가장 오래된 건물로 불치 안치 전부터 있었다고 했다. 나타 데왈라야의 위상은 캔디 페라헤라 때 불치사에 이어 두 번째로 행진하는 데서도 드러난다고 했다. 이어 비슈누, 카타라가마, 파티니 데왈라야의 순으로 행진한다고 했다. 파티니 데왈라야는 내부가 황금색이었고 카푸 마핫따야 두 명이 양쪽에서 진행했다.

또 하나 붐비는 곳은 경내 보리수 주위였다. 신도들은 작은 항아리에 물을 받아 노란색 향료와 섞은 뒤 계단을 올라가서 보리

보리수에 향신료를 섞은 물을 붓기 위해 계단을 오르고 내려오는 사람들. 장학생시험이나 레벨 테스트에서 고득점을 하게 해달라고 어머니와 함께 빌려 온 어린이들도 많았다.

수 옆 홀에 부었다. '보리수 공양'이라고 불렀다. 계단은 2층처럼 돼 있어서 불국사의 청운교와 백운교를 연상케 했다.

비슈누 데왈라야는 차도 건너에 있어서 나갔다 들어올 때 경찰이 검색했다. 경내 작은 절 입구에는 신들을 색깔로 표시해놓고 마음에 드는 데위요게 동전을 넣게 돼 있었다.

친구가 점을 좋아하는데 같이 가자고 해서

중년 여성 D씨가 친구와 캔디에 점을 보러 갔다 오겠다고 했다.

"캔디에 유명한 점쟁이가 있는데 친구가 같이 가자고 해서 갑니다."

−점을 보는 것 아닙니까?

"맞습니다. 워낙 인기가 있어서 오후에 가서 자고 이튿날 새벽에 일찍 번호표를 뽑아야 점을 볼 수 있습니다."

−점은 어떻게 봅니까?

"점쟁이는 아무 말도 안 합니다. 그냥 얼굴만 보고 있다가 방으로 들어가서 뭔가 적힌 종이를 들고 와서 내용을 말해줍니다."

−그 내용이 맞습니까?

"맞는 것도 많습니다. 한국에도 점이 유행합니까?"

−그렇다고 합니다. 젊은 여대생들도 많이 본다고 하고요.

151

"한국에서는 왜 점을 봅니까? 잘 맞습니까?"

 —글쎄요. 대체로 일반론을 펴지 않겠습니까? 손님의 나이와 얼굴 모습을 봐서……. 아주머니는 왜 점을 보러 가는지요?

"저는 별로 궁금한 게 없어요. 친구가 점을 좋아하는데 같이 가자고 해서……."

아주머니가 점을 보고 온 이튿날 만났다. 점괘가 궁금했다.

 —점쟁이가 뭐라고 하던가요?

"저는 문제가 없대요. 다만 주위에서 질투할 수 있으니까 조심 하라고 했습니다."

 —주변에서 질투한다는 게 무슨 의미입니까?

"우리 가족이 아닌 사람들이 제게 그럴 수 있다는 것입니다. 겉으로는 저를 좋아하는 듯하지만 속마음은 그렇지 않을 수 있다 는 거죠."

 —그거야 일반론이 아닙니까? 부자라서 질투한다는 것입니 까?

"큰 부자는 아니고 조금……. 돈도 돈이지만 저의 배경 때문 에 그럴 수는 있습니다."

그는 시골 아주머니로서는 드물게 정규 대학 출신인데 사회활 동도 열심히 했다. 대부분 머리를 묶고 다녔지만 아주머니는 파 마를 했다.

 —어제저녁에 미리 가셨는데 번호표는 잘 뽑았는지요?

"점쟁이 옆집 부티크에서 밤을 새웠습니다. 아침 일찍 갔더니

5번이었어요. 온 사람들이 스스로 순서를 알아서 번호를 정하면 나중에 번호표를 주는 식이었습니다. 100명 정도 모였습니다."

−점쟁이에게 생년월일 같은 것을 알려주었습니까?

"아닙니다. 그냥 얼굴만 잠시 보고 안으로 들어가더니 뭔가 적힌 종이를 들고 나와서 말해주었습니다."

−사례금은 얼마나 주었습니까?

"1000루피(약 7500원)를 줬어요."

−비싼 편인가요, 싼 편인가요?

"생각하기 나름이지요. 조금 비싼 것 같기는 합니다."

−한 사람당 5분 정도 봐줍니까?

"맞습니다. 그분은 위엄을 보이려고 합니다. 이름을 부르면 아주 싫어하고 꼭 영어로 '서Sir' 또는 싱할라어로 '마핫따야'(서방님, 선생님)라고 불러야 합니다."

−나이가 얼마나 됐습니까?

"65세 정도입니다."

−그렇게 유명해요?

"그럼요. 캔디 일대뿐만 아니라 남부에서도 점을 보러 와요."

−같이 갔던 친구의 사연도 궁금합니다.

"그 친구는 토지를 팔려고 해요. 이 사정을 미리 말해줬더니 땅의 흙을 좀 떠 오라는 주문이 왔습니다. 점쟁이가 그 흙을 받아 방으로 가더니 주문을 외우고 종이를 태웠습니다. 나와서 '이제 모든 액운이 사라졌으니 땅을 팔아도 된다'고 말했습니다."

-그래서 어떻게 됐습니까?

"돌아오는 길에 친구에게 전화가 걸려왔어요. 어떤 사람이 땅을 살 의향이 있다고 해서 이야기를 주고받는 걸 들었습니다."

-그전에는 땅을 사겠다고 나선 사람이 없었답니까?

"한 사람도 없었대요. 처음으로 문의 전화가 왔다고 했어요."

흥미로운 사태 진전이었다. 정말 신비로운 뭐가 있는 것일까? 아니면 점쟁이 측에서 '작업 전화'를 한 것일까?

신이 들려서 추는 춤이에요

나와가무와 데왈라야. 싱할라 불교도도 즐겨 믿는 힌두 여신 파티니를 모신 곳이다. 데왈라야는 절 안에 힌두 신을 모시는 곳을 말한다. 토요일 오전 9시경 도착했는데 마당에서는 여성 몇 명과 남성 한 명이 흰옷에 산발한 채 신들린 사람처럼 이상한 춤을 추었다. 노란색 큰 건물인 파티니 데왈라야는 줄을 쳐서 출입을 막았고 9시 30분쯤 음악이 그치자 차단 줄이 걷혔다. 이때 춤도 그쳤다. 왼쪽에 있는 절에는 와불臥佛이 있었다.

파티니 데왈라야 안에서는 경매 비슷한 게 진행되었다. 사람들은 줄을 서서 손을 들고 뭔가 외쳤고 앞에 있는 사람은 숫자를 외쳤다. 사진을 찍지 못하게 했다. 신도에게 물었다.

−지금 음식과 과일을 경매하는 것입니까?

"음식은 그냥 주는 것입니다."

−돈을 들고 외치고 있었습니다.

"기부하는 겁니다."

−춤을 요란하게 추던데 무슨 춤입니까?

"나름대로 기도하는 방식입니다."

사람들은 길게 줄을 서서 제단의 음식과 과일을 한 쟁반씩 들고 나와 먹거나 나눠 주었다. 오른쪽 작은 데왈라야들은 분위기가 사뭇 달랐다. 방은 작았고 신들의 그림이 조명을 받아 화려하게 빛났다. 힌두 성직자 격인 카푸 마핫따야가 기도를 주재하고 총채 같은 것을 흔들다가 내리치기도 했다. 그는 신도의 이름을 물은 뒤 축복해주었다. 몇 달 뒤에 다시 방문해 오전 9시 이전 상황을 보았지만 별로 다른 게 없었다.

싱할라어문학을 전공한 나디샤 선생과 이야기했다. 그는 나와 가무와 부근에 살고 있었다.

"데왈라야는 절 안에 있는 힌두사원입니다. 신들을 모신 곳입니다."

−나와가무와에는 절과 힌두사원이 함께 있어서 헷갈렸는데……

"노란색 큰 데왈라야 한 개와 작은 데왈라야 여러 개가 있습니다. 절은 하나밖에 없습니다."

−싱할라는 대부분 불교도이고 이곳은 절인데 왜 힌두 신들이

함께 있습니까?

"부처님께서 여러 신을 모시라고 말씀하셨기 때문입니다."

-작은 데왈라야는 왜 여러 개 있습니까?

"건물마다 모시는 신이 다릅니다. 파티니를 비롯해서 네 명의 신이 있습니다."

-일요일 오전에 몇 사람이 마당에서 괴상한 춤을 추고 있었습니다.

"신이 들려서 추는 춤이에요."

-춤을 너무 열심히 추다 보면 약간 이상해지는 것 아닙니까?

"아닙니다. 그들은 몸에 신이 들어 있으니까 그렇게 춤을 춘다고 믿습니다."

-춤을 본 것은 오전 9시부터 30분간입니다. 그때 데왈라야 문은 작은 쇠줄로 막혀 있었는데 안에서는 무슨 일이 진행됩니까?

"큰 데왈라야에서는 성직자인 카푸 마핫따야가 '떼와워'(스피치)를 합니다. 빗자루 같은 것을 들고 흔들면서 하는 의식이죠."

-음악이 끝나고 사람들이 들어갔습니다.

"음식과 과일을 신께 바칩니다. 특히 돈도 같이 담은 쟁반을 들고 갑니다."

-받아 들고 나오는 과일은 사는 것입니까?

"무료이고 여러 사람이 나눠 먹죠."

-나중에 들어갔더니 경매 분위기였습니다.

"경매가 아닙니다. 과일과 돈이 함께 들어 있으니까 카푸 마핫

한 신도가 파티니 데왈라야를 향해서 춤을 추고 있다. 바로 보이는 흰 건물은 절이다.

따야가 돈은 모으고, 과일은 나눠 주는 겁니다."

작은 데왈라야마다 카푸 마핫따야가 있어서 뗴와워를 하면서 축복해주고 있었다.

힌두교 사원인 코윌과 불교 절에 있는 데왈라야의 차이는 뭘까? 아베 전 교장이 말했다.

"절 안에 있는 데왈라야는 불교도만 찾습니다. 코윌은 타밀 힌두교도가 가는 곳입니다. 두 곳 모두 힌두 성직자가 있습니다."

–다른 차이점은 없습니까?

"데왈라야에는 대체로 대표적인 네 명의 신이 있지만 코윌에는 많은 신들이 있습니다. 코윌에서는 북을 치고 나팔을 불지만 데왈라야에서는 악기를 연주하지 않습니다."

-데왈라야와 코윌은 모시는 신이 다릅니까?

"데위요 자체가 대부분 힌두 신들이니까 거의 같습니다. 그렇지만 부처님의 발자국이 있는 스리파다야를 지키는 사만과 켈라니야 절의 비비샤나는 스리랑카 사람만 모시는 신입니다. 카타라가마 신은 모든 데왈라야에서 공통적으로 모시고 나머지 신들은 데왈라야마다 조금씩 다릅니다. 코윌은 힌두교 사원이니까 다양한 신들이 있습니다."

　-왜 절 안에 힌두사원이 들어와 있습니까?

"옛날에 인도 왕이 쳐들어온 이후로 인도 여성이 왕비가 됐습니다. 왕이 인도 여성을 좋아했다는 이야기도 있습니다. 왕은 불교도, 왕비는 힌두교도여서 절 안에 힌두사원을 만든 것이 데왈라야라고 전해집니다."

　-데왈라야에 정신적, 심리적 문제를 해소하러 간다고 들었습니다. 스트레스 해소…….

"맞습니다. '피를 맑게 하려고' 찾는 것입니다. 또 아기가 없는 여성이 기도하고 축복을 받으면 임신한다고 합니다."

　-한국에서도 과거에 불공을 드리면 아들을 낳는다고 했습니다.

"비슷합니다. 불교도는 데왈라야에는 많이 가지만 힌두 코윌에는 안 갑니다."

위제 선생에게도 물었다.

　-힌두 성직자를 푸자카야라고도 하고 카푸 마핫따야라고도 하는데……?

"푸자카야는 코윌에 있는 타밀 사람이고, 카푸 마핫따야는 데왈라야에 있는 싱할라 사람입니다. 모두 결혼할 수 있고 스님이나 신부와 달리 집에서 출퇴근합니다. 카푸 마핫따야는 대물림하는 직업입니다."

교직원 나디샤 씨가 말했다.

"나와가무와 데왈라야에서 모시는 파티니 여신은 임신을 가능하게 해준다고 합니다. 여기서 모시는 힌두 신은 여신 파티니를 비롯해 비슈누, 카타라가마, 사만입니다."

−카푸 마핫따야가 먼지떨이 같은 것을 흔들면서 말을 했습니다.

"'모나라 피하두'라고 공작의 깃털로 만든 겁니다. 이름과 생년월일 등을 대면 카푸 마핫따야가 축복해줍니다."

−집에서도 힌두 신을 모십니까?

"예. 부처님과 함께 파티니 여신을 모시는데 부처님이 맨 위에 계시고 아래에 파티니가 있습니다. 곡식이나 과일이 새로 나오면 맨 먼저 부처님께 올리고 다음에 파티니께 드립니다."

스페인 코르도바 대사원(메스키타)은 이슬람 사원 안에 성당이 들어서 있다. 다른 곳에서는 이교도의 사원을 파괴했지만 코르도바에서는 모스크를 그냥 둔 채 성당으로 개조했기 때문에 두 종교의 '공존'을 상징적으로 보여준다. 현재 기독교 문명과 이슬람 문명의 '충돌'이 첨예화하고 있다는 점에서 직접 비유하기에는 무리가 있어 보였지만 데왈라야가 불교와 힌두교의 '접속'을 보여준다는 점에서 시사하는 바는 있었다.

불교도에게 부처님과 데위요는 어떻게 다를까? 불교도들의 설명을 종합했다.

"불공은 선업을 쌓는 것입니다. 신도가 부처님께 뭘 요구하지는 않습니다. 계를 잘 지키면 선업을 쌓는 것이고 어기면 악업(죄)을 쌓는 것입니다. 부처님 앞에서는 선업pin과 악업paw이 있을 뿐입니다."

—힌두 데위요는 다릅니까?

"데왈라야의 데위요에게는 구체적인 것을 갖게 해달라, 이루게 해달라고 빕니다. 예를 들면 시험에 합격하게 해달라, 돈을 많이 벌게 해달라고 요구하는 식입니다. 극단적으로 적을 제거해달라고 빌 수도 있습니다. 이런 소원들을 이뤄주면 다시 찾아오겠다고 약속합니다."

—부처님의 말씀에 따라 데위요를 모신다고 들었습니다만…….

"부처님께서는 데위요에게도 선업을 나눠 주라고 하신 것이지 데위요의 이름을 붙여 숭배하고 소원을 빌라고 하신 것은 아닙니다."

—불교도는 모두 데왈라야에 가지 않습니까?

"정통 불교도는 데왈라야에 안 갑니다. 옛날 토템신앙 비슷하기 때문입니다. 혹시 캔디의 나타 데왈라야에 가셨을 때 초등학생들을 데리고 온 어머니들이 많지 않았습니까?"

－어린이들도 많았습니다.

"근래에는 5학년 대상 장학생시험 커트라인이 아주 높아졌습니다. 합격해야 좋은 상급 학교로 진학합니다. 재미있는 것은 의사나 교수 등 배운 사람들이 스트레스를 해소하고 마음을 가다듬기 위해 데왈라야를 찾는데 보통 사람들은 이걸 보고 '데왈라야에 가서 빌면 아이들이 의사나 교수가 되는가 보다' 하고 생각한다는 점입니다. 많은 엄마들은 아이들에게 사교육 과외를 시키는 한편 데왈라야에 데리고 가서 점수를 많이 받게 해달라고 빕니다."

－한국도 비슷한 분위기입니다만…….

"향신료를 탄 물을 보리수에 붓는 것도 같습니다. 보리수는 불교와 깊은 관계가 있지만 물을 붓고 소원을 비는 것은 힌두 식입니다. 부처님께는 무엇을 이루게 해달라고 소원을 말할 수 없지만 보리수 앞에서는 그렇게 합니다."

－사실 절보다 데왈라야가 더 재미있긴 합니다.

"그렇겠지요. 절은 단조롭고 조용하니까요. 특히 웨삭, 포손 등 포야(보름)에는 재미가 없습니다. 전부 '무엇을 하지 않겠다'는 계만 있으니까요. 다만, 새해는 '싱할라－타밀 새해'라고 공통으로 해서 힌두의 요소를 많이 섞어놓았기 때문에 비교적 자유롭고 제약이 별로 없습니다. 불교도에겐 일종의 돌파구라고나 할까요."

－데왈라야는 누가 소유하고 있습니까?

"절 소유입니다."

-어떻게 운영합니까?

"따로따로 운영합니다. 절과 데왈라야 관리자가 따로 있습니다. 데왈라야에서 수입의 40퍼센트 정도를 절에 냅니다."

소유주는 같지만 독립채산제라는 설명이었다. 불화로 유명한 고찰 와라나 절에서 승려가 불상이 있는 법당의 문을 열어 보여 주면서 "옆방은 힌두 쪽에서 별도 관리하기 때문에 열쇠가 없다"고 한 말이 이해됐다.

소원이 이뤄졌다고 생각되면

와라카폴라에 있는 파티니 데왈라야는 작지만 짜임새가 있었다. 빨간 띠를 두른 수석 카푸 마핫따야 페마 다사 씨를 만났다.

-카푸 마핫따야가 몇 분 있습니까?

"세 명인데 돌아가면서 공양을 담당합니다."

-매일 공양합니까?

"월요일, 수요일, 토요일에만 합니다. 8월에는 크게 행사를 하고 페라헤라도 합니다."

-일반적으로 절에 데왈라야도 함께 있는데 여기는 상당히 떨어져 있습니다.

"위치상 조금 떨어져 있지만 같이 있는 것으로 보시면 됩니다."

―공양은 언제 합니까?

"오전과 오후에 각각 있습니다."

옆에 있던 신도 프리얀따 씨가 덧붙여 설명했다.

"오전 공양은 7시에 시작해서 낮 12시경에 끝나고 오후 공양은 3시에 시작합니다."

―신도는 얼마나 됩니까?

"일대에 마을이 17개인데 데왈라야는 여기밖에 없고 싱할라 사람들이 불교도니까 신도는 아주 많습니다."

―카푸 마핫따야는 이곳에 상주합니까?

"아닙니다. 집에 있다가 일이 있는 날에만 옵니다."

―신도들이 하얀색과 노란색 천에 동전을 넣어 매달았습니다.

"'판두루'(약속)입니다. 소원이 이뤄지면 데왈라야에 시주하겠다고 스스로 약속한 뒤 징표로 집에 뒀다가 소원이 이뤄졌다고 생각되면 가지고 와서 매달고 시주도 하죠."

데왈라야에 오면 모두 시주하지만 모두 판두루를 가지고 오지는 않았다. 카푸 마핫따야가 자신이 있는 곳까지 들어와서 공양하는 사진을 찍어도 좋다고 했다. 가운데에 파티니 신이 있고 망고 모형을 비롯한 온갖 장식이 있었다. 카푸 마핫따야가 신도들이 건네주는 음식을 받아서 하나씩 차려놓았다. 음식 쟁반에는 돈도 있었다. 카푸 마핫따야가 노란 보따리를 들고 나가서 흔들고 들어와 기도하고 축복했다. 이런 방식으로 한 바퀴 돌고 나면 다음 신도들이 공양하기를 여러 차례 반복했다. 힘들기 때문에 카푸 마핫따야들이 번갈아 진행했다. 노란 보따리가 궁금했다.

　-카푸 마핫따야가 노란 보따리를 신도들에게 흔들었습니다.

　"'살라바'라고 합니다. 축복하는 것입니다."

　-무엇이 들어 있습니까?

　"작은 무뚜(진주)인데 데왈라야에 보관합니다."

　한편 자야틸라카 씨는 "동생이 이곳의 카푸 마핫따야"라면서 "여기서는 총채 같은 것을 흔드는 떼와워를 하지 않는다"고 했다.

아주 훌륭한 왕이었어요

켈라니야 절에도 데왈라야가 몇 군데 있었다. 입구 쪽 비비샤나 데왈라야의 젊은 카푸 마핫따야는 "비비샤나는 인도 영웅서사시 '라마야나'(라마의 여행)에 나오는 스리랑카 악마족 락샤사(나찰) 왕인 라바나의 동생으로, 나중에 왕이 되었던 신"이라면서 "아주 훌륭한 왕이었어요"라고 말했다. 절 외벽에도 비비샤나가 조각 돼 있었다. 비비샤나는 스리랑카 고유의 신이다.

　비비샤나 데왈라야에는 인간 비비샤나가 신의 반열에 오르는 과정을 대략 아래와 같이 소개해놓았다.

　"스리랑카 왕 라바나가 당시 인도 왕자(후에 왕)이던 라마의 아내 시타를 납치했다. 동생 비비샤나는 시타를 그냥 돌려보내자고 했지만 형 라바나는 거부했다. 비비샤나는 기본적으로 형을 공경했지만 형의 무자비한 통치에는 반대했다. 이를 안 힌두의 브라마 신이 비비샤나에게 '영생을 내리노라'고 했다. 비비샤나는 인도 왕에게 가서 도움을 주었고 인도 왕이 형을 죽이는 데 한몫했다. 인도 왕은 비비샤나에게 스리랑카 지역을 통치하도록 왕위를 내렸다."

인도인은 이 서사시의 내용을 어떻게 보고 있을까? 인도 코치에서 만난 힌두교도 스리람 벤키타라만 씨는 자기 이름 스리람의 유래를 설명하면서 그 내용을 들려주었다.

"힌두교에는 산스크리트어로 쓰인 유명한 서사시 두 개가 있는데 그중 하나가 '라마야나'입니다. 옛날 스리랑카에 악마 락샤사족이 살았는데 머리 10개 달린 악마의 왕 라바나가 인도 영웅람의 아내 시타를 납치해 갔습니다. 그래서 람이 스리랑카에 가서 라바나를 죽였다는 이야기입니다. 이 서사시는 아주 길고 복잡하지만 단순화하면 그런 내용입니다."

최상위 브라만 카스트인 벤키타라만 씨는 "제 이름 스리람의 '람'도 바로 그 영웅의 이름에서 따온 것"이라고 말했다. 그는 라바나를 '머리 10개 달린 악마의 왕'으로 묘사했다. 또 비비샤나에 대해서도 일종의 배신자라는 관점에서 이야기했다. 인도인의 시각이었다.

스리랑카인의 시각은 사뭇 달랐다. 띨리니 선생의 이야기다.

"그건 6000년 전 서사시로 인도 사람들이 하는 이야기입니다.

왕은 악마가 아니라 악마를 섬기는 사람들의 왕이었습니다. 머리가 10개 달린 악마라고 하는데 사실은 고도의 정신수양을 통해 영적으로 10단계 성숙한 존재였다는 의미입니다. 당시 인도 왕자이던 라마가 10여 년 유배생활을 할 때 아내 시타도 함께 고행을 하고 있었습니다. 이때 스리랑카 왕 라바나의 여동생이 돌아다니다가 라마에게 반했는데 왕자의 호위무사에게 피해를 입었습니다. 오빠인 라바나가 이를 듣고 화가 나서 복수 차원에서 스스로 만든 '비행기'를 타고 가서 라마의 아내를 납치해 왔다는 이야기입니다."

떨리니 선생은 또 "스리랑카 왕 라바나가 서남아시아 전통 의술인 아유르베다에도 정통해 의학서적을 집필하기도 했다"고 소개했다. 그는 라바나를 긍정적으로 평가하는 태도를 보였다.

켈라니야 절 귀퉁이에는 4제곱미터 정도로 작은 데왈라야가 있는데 촘촘한 창살 사이로 9명의 신이 보였다. 신도들과 이야기했다.

─카푸 마핫따야가 지각하나 봅니다. 어떤 신이 있습니까?

"라비, 산두, 쿠자, 라후, 구루, 샤니, 부다, 케투, 케비 등 모두 9명입니다. 요일별 신에 라후와 케투가 더 있는 셈입니다. 이들은 데왈라야에 있긴 하지만 데위요보다는 조금 아래 급이라고 보면 됩니다."

─대표적 신은 어떤 신입니까?

"가운데에 보라색 옷을 입은 샤니(세나수루)와 빨간 옷을 입은 쿠자(앙가하루)가 무섭습니다. 이들 신은 좋지 않습니다. 여기서는 우유를 가지고 기도합니다."

사람들은 특히 화요일(앙가하루와다)에는 결혼식을 절대 하지 않고 일부는 머리까지 감는 전신목욕도 하지 않을 정도로 앙가하루를 기피했다.

점성술에 따른 사주와 요일(신)의 관계가 흥미로웠다. 사주를 볼 때 따지는데 라비(태양), 산두(달), 쿠자(화성), 라후(북교점), 구루(목성), 샤니(토성), 부다(수성), 케투(남교점), 케비(금성) 같은 것들이 있다. 일곱 가지는 요일로 쓰이는 행성과 위성(달) 이름이고 라후와 케투는 '점'이다. 이런 것들이 우리의 띠처럼 사용됐다.

"생년월일시로 일생을 구분합니다. 예를 들어 196X년 10월 X일 X시에 태어났으면 부다(수성)로 17년을 사는데 계산상 뒤의 1년을 거의 빼고 16년을 살고, 그 후에는 쿠자(화성)로 7년, 다음에는 케비(금성)로 20년, 이어 라비(태양)로 10년…… 식으로 살게 됩니다."

―누가 어떻게 정합니까?

"책에 있습니다. 합하면 120년입니다. 생년월일이 같아도 시각이 다르면 차이가 많이 납니다. 다른 나라의 점성술 사주 시스템과 같은지는 모르겠습니다."

―한국은 해로 띠를 구분합니다. 이곳에는 어떤 특징이 있습니까?

"예를 들어 부다 기간에는 공부를 잘하고 케비 때는 성욕이 왕성하다고 합니다. 쿠자라든가 샤니 기간은 좋지 않게 생각합니다."

한국식 띠로 이해한다면 사람에 따라 띠별 연한이 달랐다. 어떤 사람은 태양 띠로 10년, 수성 띠로 7년을 살고, 다른 사람은 태양 띠로 3년, 수성 띠로 20년을 산다는 식이었다.

요일별 신들은 인도 타밀나두 주 마두라이의 미낙쉬 사원에도 있었다. 스리랑카에서는 문네스와람 같은 힌두 코윌을 제외하고 다른 데왈라야에서 요일 신을 본 기억이 없다. 미낙쉬는 시바의 아내라고 했다.

켈라니야 절에는 '마니악키카' 상이 있다. 커다란 관을 썼고 목걸이가 요란했다. 현지에서 만난 칼란수리야 씨는 "마니악키카는 켈라니야 절을 수호한다"고 말했다. 나중에 위제 선생은 "마니악키카는 보석(매니카)이란 뜻으로 사실은 킹코브라인데 켈라니야 절을 지키다 보니 '데위요 급'이 됐다"면서 여기에 얽힌 전설을 소개했다. 실제로 마니악키카 상 주변에는 킹코브라가 많이 조각돼 있었다.

"옛날에 양쪽이 보석 어좌를 서로 차지하려고 하도 싸우니까 인도에서 부처님이 오셔서 싸움을 말리고 그 보석 어좌를 스투파(탑)에 넣어두셨답니다. 당연히 스리랑카에 불교가 정식으로 들어오기 전 이야깁니다. 킹코브라가 스투파 속의 어좌를 지키고 있는데 사람들이 데위요처럼 생각하고 모십니다."

─그렇지만 마니악키카는 킹코브라의 모습이 아니었습니다.

"아, 켈라니야 지방에 살던 종족이 킹코브라족(나와족)이었다고 전해집니다."

역시 싱할라 사람인 우팔리 씨는 조금 다른 버전을 소개했다. 이야기 흐름은 같았다.

"나와족 나라의 삼촌과 조카가 보석 왕관을 놓고 심하게 싸우니까 부처님이 자프나에 오셔서 싸움을 말리고 그 왕관을 봉해서 켈라니야 쪽 왕인 마니악키카에게 맡겼다고 합니다. 마니악키카는 스투파를 만들어 왕관을 넣어두었답니다."

켈라니야 절을 지킨다는 '킹코브라 신' 관련 전설을 감파하 지역에 사는 아베 선생과 위제 선생이 들려주었다.

"전설에 따르면 옛날 스리랑카에는 세 종족이 있었습니다. 맨처음에 약샤족이 살았고 나와족, 데와족의 순으로 살았습니다. 나와는 킹코브라인데 켈라니야 일대 사람들이 나와족이었답니다. 실제로 옛날 나와족은 사나웠다고 해요."

─약샤는 악마가 아닙니까?

"그렇습니다. 민속의식 코홈바 약 칸카리야에 등장하는 약(악마)이 그겁니다. 이 의식이 약샤족에서 시작됐다는 이야기가 있습니다."

─마지막 데와족은 무엇입니까?

"데와는 데위요(신)와 같은 뜻입니다. 악마족이 살다가 킹코브라족이 물려받았고 다음은 데위요 차례였으니까 스리랑카에는 전부 무서운 사람들만 살았다는 이야기입니다. 허허."

가네샤에게도 사탕수수를 바치죠

남부 지방의 큰 축제인 카타라가마 페라헤라. 2018년에는 7월 에 살라 포야 무렵 열렸다. 페라헤라가 밤에 시작되니까 낮에는 카 타라가마에서 가까운 셀라카타라가마 데왈라야가 붐볐다. 일대 에는 코코넛기름에 불을 붙이는 연기와 향 피우는 연기가 자욱했 다. 싱할라 사람들은 이곳을 데왈라야라고 했고 힌두교도는 코윌 이라고 불렀다. 분위기는 힌두 코윌에 가까웠다. 불교도와 힌두 교도가 뒤섞여 있었지만 많은 타밀 남자들은 머리를 면도로 완전 히 밀고 웃통을 벗은 채 기도하고 여성은 화려한 색상의 옷을 입

한 어린이가 코끼리에게 바나나를 주고 있고 다른 어린이 두 명은 코끼리 배 아래로 빠져나가고 있다.

어서 쉽게 구분됐다.

엄청난 양의 코코넛이 놓여 있었고 사람들은 열매에 불을 붙여 한참 들고 서 있다가 바위에 내리쳐서 깨뜨렸다. 코끼리 모습의 가네샤 신을 모시는 곳답게 큰 코끼리가 있었고 어린이들이 배 아래로, 코와 앞다리 사이로 재주를 넘듯 빠져 다니며 스릴을 즐겼다. 덩치 큰 코끼리가 쳐서 과거에 몇 명이 희생됐다고 했다.

힌두 성직자가 곳곳에 있는 데왈라야에서 음식과 돈을 접수하느라 분주했다. 타밀 가족이 모여서 솥을 걸고 불을 때고 있었다.

−무엇을 하고 있습니까?

"퐁갈을 만들어요. 우유나 코코넛우유를 솥에 넣고 끓어 넘치게 한 뒤 쌀과 녹두, 하쿠루(갈색 설탕)를 넣고 만드는 음식입니다. 또 다른 요리도 만들 수 있습니다."

−퐁갈로 키리밧과 비슷한 음식도 만듭니까?

"예. 이렇게 섞어서 만든 음식이 무루땐밧입니다."

힌두교도들은 무루땐밧을 신들에게 바치고 먹었다. 사원 입구에는 과일과 음식 가게는 물론 옷가게와 기념품 가게도 많아서 상권을 형성하고 있었다.

카타라가마 데왈라야도 방문했다. 타밀 힌두교도들은 무루간 코윌이라고 불렀다. 여기서는 편의상 카타라가마 데왈라야로 쓰기로 한다. 이곳에 가려면 10개 정도의 골목에 들어선 남대문시장 같은 곳을 통과하고 다리를 건너야 했다. 매니크(보석)강에서는 남녀노소 수백 명이 정화의식으로 목욕을 했다. 페라헤라 기간의 주말이라 방문객이 수만 명은 족히 돼 보였다. 데왈라야 경내는 큰 대학교 캠퍼스 정도의 규모였다. 싱할라 사람들은 카타라가마가 불교 수호신이라며 숭배했고, 타밀 사람들은 전쟁의 신 무루간이라고 불렀다. 인도 타밀나두 주 마두라이에서 가장 유명한 이들리(인도 음식)를 파는 식당 이름이 무루간 이들리 숍이었다. 카타라가마 현지인들이 말했다.

"경내에 있는 키리웨헤라 탑과 카타라가마 데왈라야는 불교 쪽에서 관장합니다. 그렇지만 카타라가마의 본처로 인도에서 온 데와세나와 파괴의 신 시바를 모시는 곳은 힌두교도들이 관장합니다."

코코넛에 불을 붙여서 들고 있는 사람들. 그런 뒤 바닥에 던져서 깨뜨렸다.

따라서 힌두사원인 코윌과 불교 속의 힌두사원인 데왈라야가 공존하고 있었다. 이뿐만 아니라 스리랑카 원주민인 베다족과 이슬람교도들도 이곳을 신성시한다고 했다.

한편 카타라가마 페라헤라는 부처님이 다녀간 뒤 기원전에 세웠다는 키리웨헤라 탑 쪽은 제외하고 데왈라야 쪽에서만 열렸다. 외국인 좌석이 따로 마련됐고 무료였다. 비싼 자리를 만들어 돈을 받는 캔디와는 달랐다. 100명 정도의 서양인이 구경했다. 동아시아 사람은 나밖에 없었다.

페라헤라도 인도 분위기가 강했다. 위쪽 나라 춤인 베스댄스로 시작했지만 파티니댄스, 노란 옷에 모자를 쓰고 추는 와디나 파투나댄스, 가면을 쓰고 추는 춤 등 아래쪽 나라 춤이 펼쳐졌다. 1시간 30분 정도 진행됐다.

행사장 입구 쪽에서는 도토리만 한 씨앗 '갈씨엄발라'를 팔았다. 갈씨엄발라는 그냥 먹고, '씨엄발라'는 양념처럼 사용한다고 했다. 바나나줄기를 통째로 베어 와서 세워놓기도 했다. 모두 힌두 스타일이라고 했다.

사람들이 사탕수수를 신에게 바쳤다. 힌두교도들은 "코끼리가 사탕수수를 아주 좋아해요"라면서 "코끼리 얼굴의 신 가네샤에게도 사탕수수를 바치죠" 하고 말했다.

노숙하는 사람이 많았다. 자프나와 인도에서 온 타밀 순례자들은 먹고 자고 강에서 목욕하면서 페라헤라를 즐겼다. 전통에 따라 북서쪽 끝 자프나에서 출발해 45일간 정글을 지나 걸어서

173

도착했다는 사람들이었다. 일반 관광객은 호텔에서 묵거나 민박을 했다.

저를 자유롭게 해주십시오

웨디히티 칸다는 해발 300여 미터 높이의 바위산이다. 카타라가마 데왈라야, 셀라 카타라가마, 키리웨헤라와 함께 이 지역의 주요 문화유적지로 꼽힌다. 가파른 바위산 꼭대기에 데왈라야들이 있었다. 불교도와 힌두교도 모두 신성시하는 곳이다.

산길에 돈을 달라고 손을 내밀고 앉아 있는 사람들은 1990년대 초 인도 콜카타에서 흔히 보던 모습이었다. 이마에 '포투'(연지)를 발라주는 사람들이 곳곳에 있었고 순례자들은 약간의 돈을 냈다. 아이스크림을 파는 사람들도 있었다.

사람들은 가파른 계단을 오르면서 각자 "하라, 하라!"라고 외쳤다. 현지 순례자는 신께 기도하는 말이라고 했다.

'신이 거주하는 산' 웨디히티 칸다 정상에는 절이 있긴 했지만 데왈라야가 중심이었다. 분위기는 힌두 코윌에 가까웠고 타밀 힌두교도가 많았다. 현지에서 만난 순례자들과 싱할라인들에게 물었다.

–정상에 있는 나뭇잎 같은 상징물에는 왜 음식을 바르는지요?

줄고 가파른 웨디히티 칸다 바위산 계단을 올라가는 사람들(왼쪽)과 내려오는 사람들. 카타라가마 페레헤라 시즌의 주말이라 수만 명이 몰려 말 그대로 '인산(人山)'을 이뤘다.

"그 상징물은 타밀어로 '벨'이라고 하는데 전쟁의 신인 무루간의 창입니다. 카타라가마를 타밀어로는 무루간이라고 부르는데 시바의 아들입니다. 그 신의 이름이 무려 108개나 된다고 합니다. 무루땐밧을 바르고 기도하는 것은 힌두 풍습입니다."

ㅡ불교도도 많았습니다.

"특히 사업을 하는 사람들이 즐겨 찾습니다. 데위요가 도와준다고 믿기 때문입니다. 데위요는 힌두 신이니까 진짜 싱할라 불교도는 믿지 않습니다."

ㅡ웨디히티 칸다에 대해 한 힌두 신자가 'living+mountain'이라고 설명했습니다.

산꼭대기 데왈라야에 신도들이 음식을 바치기 위해 서 있다. 머리를 빡빡 깎은 힌두 신자들은 신과 약정을 하고 오는 경우라고 했다.

"카타라가마가 산다는 뜻입니다. 웨디히티는 산다living는 뜻이고 칸다는 산이니까 '거주하는 산'이란 뜻입니다. 무루간은 부인이 두 명인데 이곳에는 무루간이 베다족인 둘째 부인 왈리암마와 살고 있습니다. 인도에서 온 카타라가마가 셀라 카타라가마에서 베다족 왈리 공주를 처음 만나 결혼했다는 전설이 있습니다. 첫 부인 데와세나는 카타라가마 데왈라야 쪽에 있습니다."

 ―정상에서는 카타라가마 데왈라야와 키리웨헤라가 잘 내려다보입니다.

"카타라가마 데왈라야를 중심으로 일직선상에 키리웨헤라와 웨디히티 칸다가 있습니다. 전설에 따르면 옛날에 이곳 왕이 아누라다푸라를 지배하던 타밀의 침공을 물리친 뒤 카타라가마에게 '어디에 신전을 지을까요?'라고 묻고 활을 쏘아서 화살이 떨어진 곳에 지은 것이 카타라가마 데왈라야라고 합니다. 화살이 3.5킬로미터를 날아갈 수는 없겠지만……."

 —산에 올라갈 때 이마에 빨간색과 흰색 연지를 찍어 발라주었습니다.

"포투라고 합니다. 힌두 풍습이지만 싱할라 불교도들도 데왈라야에서는 즐겨 바릅니다. 포투를 바르면 신이 '아, 내게 기도하러 왔구나' 하고 알아본다고 합니다."

 —산을 오르면서 '하라, 하라!'를 외쳤습니다.

"신께 기도하는 거죠. 타밀 사람들만 그렇게 외칩니다."

 —스리파다야에서 불교도들이 '부두 사라나이'라고 외치는 것과 비슷한 이치군요.

그 후 지인을 통해 '하라, 하라'에 대한 인도 현지 힌두교도의 설명을 들었다. 바라나시 힌두 축제에 참석한 인도 외교관 산제이 씨가 "'하라, 하라'는 산스크리트어로 '저를 자유롭게 해주십시오'라는 뜻"이라 설명했다고 지인이 전했다. 고통과 번뇌에서 벗어나는 해탈과 의미가 통하는 것으로 이해했다.

국민의 80퍼센트는 데위요가 있다고 믿죠

자야샤니 학생이 친구들과 EPS-TOPIK 합격을 기원하러 갈라 데왈라야에 다녀왔다. 안전을 상징하는 수니얌(감바라)을 모시는 곳이라 했다. 그는 "합격하면 다시 와 공양하겠다고 스스로 약속하고 왔다"면서 "다시 갈 땐 꽃과 음식을 가지고 갈 것"이라고 말했다. 며칠 뒤 200점 만점에 185점을 맞았다고 했다. 한 해 전 졸업생을 포함해 최고득점이었다. 오비이락? 남학생 세한도 다녀왔다. 다른 학생들은 가지 않았다.

한편 방학 가정방문 때 C 학생 동생이 이튿날 A레벨 시험을 친다고 했다. 지난해에 합격했지만 점수가 낮아 대학에 못 갔다고 했다. 학생의 어머니가 "데왈라야에 다녀왔다"고 말했다.

위제 선생은 "절에 있는 데왈라야에서는 카푸 마핫따야가 시줏돈도 모으지만 동네 데왈라야는 주민들이 자체적으로 운영한다"고 말했다. 소원을 비는 방식도 "집에 판두루를 써놓았다가 이뤄지면 가져오는 경우와 데왈라야에 소원을 써 붙인 뒤 이뤄지면 찾아가는 경우가 있다"고 했다. 그는 "적어도 국민의 80퍼센트는 데위요가 있다고 믿죠"라면서 요즘 많은 젊은이들은 데왈라야에 덜 가는 경향이 있기는 하다고 말했다.

어쨌든 자야샤니와 친구들은 EPS-TOPIK에 모두 합격했다. 일행은 합격 사례와 곧 있을 스킬테스트 합격 기원을 겸해 미누

완고다에 있는 갈라 데왈라야로 향했다. 가는 길에 미리가마에 있는 '수두보디야'에 들렀다.

수두보디야에는 보리수(보디야) 한 그루와 불상이 있었지만 승려는 없었다. 대신 카푸 마핫따야가 있었고 데왈라야처럼 기도했다. 하얀 실이 많이 보였고 무속적 분위기가 강했다. 일행이 설명했다.

"절도, 데왈라야도 아니고 그냥 '하얀 보리수'(수두보디야)라고 부릅니다. '소원 보리수'라고도 해요. 흰색도 아닙니다. 부처님을 모시고 공양도 하니까 불교가 맞지만 스님이 없으니 절이 아닙니다. 카푸 마핫따야가 있지만 데위요는 없으니 힌두사원이나 데왈라야도 아닙니다. 주변의 데위요는 이곳 소속이 아닙니다."

-여긴 왜 유명합니까?

"소원 보리수는 입시나 취직 소원을 잘 이뤄주는 곳으로 소문이 나 있습니다."

-사람들이 앉아서 옆 사람과 하얀 실을 길게 연결하고 있는데……?

"실로 불공을 드리는 것인데 '피릿을 한다'고 합니다. 그 실을 손에 감거나, 실로 감았던 물통에 담긴 물을 마시면 행운이 따른다고 믿습니다."

-그래서 실타래를 매달고 물병과 항아리들에 실을 묶어놓았군요.

"서로 연결해 피릿이 전달되게 한다는 의미입니다. 물은 주로 보리수에 줍니다."

　-피릿은 밤에 팔리어로 불경을 읽는 것 아닙니까?

　"그건 '독경'이고 이것은 '피릿을 한다'고 해요. '(입으로) 말하
다'와 '(몸으로) 하다'의 차이입니다."

　카푸 마핫따야가 우리 일행에게도 팔에 하얀 '피릿눌라'(실)를
감아 주면서 주문을 한참 외웠다. 학생들은 "피릿눌라는 행운을
갖다주는데 효과는 하루 반 동안"이라면서 하루 반 효과는 승려
들이 하는 말이라고 했다.

　며칠 뒤 위제 선생, 아베 선생과 이야기했다.

　"독경하면서 실을 감기 때문에 '피릿을 한다'고 합니다. 실을
길게 연결하는 것은 독경이 실을 타고 전달된다는 의미입니다.
밤새 피릿을 한 뒤 아침에 항아리에 든 물을 조금씩 마시기도 합
니다."

　-피릿눌라의 효과가 왜 하루 반입니까?

　"싱할라어로 한나절을 '와루와'라고 하는데 12시간을 의미합
니다. 하루 반은 3와루, 즉 36시간을 말합니다. 오랫동안 습관적
으로 '3와루' '3와루' 식으로 말하다 보니까……. 그냥 세뇌된 것
이라고 볼 수 있습니다."

　목적지 갈라 데왈라야에는 자동차를 100대쯤 댈 수 있는 주차
장도 있었다. 과일과 꽃, 향을 파는 가게가 즐비했다. 입구에는
쌍마 조각 아래 종이 매달려 있었다. 일행은 우선 부처님께 꽃을
바친 뒤 옆 건물에서 코코넛기름에 불을 붙이고 향불도 붙여 나

와서 꽂았다. 일부 사람들은 코코넛을 깨고 있었다. 비슈누, 카타라가마, 대디문디, 파티니의 네 신에게 들렀다가 이곳의 대표 데위요인 수니얌 앞에서 기도했다. 수니얌은 말을 탄 모습이었다. 앞 제단의 꽃과 음식에는 꿀벌과 말벌들이 까맣게 앉아 있었다. 글씨가 쓰인 흰 천 판두루가 곳곳에 있었고 수니얌의 상징인 삼지창에도 걸려 있었다. 작은 데왈라야에 있는 수니얌은 입에 뱀을 물고 있었다. 앞에는 삼지창 손잡이가 달린 작은 종을 치게 돼있었다. 갈라 데왈라야는 말 그대로 바위 위에 지은 데왈라야라는 뜻이라고 했다.

　－기마상이 있는데? 정문에도 쌍마상雙馬像이 있고…….

　"수니얌은 말을 자동차처럼 타고 다니면서 삼지창으로 악을 무찔러 선한 사람들을 보호하기 때문에 강한 신입니다."

　－기도 순서가 있습니까?

　"예. 부처님께 예불부터 한 뒤 코코넛기름에 불을 붙이고 향을 피워야 합니다."

　－기도하면서 보드에 쓰인 주문을 외웠지요?

　"예. 하나는 매일 한 차례씩 3일간, 다른 하나는 7일간 암송해야 합니다. 다짐하는 내용들입니다."

　－삼지창에 매달려 있는 판두루는 무엇입니까?

　"소원을 이뤘다는 감사의 글입니다. 저희는 지난번에 마음속으로만 다짐했기 때문에 걸지 않았습니다."

　일행 가운데 한 사람은 종교가 없었다. 스리랑카 사람으로서

는 처음 만나본 경우였다. 며칠 후 다른 싱할라 지인들과 이야기
했다.

　-수니얌은 어떤 신입니까?

　"감파하의 미누완고다 일대에서 주로 모시는 신입니다. 와라
카폴라만 해도 잘 모시지 않습니다."

　-수니얌에게는 두 가지 성격이 있다는데……?

　"선악이 함께 있다고 할까요? 수니얌에게는 두 종류를 빌 수
있습니다. 하나는 '내가 잘되도록 소원을 이루게 해달라'는 긍정
적 내용이고, 다른 하나는 '적에게 벌을 주었으면 좋겠다'는 부정
적인 것입니다. 특히 갈라 데왈라야에서는 다른 사람을 해코지해
달라는 소원도 빕니다."

　-주문 같은 것을 3번, 7번 암송한다고 합니다.

　"'세뜨 카위'라고 합니다. 데위요에게 바치는 특별한 시詩인
데, 여러 차례 반복하라는 의미입니다. 데왈라야에 가면 마음의
위안을 얻지만 부정적인 측면도 있습니다."

　-부정적 측면이라면?

　"초등 5학년 때 장학생시험 성적이 좋으면 좋은 상급 학교로
갈 수 있으니까 어머니들이 아이들을 데리고 가서 데위요에게 대
가를 약속합니다. 어린 학생들은 데위요를 믿게 되고 결국 노력
보다는 데위요에게 매달리게 되는 겁니다."

이제 음식을 만들 수 있습니다

2018년 싱할라와 타밀의 설은 4월 14일이었다. 오전 10시 40분 나파고다 아주머니가 새 아궁이에 불을 붙이면서 설날 집안 행사가 시작됐다. 새 항아리에 코코넛우유(키리)를 담고 불을 땠다. 10여 분 뒤 키리가 끓어 넘치자 행사를 주도하는 아주머니가 말했다.

"이제 음식을 만들 수 있습니다. 새벽 1시 48분부터 모든 일을 중단했습니다. 먹을 수도 없었고 깨끗하게 청소해놓고 시간을 기다렸어요."

묵은해와 새해 사이에, 즉 점성술에서 해가 물고기자리에서 양자리로 바뀔 때 간극이 존재한다는 것인데 그 공백을 '노나가따야'라고 불렀다. 직접적 의미는 '불길한 시간대'인데 아무것도 하지 말고 가만히 있거나 절에 가야 한다고 했다. 아주머니는 "예로부터 내려오는 풍습"이라면서 점성술사가 별자리를 보고 만들었다는 새 달력을 보여주었다. 각 명절에 해야 할 일이 시간과 함께 상세히 적혀 있고 보름도 설명돼 있었다.

─아궁이는 언제 만든 것입니까?

"새해에는 아궁이를 새로 만들고 새 항아리와 햅쌀을 사용해야 합니다. 올해의 경우 불을 붙이고 음식을 만드는 사람은 파란색 옷을 입어야 하고 아궁이는 북쪽을 향해야 합니다. 내년에는 달라집니다."

아주머니의 집은 나무를 때어서 밥을 지었다. 이미 많은 가정은 가스를 쓰고 있었다.

─새해 시작 시각이 변함으로써 모든 것이 바뀌는 겁니까?

"그렇습니다. 어떤 해에는 밤이나 오후에 행사를 하기도 합니다."

끓인 키리로 며칠 전 새로 타작한 햅쌀을 불려서 키리밧을 만들기 시작했다. 고추를 넣어 매운 호디(반찬)도 만들었다.

─아직까지 아무것도 안 드셨지요?

"오늘은 오전 11시 53분부터 음식을 먹을 수 있습니다."

차마리 씨가 점성술 달력을 놓고 자세히 설명했다. "설날에는 절에 가서 손목에 실(피릿눌라)을 묶어 오는 풍습이 있다"고 해서 음식을 만드는 동안 동네 절에 갔다. 담민다 스님이 팔목에 피릿눌라를 감아주면서 "건강에 좋다"고 했다. 그는 음식을 직접 펼쳐주었다.

"많이 드십시오. 차도 드십시오."

─아직 음식을 먹을 수 없다고 들었습니다.

"여긴 절이니까 괜찮습니다. 드셔도 됩니다."

─오늘은 오전 11시 53분부터 음식을 먹을 수 있다고 했고, 스님은 낮 12시가 넘으면 음식 공양을 할 수 없으니 7분 동안 다 드셔야 하는 것 아닙니까?

"아닙니다. 절에서 승려는 (낮 12시 전이면) 아무 때나 식사 공

새 항아리에서 코코넛우유가 끓어 넘치자 흐뭇해하는 찬드레·나파고다 씨 부부.
이때부터 밥을 지을 수 있다.

양을 해도 됩니다."

승려는 '열외'라는 설명이었다. 신도들에게 물었다.

−신도들은 안 드시네요?

"예. 우리는 먹지 않습니다. 스님과 손님은 드실 수 있습니다."

오전 11시 20분경에는 우물에서 물이 잘 나오도록 비는 의식
이 있었다. 나파고다 아주머니가 하얀 천에 동전과 다른 것들을
넣고 실로 묶었다. 남편 찬드레 씨는 부엌에 있던 물병을 들고 나
와 코스나무 아래에 쏟았다. 아주머니는 흰 주머니를 우물에 던
졌고 남편은 두레박으로 물을 길어 물병에 담은 뒤 부엌에 갖다
놓았다.

"'가누데누 한다'고 합니다. 우물에서 좋은 물이 잘 나오도록 비는 것입니다. 우리 지역은 물이 좋지만 다른 지역은 안 좋습니다."

－하얀 천에는 무엇을 넣었습니까?

"동전, 쌀, 소금과 고추를 넣고 싸서 실로 묶었습니다. 여자는 천에 싸서 우물에 던져 넣고 남자는 물을 길어 올립니다."

－아까 물을 버리셨지요?

"지난해 설에 길어뒀던 물입니다. 새 물을 길어 또 1년간 보관하죠."

오전 11시 53분. 내가 스마트폰을 보면서 시간을 알려주자 아주머니가 코코넛기름에 불을 붙였다.

"이제 음식을 먹을 수 있습니다."

아주머니가 잔에 물을 담아 와서 식사에 정식 초대하면서 말했다.

"손님께서 먼저 드십시오."

식탁에는 갓 만든 키리밧, 케움, 웰리탈라파(모래 케이크), 코키스, 비스킷, 고추 반찬과 바나나가 있었다. 함께 사는 가족은 부부, 딸, 아들 부부와 손녀 등 모두 여섯 명인데 아들 내외와 손녀가 보이지 않았다.

－설인데 가족이 다 모이지 않습니까?

"가족은 여섯 명입니다. 아들네는 별도의 작은 가족이기도 하니까 행사를 따로 합니다."

조금 뒤 아들 가족이 세배하러 왔다. 세배는 우리와 유사했다. 아랫사람이 바닥에 꿇어 엎드려 큰절하면 축복해주고 세뱃돈을 주었다. 차마리 씨가 말했다.

"저는 부모님께 세뱃돈을 조금 드립니다. 어머니는 제게 많이 주세요."

이로써 설날 당일 행사는 끝났다. 이틀 뒤에 신자들은 모두 절에 갔다. 정확히 오전 10시 16분부터 담민다 스님이 신도들의 머리에 일일이 코코넛기름을 발라주었다. 한 걸음 앞 세숫대야에 담긴 물로 간단히 씻고, 집에 가서 머리부터 전신목욕을 한다고 했다. 전신목욕은 설날 전에도 했다.

"설 전날이나 전전날 목욕하는 풍습이 있습니다. 묵은해를 보내면서 낡은 것을 씻는 의미죠. 물론 모든 집에서 그러는 건 아닙니다."

설 이틀 뒤 나파고다 아주머니는 대바구니에 한 상을 차려서 까마귀가 먹도록 마당에 내다 놓았다. 코코넛 바가지 안에는 소금이 들어 있고 앞에는 재가 있었다. 오른쪽에는 코코넛기름에 불을 붙여놓은 '파하나'(램프)가 있었다. 아주머니는 "이로써 새해 행사는 모두 끝났다"고 말했다.

설 사흘 뒤 와라카폴라 암바갈라 동네의 설 민속놀이가 논에서 펼쳐졌다. 아침부터 오후까지 진행됐고 주민 200여 명이 동참했다. 큰 북인 라바나 주위에 빙 둘러앉아 함께 북을 두드리는 모습이 이색적이었다. 2019년에는 어린아이가 설 이틀 전 급사하자 "좋지 않다"면서 동네 행사가 전격 취소됐다.

설 닷새 뒤 이웃의 루파 할머니를 만났더니 '조제기름' 부작용을 호소했다.

"설날 오전 머리에 기름을 많이 바르고 오후 1시 30분에 씻었습니다. 그런데 머리가 아프고 어지러워서 지금도 고생하고 있습니다."

—무슨 기름을 발랐습니까?

"전해오는 제조법에 따라 약초를 섞어서 만든 기름입니다."

—스님이 발라주었습니까?

"아닙니다. 우리 친인척이 모여서 발랐습니다. 제 머리에 너무 많이 쏟아붓는 느낌이었습니다."

한편 2019년 새해는 4월 14일 오후 2시 42분 시작됐다. 아궁이에 불을 붙여 코코넛우유를 끓였다. 오전 7시경부터 오후 4시경까지 불길한 시간대여서 모두들 아홉 시간 가까이 배고픔을 참았다. 불을 붙이는 주부는 붉은색 옷을 입었다.

아기를 낳고자 하는 사람을 위한 피릿이에요

한밤중에 임신 기원 피릿이 열렸다. 나파고다 아주머니에게 물었다.

-피릿은 스님이 주관하는 것인가요?

"절과 연결돼 있지만 스님과는 관계가 없습니다. 행사를 주관하는 '우파사카'가 따로 있습니다."

길에는 오색 불교기들이 걸려 피릿이 있음을 알렸고 피릿이 열리는 집 마당에는 코코넛기름 등잔불이 놓여 있었다. 방에는 승려처럼 누런 옷을 입은 여성 두 명과 흰옷을 입은 여성들, 작은 불상들이 있었다. 절에서 중요한 인물이 오기를 기다린다고 했다. 집주인의 딸(간호사)과 이야기했다.

-어떤 피릿입니까?

"아기를 낳고자 하는 사람을 위한 피릿이에요."

-이 집에도 아기를 원하는 사람이 있습니까?

한 주민이 임신 기원 피릿에서 등잔불을 붙이고 있다. 오른쪽은 행사를 진행하는 우파사카다.

"저희는 장소만 제공했습니다."

–밤새 피릿이 진행됩니까?

"오늘은 아기를 세 명 이상 낳은 여자만 참석해 밤새워 기도합니다. 내일은 아기를 낳기 원하거나 임신 중인 여자들이 옵니다. 100명쯤 올 겁니다."

–흰옷을 입은 여성들은 누구인가요?

"모두 아이를 세 명 이상 낳은 분들로 캔디에서 왔습니다. 불상을 포함해 모든 것은 캔디에서 가져왔습니다."

–불교 신자들이 돈을 내어 마련한 행사입니까?

"돈은 내지 않습니다. 캔디에 있는 불교협회에서 일체를 지원합니다. 우리 동네 절과 연결되어 있습니다. 내일 임신한 여성들이 오면 필요한 물건을 나눠 줄 겁니다."

승복이 든 주황색 보따리들과 물병들이 놓여 있었다. 나파고다 아주머니에게 물었다.

–물병은 무엇입니까?

"그냥 물입니다. 동네 사람들이 한두 병씩 가져온 것입니다."

–왜 가져옵니까?

"관례입니다. 특별히 쓰는 데가 있는 것은 아니지만, 피릿을 한 뒤 옷을 세탁할 때 쓰면 아주 좋습니다."

한참 뒤 우파사카가 오토바이로 왔다. 얼굴에 화장을 한 남자였다. 참석자는 행사 진행자 측 10명 정도와 동네 사람 등 30여 명으로 늘어났다. 남자는 우파사카를 포함해 다섯 명밖에 없었다.

불교 의식과 비슷하게 진행됐고 유인물을 읽거나 합장도 했다.

차마리 싱할라어 선생은 "피릿에는 두 종류가 있다"면서 "일반인이 진행하는 '기히(일반인) 피릿'과 스님이 하는 '하무두루워(스님) 피릿'이 있다"고 말했다. 이날 행사는 일반인 피릿이었다.

왕처럼 위엄 있게 보이려면

스리랑카의 결혼식은 좀 복잡했다. 신부 측에서 하는 전통결혼식이 '진짜'였다. 전통혼례 뒤에 드레스를 입고 서양식 결혼식을 또 올리는 경우도 있었다. 신혼여행 뒤에는 신랑 쪽에서 피로연이 한차례 열렸다. 약혼식을 할 경우 법적 결혼식이 됐다. 따라서 결혼 의식이 '4번'까지 가능한 셈이었다.

봉사단원들을 도와주는 자느크 씨의 결혼식이 쿠루네갈라 근처 켈리무네에서 열렸다. 결혼식을 주관하는 신부 부모와 캔디 공연단이 먼저 와 있었고 오전 9시 15분경 신부 산주 씨가 왔다. 이어 신랑이 도착하자 공연단이 북을 치고 춤을 추면서 신랑을 맞이했다. 신랑 부모도 함께 들어왔다. 신랑은 캔디 왕의 모자와 의상을 걸쳤다. 마당에서 캔디언댄스로 분위기를 띄웠다. 물에 손을 씻은 신랑은 두 소녀가 노래를 부른 뒤 식장으로 들어갔다. 신랑의 몸이 아주 뚱뚱해 보였다.

—왜 이렇게 뚱뚱해졌습니까?

"신문지를 많이 넣었습니다. 왕처럼 위엄 있게 보이려면 뚱뚱하고 수염도 길어야 합니다. 아침 일찍부터 바지에 신문지를 여러 겹 넣고 있었더니 벌써 땀이 납니다."

신랑이 입장한 뒤 티타임이 있어서 키리밧과 바나나를 먹고 차를 마셨다.

신부가 입장하자 결혼식이 시작됐다. 신부는 미색 옷사리야를 입었고 곱게 빗은 머리에 띠를 둘러 족두리 효과를 냈다. 이 머리 띠를 나랄 파티야(이마 띠)라고 불렀다. 또 목걸이를 7개 걸고 있었다. 모두 캔디언 전통스타일이라고 했다. 하객 쪽에서 봐서 왼쪽에 신랑 측이, 오른쪽에 신부 측이 섰다. 사회자는 녹색 옷을 입고 맨발로 신랑 쪽에 서서 진행했다. 예물 교환, 음식 먹여주

신랑신부가 '축하 케이크'로 키리밧을 잘라서 하객들에게 먹여주었다.

기, 신부 옷 걸쳐주기 등 절차가 끝나자 양가에서 선물을 머리에 이고 전달했다. 이어 신부가 부모에게 인사하고 예물을 드리는 순으로 진행됐다.

신랑신부가 단에서 내려올 때 코코넛을 자르는 의식이 있었다. 신부의 삼촌이 코코넛을 내리치자 요란한 소리와 함께 코코넛은 단칼에 두 동강이 났다. 행복을 비는 의식이었다. 신랑이 불을 붙이고 축하 키리밧을 잘랐다. 신랑신부는 키리밧을 서로에게 한 입씩 먹여주고 옆 사람들에게 돌아가면서 한 입씩 먹게 했다. 신부는 신랑 측에, 신랑은 신부 측에 키리밧을 대접했다. 결혼식은 한 시간 정도 걸렸다. 절차가 복잡한 것은 일생에 한 번만 하라는 깊은 교훈? 촬영 시간이 마련돼 하객은 원하면 누구나 신랑신부와 함께 사진을 찍게 돼 있었다. 촬영은 점심식사와 동시에 진행됐다.

결혼식은 너무 화려하기 때문에 스님은 가지 않아요

말리뜨-아누쉬 커플의 홈커밍 파티(신랑 측 피로연)는 밤에 큰 홀에서 열렸고 정장 드레스코드가 있었다. 입구에서 신랑 부모가 하객을 맞았고 소녀가 초콜릿과 결혼 관련 사진을 나눠 주었다. 신부는 붉은색 옷을 입고 신랑과 함께 별도 의자에 앉아 있었다.

마시고 먹고 춤추는 순서로 밤 11시 넘어서까지 진행됐다. 별도 의식은 없었다.

한편 차뚜리카 학생 오빠의 홈커밍 파티는 오전 10시부터 오후 4시경까지 진행됐다. 남자들끼리만 따로 술을 마시는 것은 다른 파티와 같았다.

위제 선생이 말했다.

"홈커밍 파티는 근래에 생긴 겁니다. 전에는 신부가 결혼식을 하고 시댁에 가서 살면 끝이었습니다. 그래서 홈커밍 파티는 마땅한 싱할라 단어가 없어서 길게 설명을 해야 하니까 영어로 부르는 겁니다."

일반적으로 결혼식 드레스코드는 없었다. 여자들은 거의 예외 없이 웃사리야나 사리를 입었지만 남자는 평상복 차림도 많았다. 신랑신부의 아버지가 양복 대신 사롱을 입는 경우도 있었다. 일부 여유 계층은 상당히 격식을 차렸고 드레스코드가 있었다. 흰 옷은 금기였다. 결혼식이나 홈커밍 파티에 승려는 오지 않았다. 육군 특공대인 코만도 훈련병 수료식에도 참석하는 게 승려인데……. 지인들이 말했다.

"결혼식은 너무 화려하기 때문에 스님은 가지 않아요. 대신 결혼식 전후에 축복해주는데 결혼식 뒤에 스님 대여섯 명을 함께 초대하기도 합니다."

"전통적으로 결혼식과 빅걸파티에는 육식을 하고 술도 마시니까 오지 않죠. 신랑신부는 결혼식 전에 절에 가서 사진을 찍기는

194

하지만 일반적으로 스님을 만나지는 않습니다."

어디까지나 정장은 웃사리야죠

타밀 사람의 결혼식 하객 중 여자는 전부 사리를 입고 왔다. 사리는 인도 옷인데 싱할라어로는 '사리야'다. 스리랑카 여성도 사리를 많이 입지만 전통의상은 '웃사리야'다. 웃사리야는 입었을 때 앞에서 보면 통치마 같다. 주름이 없기 때문이다. 사리야는 여러 겹의 주름이 보인다. 천은 같은데 입는 방식이 달랐다. 프린시 마담이 차이를 설명했다.

"캔디언 스타일(스리랑카식)을 웃사리야라고 해요. 싱할라 사람은 우선 천을 몇 겹 접어서 어깨에 길게 걸치고 허리에 파티야(허리띠)를 두르죠. 천을 접어서 치마를 만들어 핀으로 고정하고 치마의 윗부분을 파티야 바깥으로 꺼내요. 먼저 접어 걸친 부분이 발바닥까지 길게 내려오게 하고요. 윗옷으로 짧은 재킷인 '햇타야'를 입으니까 허리가 다 드러나요."

－인도 스타일은 어떻습니까?

"천을 두 겹쯤 허리에 감아 치마를 만든 뒤 주름을 접어서 묶고 남는 천을 어깨로 올려서 등으로 늘어뜨려요. 남자들이 통치마 같은 사라마(사롱)를 입는 것처럼 치마를 입죠. 그리고 남는

여교사들이 설 행사에 전통의상인 옷사리야 차림으로 참가했다(흰옷 제외). 옷사리야는 치마의 윗부분을 허리띠 바깥으로 꺼내놓고 상의가 짧아서 허리가 드러난다.

천을 어깨에 걸치기 때문에 허리 정도까지 내려와요."

　─무슬림은 완전히 다른 스타일이지요?

　"아닙니다. 인도 스타일로 입어요. 다만 마지막에 남은 천을 어깨 너머 등 뒤로 늘어뜨리는 대신 머리 위로 올려 얼굴을 적당히 가리는 거죠."

　─인도 스타일은 허리를 감추고, 캔디언 스타일은 허리를 드러내고, 무슬림은 아예 얼굴까지 가리려 하고⋯⋯.

　스리랑카는 75퍼센트가 싱할라 사람이고 싱할라어를 쓴다. 남인도계인 타밀 사람과 무슬림(무어인)은 타밀어를 사용하고 옷을 입는 방식도 같다. 자야미니 씨를 비롯한 몇몇 교직원들과 이야기했다.

"기본적으로 허리에 끈을 묶느냐 아니냐의 차이예요. 캔디언 스타일은 허리에 끈을 묶는데, 앞에서 보면 밋밋해서 통치마 같아요. 인도 스타일은 앞에 삼각형 주름이 크게 보입니다."

─사리야와 웃사리야는 모두 하나의 천으로 돼 있습니까?

"천은 하나인데 입는 방식에 따라 사리야도 되고 웃사리야도 돼요. 블라우스 격인 햇타야까지 합하면 두 조각인 셈이죠."

─어떤 것이 더 입기에 편합니까?

"사람에 따라 달라요. 저는 웃사리야가 편한데 다른 사람은 사리야가 편하다고 해요."

─공무원들은 모두 전통의상을 입게 돼 있지요?

"예. 사리야와 웃사리야 중 선택해요. 행정직원들은 임신한 경우에 가끔씩 서양식 캐주얼을 입기도 하지만 교사는 엄격해서 반드시 전통의상을 입어야 해요."

─사리야는 입기 어렵지요?

"교직원은 매일 입으니까 익숙하지만 요즘 젊은 여성들은 입을 줄 몰라요. 큰 행사가 있거나 결혼식에 갈 때면 다른 사람이 입혀주죠. 미장원에서는 한 번 입혀주는데 500~700루피(약 3750~5300원)를 받아요."

─치마와 윗도리를 따로 입기도 하던데……?

"치마는 치따야고 윗도리는 햇타야인데 투피스를 합쳐서 '치따야─햇타야'라고 해요. 치따야는 서민들이 일할 때 입던 치마

197

고 햇타야는 웃사리야 안에 받쳐 입는 것과 같아요. 치따야-햇타야를 입고 천인 '포타'를 두르면 웃사리야처럼 돼요. 편하니까 이렇게도 입지만 어디까지나 정장은 웃사리야죠. 햇타야는 꽉 끼고 허리가 드러나도록 짧아야 하는데 허리 아래로 내려오면 그냥 블라우스예요."

이혼하면 재혼하기도 쉽지 않고요

차마리 선생이 말했다.

"결혼식은 보통 세 번 해요. 오전 전통결혼식, 오후 웨딩드레스 차림의 서양식 결혼, 며칠 뒤 빨간 사리야를 입는 신랑 쪽 홈 커밍 파티입니다."

-그거 아주 좋은데요? 복잡하고 어렵게 해놓아야 이혼하지 않고 잘 살 게 아닙니까.

"그런가요? 비용이 너무 많이 들어요."

-그런 제도가 생긴 나름의 이유가 있겠지요. 이혼율은 어떤가요?

"이혼은 아주 드물어요. 이혼하면 재혼하기도 쉽지 않고요."

-한국의 1970년대 이전 개발도상국 시절과 유사합니다. 사람들도 순박하고……

"지금은 한국이 그렇지 않다는 건가요?"

―아무래도 좀……. 선생님도 이른바 '선진'(advanced 또는 developed)이 함축하고 있는 의미를 아시지 않습니까? 그런데 결혼식 드레스코드가 있습니까?

"그런 건 없지만 하객들은 흰옷은 입지 않아요."

―결혼 주례 같은 사람이 있습니까?

"산스크리트어를 읽어주는 분이 있어요. 산스크리트어를 잘하고 발음이 좋아야 읽을 수 있어요. 일반인들은 발음 때문에 읽기 어려워요."

―결혼식에서 신랑신부가 절은 어떻게 합니까?

"신부만 신랑에게 손을 모으고 절을 합니다. 신랑은 하지 않습니다."

2년 동안 이혼녀 두 명, 이혼남 한 명을 만났다. 한 여성은 남편이 사무실의 젊은 여성과 바람이 나서 같이 살기 때문에 이혼해 아이들 두 명과 함께 산다고 했다. 다른 사람은 남편의 주벽이 심해서 이혼했다고 했다. 한 남성은 유명인이었는데 얼마 후에 재혼했다.

재혼 신부는 단에 올라갈 수 없어요

결혼식의 모든 비용은 신부 측이 부담하고 신랑 측 30~40명을 '무료' 초대했다. 홈커밍 파티는 신랑 측이 똑같은 방식으로 신부 측을 초대했다. 이렇게 초대된 경우에는 부조를 하지 않았다. 한국에서도 전통혼례의 경우 1960년대까지만 해도 신랑이 신부 집에 와서 결혼식을 하고 첫날밤을 신부 집에서 보냈다. 이와 관련해서 지인들과 이야기했다.

"아직 유행하지는 않지만 요즘 신식은 결혼식을 한 번만 합니다. 비용도 양측에서 반반씩 부담하고 예식장 같은 제삼의 장소에서 합니다."

－결혼식장에 무대 같은 단이 있었습니다.

"'포루와'라고 합니다. 불교식인데 일생에 한 번만 올라갈 수 있습니다. 전에는 숫처녀만 올라갈 수 있었어요. 숫처녀가 아닌 사람이 올라가면 어지러워서 넘어진다는 이야기가 있습니다. 재혼 신부는 단에 올라갈 수 없어요."

－처녀만 단에 오를 수 있다는 건 무슨 뜻입니까?

"과거에는, 즉 우리의 부모님 세대까지만 해도 사실상의 처녀성 검사가 있었어요. 신부 어머니가 딸 결혼식 전에 사위에게 하얀 천을 주고 초야를 치른 뒤 그걸 가져오게 해서 확인하는 풍습이 있었습니다. 지금은 거의 사라졌지만요."

–결혼식장에서 보니까 신부 측 남자가 과일을 단칼에 쪼개던데요?

"신부의 외삼촌이 코코넛을 바닥에 놓고 신랑신부가 포루와에서 내려올 때 칼로 베는 것입니다. 단칼에 쪼개야 잘 산다고 믿고 있습니다."

–예물도 교환했습니다.

"선물을 주고받습니다. 문제는 신부 쪽에 지참금이 있다는 거죠. 지금은 많이 없어졌지만, 전통적으로 시집갈 때 돈과 땅을 가지고 갑니다. 싱할라 사람들은 좀 덜한 편이지만 타밀 사람들은 지참금을 많이 가져갑니다."

–결혼식 비용도 많이 든다고 들었습니다.

"그렇습니다."

화요일에는 결혼식을 안 해요

어느 날 콜롬보 독립기념공원에 사진 찍는 예비부부가 아무도 안 보였다. 예비신랑 자느크 씨가 말했다.

"결혼식 날이 아닌가 봐요."

–토요일에는 결혼식을 안 합니까?

"반드시 사주를 보고 택일하는데 오늘은 인기가 없는 날인가

봅니다. 사주를 봐서 안 좋으면 파혼도 합니다."

-사주는 스님들이 봐줍니까?

"스님들은 잘 안 봐줍니다. 전문적으로 사주를 봐주는 사람들이 있어요. 학교에서 가르치기도 합니다. 한국에서는 사주를 많이 봅니까?"

-보는 사람이 아직 꽤 많습니다. 특히 요즘 젊은 여성들도 취미 삼아 많이 본다고 합니다. 사주는 생년월일시인데 스리랑카에서도 그걸로 봅니까?

"그렇습니다."

점성술로 사주를 보는 것을 의미했다. 얼마 뒤 위제 선생의 생질(누나의 아들) 결혼식에 초대됐다.

-그날이 화요일이지요?

"그럴 리가요?"

위제 선생이 정색했다. 싱할라어로 목요일과 화요일을 착각해서 잘못 말한 탓에 빚어진 일이었다. 이 실수는 큰 수확으로 돌아왔다.

-아, 금요일이네요.

"화요일에는 결혼식을 안 해요. 월, 수, 목, 금요일에 결혼식을 합니다."

-일요일에도 결혼식을 하지 않습니까?

"가능하지만 많이 안 합니다. 요즘 대도시 젊은 사람 일부는 일부러 화요일에 고급식장에서 하기도 합니다. 화요일은 모두 기피하니까 최고급 예식장도 50퍼센트 할인해주거든요."

─왜 화요일에는 결혼식을 하지 않습니까?

"인도의 영향입니다. 화요일은 모두 기피하는 앙가하루(화성)를 뜻하니까 인도 사람들이 머리까지 감는 목욕을 안 하고 이사도 하지 않는데 스리랑카도 똑같이 합니다. 인도에는 워낙 사람이 많아서 머리까지 감으면 강이 오염되니까 그런 풍습이 생겼겠지요. 그렇지만 푸자카야(힌두 성직자)는 이날도 강에서 목욕을 합니다. 허허."

자녀 혼사는 전통적으로 부모 일이거든요

위제 선생의 누나가 아들 결혼식을 한 달여 앞두고 첫 초대장 전달 행사를 했다.

─초대장 전달식은 어떤 겁니까?

"결혼 날짜를 잡으면 식구만 알고 비밀입니다. 가까운 집안사람 가운데 맨 먼저 초대할 사람을 정하는데 누나가 남동생인 저를 첫 초대자로 정한 겁니다."

─초대장 전달은 어떻게 합니까?

"일단 초대장을 들고 오면 음식을 내놓고 돈도 줍니다. 관습인데 이 경우 결혼식장에서는 별도의 부조를 하지 않습니다."

-정해진 시간이 있습니까?

"예. 26일 오전 9시 21분이었습니다. 누나 부부가 오전 9시쯤 와서 정해진 시각에 청첩장을 주었습니다. 결혼식장 입장 시간, 포루와에 오르는 시간도 점성술에 따라 모두 정해져 있습니다."

몇 달 뒤에는 위제 선생이 딸의 결혼식 첫 초대 대상으로 큰처형을 선정해 청첩장을 전달했다.

"오전 9시 18분에 맏동서와 처형께 전달했습니다. 제 경우는 북쪽을 향해야 했기 때문에 두 분이 북쪽에 서고 제가 남쪽에서 정확한 시각에 불랏을 드리고 초대했습니다."

-불랏으로 초대합니까?

"전통적으로 불랏이 곧 초대장입니다. 요즘은 불랏과 종이 청첩장을 함께 전달합니다. 맏동서네 식구가 네 명이니까 불랏을 네 장 건넸습니다."

-청첩장 첫 전달 때 누가 갔습니까?

"저와 아내만 갔습니다. 신부는 안 갑니다. 처형이 제게 축의금을 주면서 이례적으로 신부 몫도 챙겨주었습니다."

-당사자인 신부는 왜 이모 댁에 안 갔습니까?

"자녀 혼사는 전통적으로 부모 일이거든요. 초대도 부모가 하고 부조금도 부모가 받고 음식 값도 부모가 부담합니다. 신랑신부는 자기 친구를 초대할 경우에만 부담합니다."

-자녀 결혼에 대한 부모의 역할은 한국과 거의 같습니다. 신랑 쪽은 어떻게 했답니까?

"신랑의 삼촌 집에 맨 먼저 가서 초대했다고 합니다."

청첩장도 모두 신랑신부의 부모가 초청하는 형식이었다. 신부 측 청첩은 'A와 B 부부가 딸의 결혼식에 OO씨(부부)를 초대한다'는 문장으로 돼 있었다. 역시 자녀 혼사는 부모의 일임을 확인해 주었다. 첫 초대 후에도 결혼식 날짜를 말하면 곧 초대하는 게 되니까 꼭 초대할 사람에게만 청첩장을 주었다.

많은 집에서는 결혼식 때문에 빚을 지죠

사람들의 고민 가운데 하나가 결혼식 부조였다. 한국처럼 돈을 봉투에 담아 건네야 했다. 부조 액수는 장소와 친소관계에 따라 차이가 났다. 부조금의 기준은 식대였다. 보통 지방도시 작은 식장의 경우 2000루피(약 1만 5000원)에서 2500루피를 부조했다. 조금 큰 곳이거나 친한 사이면 3000루피 이상, 콜롬보의 고급식장은 5000루피 이상 냈다. 일부 고급식장은 1인당 식사비가 7000루피를 넘기도 했다. 한국 돈으로 치면 4만~5만 원이지만 사무직원의 월급이 30만 원 미만임을 감안하면 많은 돈이었다. 가족이 갈 경우 인원수만큼 내야 하므로 부담이 컸다. 직원 결혼식에 전세버스나 밴으로 가면 교통비로 1인당 몇백 루피에서 1000루피를 별도로 냈다. 한 지인의 이야기다.

"보통 예식장은 식사비만 사람당 2500~3000루피(2만 원 안팎)입니다. 시골에서는 1500~2000루피면 됩니다. 좋은 예식장은 5000루피, 콜롬보 특급예식장은 6000~7000루피나 합니다. 아주 비싼 겁니다."

－축의금은 어떻게 됩니까?

"지인 혼사에 가족 네 명이 가면서 각각 5000루피씩 2만 루피(15만 원)를 부조했습니다. 그 콜롬보의 특급예식장은 술값을 빼고도 1인당 식사비만 7500루피여서 우리 가족의 밥값만 3만 루피(22만 5000원)였습니다. 사실 2만 루피면 제 월급의 거의 절반에 해당하지만 밥값도 다 못 낸 겁니다. 자동차 왕복 기름값도 들어갑니다. 혼주가 부자니까 감당할 수 있었지만 보통 사람들은 어렵습니다."

학생들도 결혼식 부조로 보통 2000루피씩 내는데 형편이 어려우면 1000루피를 내기도 한다고 했다.

결혼식 당사자도 부담이 크기는 마찬가지였다. R씨의 결혼식 비용에 대해 들었다.

"저희는 대도시의 좀 비싼 곳에서 결혼식을 했는데 당일 비용만 160만 루피(약 1200만 원)가 들었습니다. 부조금은 약 80만 루피(약 600만 원) 정도 들어왔습니다."

－80만 루피쯤이 모자라는데 어지간한 월급쟁이가 한 푼도 안 쓰고 2년간 모아야 하는 돈이 아닙니까?

"그렇습니다. 저희는 일단 빚은 지지 않고 해결했습니다. 많은 집에서 결혼식 때문에 빚을 지죠."

비용 부담 때문에 요즘은 서민을 중심으로 결혼식과 홈커밍
데이 행사를 묶어서 하는 경우도 있었다. 윈디 네스트에서 오전
에 결혼식이 열렸고 신부 측 하객이 점심식사 후 자리를 떠났다.
오후에는 홈커밍 파티가 열려 신랑 측 손님들이 와서 간단하게
파티하고 춤을 추었다. 한 하객은 "손님만 바뀌기 때문에 비용을
많이 줄일 수 있다"고 말했다.

모든 권리는 법적 아내인 약혼녀에게 있어요

위제 선생의 딸 랑기 양의 약혼식이 있었다. 약혼식은 곧 법적 결
혼식이다. 양가 합쳐서 46명만 초대됐다. 약혼식 비용과 결혼식
비용은 신부 측 부담이었다. 약혼식은 법적 결혼식이긴 하지만
정식 결혼식 날짜를 알리는 때와 순서가 있기 때문에 여러 사람
에게 미리 알리지 않는 것이 관례였다.

약혼식 날 아침 정부 쪽 담당자가 와서 미리 서류를 작성하고
증인 등의 신분증을 확인했다. 한참 뒤 신부가 입장했다. 신부의
남동생이 운전하고 이종사촌의 아내가 에스코트하고 왔다. 기념
사진을 찍고 오는 길인데 누가 에스코트하는지는 비밀이었다.

잠시 후 신랑이 삼촌, 어린 소녀와 함께 입장하고 부모가 뒤따

가얀카·랑기 커플의 법적 결혼식에서 정부 측 사람이 정확히 11시18분에 식을 시작하기 위해 휴대폰에서 시간을 확인하고 있다. 점성술로 정하고 전화기로 시간을 확인하는 문화였다.

랐다. 주최 측인 신부 부모가 일행을 맞았다.

　정부 쪽 담당자는 예식시간이 다가오자 자리를 바꿔 창을 등지고 앉았다. 신랑신부가 북쪽을 바라봐야 한다는 것이었다. 한국도 과거에 큰일 때면 방위를 보았으며 특히 왕의 방향이 북쪽이었으므로 신하는 북향北向을 해야 했다. 약혼신고(결혼신고) 서류는 여러 장이었고 비교적 복잡했다. 신랑신부가 나란히 앉고 증인이 양쪽에 한 명씩 앉았다. 가족과 하객은 빙 둘러서서 지켜보았다.

　담당자는 휴대전화기를 켜놓고 시간을 보았다. 정확히 오전 11시 18분이 되자 법적 결혼식을 시작했다. 서류 검토 및 작성이 끝나자 신랑신부가 몇 페이지에 걸쳐 사인했다. 이어 양쪽 증인이 서명했다. 신부 쪽 증인은 아버지의 친구였다. 담당자가 문서를 읽고 신랑신부의 다짐을 받았다. 반지를 교환함으로써 공식 절차는 끝났다.

신랑신부가 코코넛기름에 불을 붙였다. 양가 부모와 가족도 불을 붙였다. 신랑신부가 케이크를 잘라 서로에게 한 입씩 먹여주고 부모님들께도 입에 넣어드렸다. 잠깐의 티타임이 끝나자 신랑신부는 지정석으로 옮겼다. 신랑과 함께 입장했던 삼촌이 인사말을 하고 결혼일자를 처음으로 발표했다. 신랑 어머니가 택일이 적힌 종이를 신부 어머니에게 전달했다. 신부 측에서 답사를 했다. 신랑 측에서 신부에게 선물을 주고 신부가 시댁 식구들에게 돌아가면서 큰절을 했다. 동시에 신랑은 신부 가족에게 똑같이 절을 했다. 행사는 끝났다. 사진 촬영 뒤 술을 마시고 점심을 먹고 춤을 추기 시작했다. 오후 4시경 마무리됐다. 이날 발표한 결혼일자는 여전히 대외비였다.

법적 결혼이라 쓰고 약혼식이라 읽는다. A씨 등 지인들과 이야기했다.

─약혼이 곧 법적 결혼이지만 약혼 후에 같이 사는 것은 아니지 않습니까?

"합방하지도, 같이 살지도 않지만 법적 부부니까 약혼남의 유고 시에 재산권 등 모든 권리는 법적 아내인 약혼녀에게 있어요. 그래서 법적 결혼이라고 하죠. 스리랑카 풍습입니다."

―혼인신고와 절차가 같습니까?

"그렇습니다. 부자들은 대체로 담당자를 초청해서 신고 절차를 마칩니다."

―이 제도가 언제 생겼습니다.

"오랜 풍습입니다. 서명, 약혼신고와 혼인신고는 식민지 시대 이후에 생겼습니다."

―그전에는 어떻게 했습니다.

"몇백 년 전에는 문서가 없이 말로만 한 것입니다."

―결혼하면 신부 쪽에서 호적을 남편 쪽으로 옮겨 와야 하는 것 아닙니까?

"옛날에는 호적 같은 게 없었습니다. 모든 것이 그냥 말로 이뤄졌고 약혼식을 하고 결혼식을 하면 그걸로 끝이었습니다. 지금도 여자가 성을 남편 성으로 바꿀 필요가 없습니다."

여자가 결혼 후 성을 바꾸지 않는 것은 한국과 같았다. 딸의 약혼식을 치른 한 지인에게 물었다.

―비용은 얼마나 들었습니까?

"정부에 공식적으로 내는 돈 2000루피, 식장에 온 정부 측 인사 수고비 3000루피 등 모두 5000루피가 들었습니다. 가족 및 친지에게 음식을 대접해서 모두 6만 루피쯤 들었습니다."

―정부 인사는 공무원이 아닙니까?

"공무원이 아닙니다. 공무원 보조 비슷한데 월급이 없습니다. 정부기관에 직접 가서 신고할 경우에는 담당 공무원을 만나 사인하고 공식적인 돈만 내면 됩니다. 관청이라 번거롭고 장소도 별로니까 식장에 담당자를 초청하므로 수고비가 필요합니다."

－약혼식도 신부 쪽 부담이라고 들었습니다.

"모두 신부 측이 부담합니다. 신랑은 신부에게 금반지 작은 것을 하나 주는 게 전부인데 신부는 두 배 정도 되는 금반지를 선물합니다. 약혼반지입니다."

－결혼반지가 따로 있습니까?

"예. 약혼반지는 법적 결혼의 표시로 교환하는 작은 반지입니다. 결혼식에서는 큰 반지를 주고받습니다."

－홈커밍 데이 파티 후에는 어떻게 됩니까?

"통상 신랑 집에 가 있거나 여행을 하다가 일주일 뒤에 신부 집으로 옵니다. 이때 신랑의 아버지와 어머니가 사돈 집을 공식적으로 방문합니다."

－그럼 장인장모는 사위 집에 언제 갑니까?

"결혼식 한 달 뒤쯤 사돈 집에 갑니다. 그 후에는 신혼부부가 따로 살림을 하거나 신부가 시집에서 부모님과 같이 삽니다."

－아기를 낳을 때는 어떻게 하죠?

"아기가 나올 때쯤 되면 친정 부모가 가서 딸을 데려옵니다. 친정에 와서 아기를 낳은 뒤에 한두 달 머물다가 돌아갑니다. 이건 스리랑카의 풍습인데 요즘은 맞벌이 부부가 많기 때문에 약간 변형이 가능합니다."

장례식은 축하할 일이 아니니까요

결혼식과 함께 장례식 문화도 독특했다. 사망하면 바로 장의사에게 가서 방부처리한 뒤 돌아와 모든 문상객이 볼 수 있게 했다. 문상객은 흰 윗옷을 입어야 하지만 화려한 색깔이 아니라면 유채색 옷도 큰 상관은 없었다. 동네 사람들은 주로 슬리퍼를 신었다. 상주와 만나 인사하고 시신을 보고 나오면 공식 문상은 끝이고 햇빛 차단용 천막이나 처마 밑에서 비스킷 한두 개 먹고 차나 커피를 마셨다. 음식 접대는 상가가 아닌 이웃집에서 했다. 영어 교사 출신 할머니가 세상을 떠나자 앞집에서 음식을 준비했다.

－상가 대신 이웃집에서 접대하던데 돈을 주고 부탁하는 겁니까?

"아닙니다. 동네 사람들이 십시일반으로 음식을 제공합니다. 항상 이웃에서 해주니까 경제적 문제가 없습니다. 그리고 상가에서는 음식을 할 수 없어요."

－당번 같은 순서가 있습니까?

"네, 그런 것이 있습니다."

상가 음식은 뷔페식으로 밥과 반찬이 있었다. 문상객 접대는 과거 한국 부조 문화와 비슷했다. 한국에도 돈 대신 쌀이나 술 등 현물을 갖다주던 시절이 있었다. 이런 상부상조는 태어나서 계속 한동네에 산다는 전제가 있어야 가능하다.

상가에는 현금 부조를 하지 않았다. 지인에게 물었다.

-왜 부조를 하지 않습니까?

"장례식은 축하할 일이 아니니까요. 제 모친상 때도 가족이 모두 부담했습니다. 한국에서는 문상 때 부조금을 냅니까?"

-예. 부조는 꼭 합니다.

"얼마나 합니까? 5000루피(3만 7500원) 정도 합니까?"

-5만~10만 원이 일반적이었습니다. 7000루피에서 1만 3000루피쯤 됩니다.

물론 한국의 경우 각종 규제로 부조 문화가 좀 복잡하게 바뀌었지만 종래 관행을 어림수로 대답했다. 프린시 아주머니도 같은 이야기를 했다.

"장례식은 축하할 일이 아니기 때문에 돈을 내지 않아요. 봄에 시어머니가 돌아가셨는데 가족이 조금씩 부담해서 장례를 치렀죠."

현금 부조는 딱 한 번 봤다. 나머지는 그냥 문상하거나 차나 설탕 같은 필요한 물건을 조금 사가는 정도였다. 예외는 학교 근로직원이 당뇨로 사망했을 때 일행이 돈을 조금씩 걷어서 전달한 경우였다. 한 교직원은 "워낙 형편이 어려워서 조금씩 돕고자 하는 것"이라고 했다. 경제적으로 도움을 주자는 취지라는 설명이었다.

장례식은 보통 사망 사흘째에 치렀다. 문상이 끝나면 시신을 관에 넣어 바깥으로 들고 나왔다. 마당에는 승려 여러 명이 의자에 앉고 상주는 통상 깔아놓은 자리에 앉았다. 동네 사람이 사회를 하고 스님들의 이야기가 이어졌다. 주민들이 한 명씩 고인과 얽힌 인연 등을 중심으로 이야기를 했다. 대형 스피커를 설치해 자리에 없는 사람도 근처에서 들을 수 있었다. 영결식이 끝나면 관을 메거나 차에 싣고 화장장으로 갔다.

화장장이 없는 지역에서는 매장할 수밖에 없다고 했다. 한번은 관이 나갈 때 폭죽 소리가 크게 들렸다. 한 주민은 "과거에는 폭죽을 터뜨렸지만 요즘은 별로 안 하더니 오늘은 터뜨린다"고 말했다.

상주 가족은 공개적으로 울지 않았다. 일상적인 모습으로 조문객을 맞았다. 어릴 때부터 죽음에 익숙해지도록 교육을 받아서 죽음이 일상화되어 있기 때문이라고 했다. 딱 한 번, 51세의 교직원이 당뇨로 사망한 뒤 입관 때 부인이 슬프게 울었다. 우리의 곡소리와 비슷했다. 마당에서 영결식을 할 때 나이가 지긋한 큰스님도 목이 메어서 말을 제대로 잇지 못했다. 승려가 우는 모습도 처음 보았다. 교직원들이 돈을 모아서 전달했던 상가였다.

사망 일주일 뒤에는 한국의 삼우제 같은 것이 열렸다. 위제 선생이 모친상 때 겪은 절차를 설명했다.

"장의사에게 가서 시신을 방부처리한 뒤 집에 모셔와 모두들 볼 수 있게 하고 이튿날 스님 20명이 와서 관을 덮었습니다. 사흘째에는 한 시간 정도 불공을 드리고 아들인 제가 관을 열어 최종 확인한 뒤 화장했습니다. 이때부터는 집에서 밥을 지어도 됩니다."

－다음 절차는 어떻게 됩니까?

"세상을 떠나고 엿새째 되는 날 저녁에 스님이 와서 기도하면서 작은 의식을 행합니다. 이튿날인 사망 이레째에 스님들과 손님들을 모셔 음식을 드리는 다냐야를 하면 장례 행사는 일단락됩니다. 석 달 만에 또 펑카머(일종의 제사)가 있습니다."

－그러면 모두 끝나는 것입니까?

"아닙니다. 매년 기일에는 저녁과 낮 의식이 있습니다."

두 학생이 친구 아이의 장례식이 있다면서 조퇴했다. 우연히 그 장례 행렬을 마주쳤다. 어른 장례와 같았다. 작은 관을 멘 사람들이 앞서가고 다른 사람들이 따라갔다.

사망 후 3개월이 되면 펑카머가 이틀간 진행된다. 한 여성의 부친 펑카머에서는 첫날 오후 7시 승려 한 명이 고수들이 북을 두드리는 가운데 도착해서 방 안 의자에 앉아 한 시간 정도 이야기했다. 연말 도심거리처럼 집 주변이 화려한 조명으로 장식돼 있었다. 한 참석자는 "돈이 많이 들어간 행사 같다. 스님에게 사례를 많이 하면 이야기가 길어진다"고 했다. 승려가 떠난 뒤 마당에서 뷔페식 저녁이 제공됐다.

3개월 만의 펑카머 이틀째 행사는 위제 선생 모친 펑카머에서 경험했다. 오전 11시쯤 승려 여러 명이 밴을 타고 왔다. 위제 선생이 노란색 보자기에 싸인 함을 머리에 이고 들어왔다.

나이가 든 승려부터 어린 승려의 순으로 입장했다. 승려들은

부처님을 모신 카라두워가 절에서 도착하자 고인의 외동아들인 위제 선생이 머리에 이고
집 안으로 들어오고 있다.

신도들이 현관에서 발을 씻겨주자 방 안에 들어와 의자에 일렬로
앉았다. 앞에는 바리때(발우)가 놓여 있었다. 외동아들인 위제 선
생이 음식을 날라서 단에 놓았다. 3단인데 맨 위 단에는 향을 피
웠고 옆에는 꽃과 음식이 있었다. 중간에도 음식을 놓았다.

큰스님이 독경할 때 승려 두 명이 더 와서 10명 남짓으로 늘
어났다. 의식이 끝나자 상주를 필두로 식구들이 일렬로 서서 바
리때에 음식을 하나씩 놓았다. 위제 선생은 "스님들 식사 공양만
빼고 모든 사진을 찍어도 된다"고 말했다. 같은 시각 바깥에서는
새 승복이 든 쟁반을 들고 다니면서 손을 대어 축복하라고 했다.

식사 후 큰스님이 이야기했다. '어머니' '아버지' 등의 말이 자

주 들리는 것으로 봐서 고인을 추모하고 가족에게 무슨 당부를 하고 있는 듯했다. 가족들이 물그릇 위로 일제히 손을 내밀자 위제 선생이 물을 따른 뒤 그릇을 들고 나왔다. 승려들이 새 승복을 한 벌씩 들고 떠나자 위제 선생은 '함'을 다시 머리에 이고 차로 가서 배웅했다. 이튿날 보충 취재를 했다.

─어제 스님들이 여러 명 왔는데…….

"다섯 군데 절에서 12분이 오셨습니다. 할페 사라냥카라 큰스님이 그날 말씀했습니다. 손님은 125명이었습니다."

─스님들이 타고 온 차에서 뭔가를 받아서 머리에 하얀 수건을 두르고 이고 들어왔지요?

"카라두워인데 부처님의 상징적 물건이 들어 있어서 부처님이 안에 계신다고 보면 됩니다. 카라두워가 절에서 올 때 여자는 모실 수 없고 주로 맏아들이 맡습니다."

─스님들의 발을 씻겨주던데……?

"옛날에는 진흙에 맨발로 다녔으니까 방에 들어올 때 씻겨드렸습니다. 지금은 포장도 되고 신발도 있어서 필요가 없지만 전통으로 하는 것입니다."

─핑카머를 보고 나서도 잘 모르겠습니다.

"방 안에 상을 설치해 작은 절을 만듭니다. 제가 머리에 이고 들어온 '부처님'을 맨 위에 모시고 음식을 올립니다. 여기까지가 준비에 해당합니다."

─본 의식은 어떤가요?

"먼저 불공을 드리고 '판실'(5계)을 다 같이 암송합니다. 마지막으로 큰스님이 고인에 대해 말씀합니다."

—이어 점심 공양 시간이 됐지요?

"먼저 스님들께 '핀'(물)을 드렸는데 그 물은 손을 씻기도 하고 마실 수도 있어요. 가족 등 참석자가 일렬로 스님들의 '팟따라야'(발우)에 음식을 드리고 마지막에 국을 드렸습니다. 킹 코코넛, 우유, 바나나, 아이스크림과 '대해뜨'(후추의 일종인 물라뜨)를 드렸습니다."

—스님들에게도 일반 신도가 먹는 음식과 같은 걸 드립니까?

"상기카 다나야라고 해서 음식이 조금 다릅니다. 또 스님들께는 종류별로 덜어드리고 보통 사람은 뷔페식으로 차려놓고 먹습니다."

—선물도 했습니까?

"선물을 '피리카러'라고 합니다. 저의 경우 비누, 면도기, 치약, 설탕, 분유, 전기밸브, 두통약 등을 넣어서 스님 모두에게 드렸습니다. 큰스님 등 다섯 분께는 좀 더 큰 선물인 '아터 피리카러'를 드렸어요. 8가지가 들어 있는데 승복도 2종류씩 넣었습니다. 일반적으로는 한 분께만 드리지만 친한 분들이라 다섯 분께 드렸습니다."

—점심 공양 때 바깥에서는 보따리에 손을 대라고 하던데, 그겁니까?

"맞습니다. 모두가 스님께 선물한다는 의미입니다."

−공양 후에 다시 법회 같은 것이 진행됐지요?

"스님이 덕담을 한 것입니다. 선업을 쌓는 일이에요. 고인에게
도 선업이 쌓입니다."

−그래서 어머니, 아버지, 고생 등등의 단어가 많이 나왔나 봅
니다.

"맞습니다. '핀'을 준다고 해요. 그 말씀을 들으면 선업이 쌓이
는 겁니다."

−가족이 모두 사발에 물을 따르지 않았습니까?

"아들인 제가 사발에 물이 넘치도록 따르면 가족 모두가 손을
내밀어 동참합니다. 스님의 핀에 동참한다는 의미입니다. 물은
나무에 뿌렸습니다."

−전날 저녁에도 행사를 했지요?

"예, 스님 한 분만 오셨고 300명이 모여서 7시부터 한 시간 동
안 어머니께서 좋은 곳에 가시라고 기원했습니다."

−비용이 많이 들었겠군요.

"이틀간 425명이 왔고 총 15만 루피(약 110만 원)가 들었습니
다. 제가 외동아들이라 좀 많이 내고 누나 네 명이 형편에 따라
나누어 냈습니다."

여기서 100만 원은 큰돈이었다. 기능대학 교직원 월급이 보통
월 25만~35만 원이었다.

장례 1년 뒤의 소상小喪 역시 핑카머라고 부르며 이틀간 지낸
다. 위제 선생은 대문에 코코넛나무를 장식해 제사가 있음을 알

렸다. 첫날은 가족과 이웃을 위한 제사였고 이튿날은 승려에게 공양하는 의식이었다. 첫날 오후 7시에 동네 승려가 도착하자 발을 씻겨주는 것을 시작으로 상주가 엎드려서 불랏을 바쳐 환영했다. 승려는 한 시간 동안 추모행사를 진행하면서 주로 고인의 선업을 닦아주었다. 승려가 추모사를 겸한 '바나'(설법)를 하자 참석자들은 "가차미(귀의합니다)"를 거듭했다. 가족과 이웃 160명이 식사를 했고 밤 9시 30분경 행사가 모두 끝났다.

둘째 날 행사는 오전 11시에 시작됐다. 동네 주지 스님과 불교학교 교장 스님, 어린 승려들 등 10명 정도가 참석했다. 진행방식은 3개월 핑카머 때와 같았다. 상주가 카라두워를 이고 와 방에 모시고 음식을 진설해 작은 절을 만들었다. 큰스님이 추모법회를 진행하고 어린 승려가 독경했다. 승려들 점심 공양, 승려의 법회, 가족의 물 따르기가 이어졌다.

–제삿날인데 고인에 대한 추모 의식은 없습니다.

"별도 의식이 없습니다. 첫날 손님들을 잘 대접하고, 둘째 날 핑카머 다나야에서 스님들을 잘 공양하면 고인이 좋은 곳에 가고 우리도 행복해진다고 믿습니다."

–마지막에 가족이 손을 모으고 물을 따랐는데…….

"스님의 말씀에 동참해 추모한다는 의미입니다. 고인에 대한 유일한 의식이라고 할 수 있습니다."

불교도들은 핑카머 접대에 대해 "죽은 자는 선업을 닦을 기회가 없으므로 자식들이 고인의 선업을 대신 닦아서 고인이 저승에서 잘 살게 하려는 것"이라고 설명했다.

영감이 떠오르니까 창작하는 겁니다

라비반두 비댜파띠 씨는 무용가이자 안무가, 북 연주자다. 스리
랑카 전통예술에 뿌리를 두고 각국 공연예술의 요소들을 섞어
'뉘앙스'를 살려내는 작업으로 잘 알려져 있다. 국가가 공인하는
명인(칼라수리)이 '아직' 아님에도 많은 사람들이 칼라수리라고
착각할 정도로 인정받고 있었다. 콜롬보 스리랑카 파운데이션과
행정수도 스리자야와르데네푸라 코테에 있는 그의 자택에서 모
두 두 차례 만났다.

　-무용가, 드럼 연주자, 안무가 등 직업이 많은데 분야별 비중
은 몇 퍼센트씩 되는지요?

　"상황에 따라 다릅니다. 전통무용은 안무가와 댄서가 똑같이
중요하고 드럼 연주에서도 드럼 연주자와 (기획 구성 같은) 안무가
의 역할이 중요합니다. 전체적으로 안무의 비중이 제일 크겠지
요. 저는 무용에서 드럼으로, 드럼에서 안무로 역점 분야의 비중
이 바뀌어왔습니다."

　-공연에 따라 팀의 이름도 달라지지 않습니까?

　"무용 팀은 '라비반두-사만띠 댄스 앙상블'이고 드럼 팀은 '라

비반두—사만띠 드럼 앙상블'입니다. 무용 중심이냐, 연주 중심이
냐에 따라 달라집니다. 사실 춤과 북은 따로 떼어서 생각할 수 없
는 관계가 아닙니까?"

팀 이름에 등장하는 사만띠는 무용가인 그의 부인 이름이다.

—여러 문화적 요소를 퓨전해서 새것을 창조해내는 작업으로
잘 알려져 있습니다. 영감이 중요할 텐데요?

"영감의 뿌리는 스리랑카 전통무용, 특히 캔디언댄스(위쪽 나
라 춤)입니다. 안무와 연주 모두 캔디언댄스에 바탕을 두고 남부
해안지방을 일컫는 아래쪽 나라 춤과 사바라가무와 춤은 물론 인
도 춤과 드럼의 요소도 섞어서 폭을 넓히는 것입니다."

—부친께서는 유명한 화가, 조각가 겸 의상디자이너이셨는데
가장 큰 가르침은 무엇이었습니까?

"저희 집안은 7대째 예술을 해왔습니다. 미술가였던 아버지께
기술적인 것을 크게 배우지는 않았습니다. 아버지는 인도에 다녀
오셨고 영어도 잘하셨기 때문에 주로 전 세계의 고전음악과 무
용, 미술, 문학에 관해 이야기해주셨습니다. 특히 세계 예술의 역
사와 흐름을 강조하셨습니다. 큰 그림을 그려주신 거죠."

—세상을 넓게 보도록 가르침을 주셨군요. 어머님께서도 유명
한 캔디언 댄서였지요?

"예. 어머니께는 의상에 대해 배웠습니다. 조상 가운데 댄서,
드러머, 화가, 디자이너 등이 고루 있으니까 드럼 유전자 때문인
지 스스로 드럼에 빠져들었습니다. 춤은 13세부터 치뜨라세나 선

생님께 사사했습니다."

비댜파띠 씨의 스승인 고쓫 치뜨라세나 선생은 스리랑카 무용의 최고봉으로 꼽힌다. 그는 칼라수리였다.

–성장 배경 자체가 퓨전 분위기였군요. 인도에 유학해 연기와 춤, 힌두 음악을 공부한 이유가 있는지요?

"두 가지입니다. 하나는 캔디언댄스, 아래쪽 나라 춤, 사바라 가무와 춤과 인도 무용은 아주 밀접한 관계라는 것입니다. 동작과 리듬, 감정 표현 방식에 다소 차이가 있기는 합니다만……. 두 번째는 스리랑카 춤은 표현이 부족하고 인도 춤은 풍부하기 때문입니다."

–'표현'이라고 하면……?

"춤 자체의 표현력을 말합니다. 느낌과 감정을 드러내는 방법을 인도에서 배웠습니다. 위쪽 나라 춤에는 뉘앙스가 부족한데 인도 춤에는 뉘앙스가 살아 있습니다. 의상도 스리랑카 춤은 단조롭지만 인도 쪽은 훨씬 다양합니다."

–전통공연은 물론이고 발레, 현대무용을 망라한 퓨전무용과 드럼 연주자, 안무가로 활동하고 있습니다. 셰익스피어의 〈맥베스〉 같은 작품도 등장합니다. 전통에 현대적인 것을 가미하고 여러 나라의 것을 섞어 새것을 창조하게 된 계기가 있는지요?

"인도에서 공부한 것을 스리랑카 전통예술에 접목해 분위기를 살리는 게 저의 창작무용이고 드럼 연주라고 할 수 있습니다. 영감이 떠오르니까 창작하는 겁니다. 영감의 바탕은 우리 전통입

라비반두 비댜파띠 씨가 자택에 마련한 공연예술학원에서 아래쪽나라 북인 악베라를 연주하고 있다. 오른쪽에 나란히 세워놓은 북 3개는 그가 베이스음을 내도록 개발한 칼라베라 뉴 드럼이다.

니다. 여기에 서양의 클래식음악과 발레, 현대무용, 한국의 공연예술을 포함한 아시아 예술을 보고 들으면서 그 느낌과 스타일을 조금씩 선택해 섞는 것입니다. 사실 영감이 어디서 오는지는 저도 잘 모르겠습니다."

그와 인터뷰하면서 집대성集大成을 떠올렸다. 맹자가 모든 음악적 요소들을 한데 모아 크게 이뤄내는 오케스트라를 비유적으로 일컬은 일종의 음악 용어다. 현재 그의 예술적 성취 수준을 가늠하기 어렵지만 집대성을 지향하는 것으로 이해됐다.

　－불자십니까?

　"예. 불자입니다."

－선생의 공연예술과 불교의 관계에 대해 말씀해주시겠습니까?

"불교와 불교철학은 다르지만 불교는 불교철학 덕분에 윤택해집니다. 마찬가지로 불교는 공연예술에 의해 풍성해집니다.

불교예술의 노래, 연주, 무용은 불교 이전부터 존재했던 인도의 힌두교에서 비롯됐습니다. 불교도가 하는 노래, 무용, 드럼 연주는 모두 부처님께 대한 '공양'입니다. 제 경우에도 우선, 정신적인 면에서 모든 공연은 부처님께 대한 공양입니다. 가르치거나 공연할 때, 연습할 때에도 이것이 우선입니다. 다른 하나는 순수예술 측면입니다. 오늘날 스리랑카의 공연예술은 95퍼센트 이상이 불교예술이라고 할 정도로 불교문화에 밀착, 통합돼 있습니다. 물론 베다족의 공연예술 등 일부는 그전부터 있던 것입니다."

절에서는 노래를 하거나 춤을 출 수 없고 북만 칠 수 있다. 가무歌舞는 '호화생활을 하지 않고 화려한 옷을 입지 않겠다'는 불교도의 8계에 어긋나기 때문이다. 따라서 불교도가 고대 약샤족 쿠웨니 공주의 슬픈 사랑의 전설을 담은 '완남'을 부르면서 베스댄스를 추는 것은 절 바깥 페라헤라에서 가능하다.

－스리랑카에서 불교 공연예술이 어떻게 자리를 잡았는지요?

"아누라다푸라 시대에 불교가 인도에서 들어온 뒤 대체로 두 갈래의 흐름이 있었습니다. 하나는 인도 클래식에서 유래한 것으로 당시 싱할라 왕족과 귀족의 후원 아래 성행하던 것입니다. 미술도 마찬가지였습니다. 다른 하나는 원주민이던 베다족의 민속예술인데 불교 이전부터 존재하던 서민예술입니다. 세월이 흐르면서 상류층의 클래식 예술과 서민의 전통예술이 큰 틀에서 하나로 통합됐습니다. 이를 바탕으로 위쪽 나라 춤, 아래쪽 나라 춤, 사바라가무와 춤으로 분화됐고 불교 의식에 등장하면서 불교와 예술의 밀접한 관계가 형성됐다고 할 수 있습니다."

　-부인 사만띠 씨도 유명 댄서입니다. 서로 무엇을 배우고 가르치는지요?

　"아내와는 주로 의상에 관해 상의합니다. 새 공연을 기획하면 무용가인 아내에게 필요한 의상과 의견을 제시합니다. 아내도 의견을 내놓아서 결론을 내립니다. 천을 구해 모든 의상은 집에서 직접 만듭니다. 안무가인 제 아이디어가 먼저입니다."

　-의견을 '제시'하고 '상의'한다고 하셨는데 부인을 정말로 '지도'할 수 있다고 생각하십니까? 저는 절대 불가능합니다만…….

　"아니요! 가르칠 수 없습니다."(웃음)

스리랑카 여성은 모두 아름답습니다

스리랑카 국영방송인 루파와히니 TV의 주말 토크쇼 〈달콤한 순간Rasa Mohotha·Sweet Moment〉에 패널로 출연했다. 노래와 토크가 어우러진 한 시간짜리 쇼 프로그램이었다. 루파와히니 TV는 한국의 KBS와 같은 성격의 전국 채널이다. 녹화는 2017년 10월 15일에 이뤄졌고 10월 21일(토) 오후 3시에 방송됐다. 와라카폴라 기능대학에 배치된 지 딱 3개월 지났을 때였다. 출연자들은 스리랑카에서 이름만 대면 누구나 다 아는 인기인들이었다.

현지실습OJT 기간을 포함해 한 달 반 동안 하숙했던 집의 프린시 아주머니가 자기 집 웨딩홀 윈디 네스트에서 TV 녹화가 있다고 해서 '취재'하러 갔다. 아주머니는 당시 대학생이던 아들 니보드 군이 전국노래자랑에서 1등을 한 인연으로 방송 관계자들과 친분이 있었다. 미리 가서 배우 겸 가수 수다르샤나 반다라 씨와 이런저런 이야기를 했다. 우리는 공연예술을 공부했다는 공통점이 있었다. 내가 공연예술학 박사라고 했더니 켈라니야대학교에서 연극을 강의하는 그는 반색하면서 "스리랑카에 온 지 5개월밖에 안 됐는데 싱할라어를 잘한다"면서 바로 담당 따랑기 PD에게 나를 추천했다. 프린시 아주머니도 적극 거들었다. 따랑기 PD는 나와 몇 마디 하더니 즉석에서 "같이 녹화하자"고 했다. 부랴부랴 집으로 와서 입고 있던 운동복을 셔츠로 갈아입고 갔다. MC는 여배우 메다 자야라뜨나 씨였다. 사실 이 프로가 어떤 프로인지조차 몰랐다. 무슨 질문을 할지, 어떻게 대답할지는 당연히 몰랐다. 아는 것이라고는 '한국 KBS의 한 시간짜리 주말 오락프로그램 같은 것'이란 사실뿐이었다.

출연자들은 MC, 수다르샤나 씨 외에 '2017 미세스 스리랑카'

스리랑카 국영 루파와히니 TV의 주말 토크쇼 〈달콤한 순간〉 녹화 현장.

인 배우 딱살라 라나뚱가, 여가수 겸 배우 수다라 란디니, 가수니말 구나세카라 씨, 프린시 아주머니, 아들 니보드 군이었다. 사회자는 나에게 언제 왔느냐, 무엇을 하느냐, 스리랑카와 사람들과 음식에 대해 어떻게 생각하느냐, 음식은 어떻게 해 먹느냐는 등에 대해 물었다. 대답하는 과정에서 "스리랑카 여성은 모두 아름답습니다"라고 다소 '정치적으로' 말했다. 효과가 있었다. 사회자가 "배우 수다르샤나 씨가 노래를 같이 부르자고 합니다"라고 기습적으로 말했다. 그래서 "예? 저는 공연예술학 박사입니다만 노래를 못해 죄송합니다"라고 말했다. 사람들이 웃었다.

질문 내용을 사전에 몰라서 내내 당황스러웠지만 '감'으로 그런대로 넘어가고 있었다. 그때 난데없이 사회자가 "스리랑카의 예술에 대해 어떻게 생각합니까?"라고 물었다. 당시의 내 수준에서 사전 준비 없이 대답하기에는 어려운 질문이었다. 당연히 대답도 썰렁했다. 방송 때 다른 부분은 백 퍼센트 그대로 나갔지만 이 부분은 모두 '편집'됐다.

이 프로그램은 당초 예정보다 일주일 앞당겨 방영됐다. 일주일 전에 녹화한 프로그램보다 더 재미있어서 먼저 방송했다고 들었다. 다음주에 학교에 갔더니 학생들이 "선생님, TV에서 봤어요"라고 말했다. 코워커 위제 선생이 선생님들과 교직원들에게 소문을 내서 모두 알게 되었다. 그로부터 이주일쯤 뒤에 우기가 끝났음을 알리는 동네 절의 '카티나 페라헤라'에 참가해 밤늦게까지 주민들과 함께 걸어 다녔다. 이때 어린이 몇 명이 "TV에서 봤어요"라면서 인사했다. "누구와 봤느냐?" 하고 물었더니 "부모님이랑 온 가족이 함께 봤어요"라고 했다. 옆에 있던 아이의 어머니도 그렇다고 확인했다. 일단 부임 초기에 대중성을 조금 확보한 셈이었다. 한편으로는 이때 같이 출연한 연예인들과 페이스북 친구가 되었다. 인기인들이라 자꾸 가지를 쳐서 스리랑카 '페친'이 늘어나는 현상도 보였다.

서울에 있는 가족들은 "환갑이 지난 양반이 먼 나라에 가서 혼자 어떻게 지내시나?" 걱정하던 차에 페이스북으로 이 소식이 전해지자 "물가에 아이 세워놓은 것 같더니 이제 좀 안심이 되네"(아내 문일선)라는 반응이 나왔다.

이 출연은 우연에 우연이 거듭된 결과였다. 운이 좋았지만 사

229

전에 준비한 것 딱 한 가지는 있었다. 콜롬보에서 차마리, 자느크 선생의 가르침을 받았지만 여전히 싱할라어 지진아였던 나는 부임한 뒤 프린시 아주머니, 교직원 띨리니와 나디샤 씨에게 거의 매일 일기 검사를 받았다. 또 일주일에 두 번씩 싱할라 국문과 출신 나디샤 선생을 도서관에서 만나 싱할라어를 배웠다. 매일 코워커 위제 선생과 점심을 함께 먹으면서 한두 시간씩 대화했다. 덕분에 세종대왕의 말씀대로 '어리석은 백성이 뜻을 조금 실어 펼 수' 있었던 셈이다. 또 하나, 내가 열심히 외웠고 좋아하는 말, '아름답습니다'(랏사나이)의 중요성이다. 나는 이 한마디가 외국어의 50퍼센트를 커버한다고 믿고 있다. 이 가설은 이 TV 출연 때 실증됐다.

4장

모기나 승려나 똑같습니다

겉으론 달라도 서로 본질은 같아요

스리랑카 불교에는 크게 3개 종파가 있다. 과거 불교 기반이 붕괴한 뒤 태국과 미얀마에서 들여온 것들이라고 했다. 18세기에 들어와 가장 오래된 종파인 시암 종은 태국계로 보수적이며 주로 상위 카스트가 믿고 있었다. 과거 장관 등을 맡은 지배계급인 라달라와 농민계급인 고비가마가 믿는다고 했다. 시암 종은 다시 말와뚜 파와 아스기리 파로 크게 나뉘는데 중심 사찰인 말와뚜 본사와 아스기리 본사는 모두 캔디에 있다. 두 파는 불치사를 공동 관리한다고 했다. 싱할라 불교도들은 "시암 종의 경우 말와뚜 본사와 아스기리 본사에 각각 종정이 있는데 매년 번갈아가며 불치사를 맡아 관리하고 종단을 대표한다"고 설명했다. 불사佛事를 총괄하는 것을 '떼와와'라고 했다.

시암 종은 6000개 정도의 절에 2만 명 가까운 승려가 있는 것으로 추산됐다. 이 가운데 말와뚜 계열 사찰이 4900여 개, 승려가 1만 5000명으로 다수를 형성하고 있다고 한다. 아스기리 계열은 565개 사찰에 1400명 정도의 승려가 있으며 이밖에 4개의 소수파가 있다고 한다. 이들 수치는 정부 불교부의 추정치를 위키피디아에서 재인용했다. 시암 종의 주요 사찰로는 캔디의 불치사, 켈라니야 절, 부처님의 발자국이 있다는 스리파다야 등이 꼽혔다.

다른 두 종파는 아마라푸라 종과 라만나 종인데 미얀마에서 들어온 것이다. 아마라푸라 종은 살라가마 카스트를 중심으로 한 중하층 기반에 리버럴한 색채를 띠고 있다고 했다. 라만나 종은 소수종파로 카스트 배경은 약한 편이며 주로 숲속 절에서 명상에 치중한다고 했다. 세 종파는 불경 해석에서 다른 것이 없다고 승려와 불교도들이 말했다. 종정(마하 나야카)의 경우 시암 2명(말와뚜와 아스기리 각 1명), 아마라푸라와 라만나 각 1명 등 모두 4명이 있다고 했다.

페라데니야대학에서 불교를 강의하는 유남현 선생도 "옛날에 기근이 13년이나 이어져 불교가 거의 파괴됐기 때문에 외국에서 불교를 수입해 와서 중흥하는 과정에서 달라진 것"이라면서 "신도의 계층과 사회적 배경이 다를 뿐 본질이나 불경 해석에서 크게 다른 것이 없다"고 말했다. 그는 또 "시암 종은 눈썹을 민다"면서 "현재 대학의 불교학과 교수들은 대부분 시암 종 출신"이라고 말했다.

캔디 불치사 호수 건너편 산기슭에 있는 말와뚜 본사는 전형

적인 배산임수의 터에 자리한 불치사(캔디 왕궁)에서 보면 좌청룡
左靑龍에 해당했다. 말와뚜 파 종정이 있고 작은 절들이 군群을 이
루고 있었다. 종정 사무실에 있는 캔디 출신 시따뜨 스님과 잠시
이야기했다.

　-지금은 어느 쪽에서 불치사를 관리하고 있습니까?

　"올해는 아스기리 쪽에서 맡고 있습니다. 말와뚜의 종정스님
은 안에 계십니다."

　-매년 불치사를 관리하는 종정스님이 바뀝니까?

　"매년 바뀝니다. 내년에는 우리 쪽에서 맡습니다."

　-두 종파가 친하게 지냅니까?

　"예. (웃으면서) 같은 시암 종이라 사이가 좋습니다."

　-이 절은 종정이 계시는데 생각보다 규모가 크지 않습니다.

　"이곳에는 32개의 절이 있습니다. 건물마다 작은 절들이 있습
니다. 이곳 박물관을 보셨습니까? 둘러보십시오."

　종정 거처와 붙어 있는 박물관에는 말와뚜 절의 유물들이 전시
돼 있었다. 태국 시암 종의 우팔리 스님이 머물렀다는 곳도 잘 보
존돼 있어서 시암 종이 태국에서 왔음을 상징적으로 보여주었다.

　-그런데 종정스님 방 바로 앞에 있는 절의 불상은 스리랑카식
이 아닙니다.

　"태국 불상입니다."

　-토요일인데 신도들이 없습니다.

　"포야에만 법회를 합니다."

234

옆에는 승려학교인 피리웨나가 붙어 있었고 템플스테이를 하는 곳도 있어서 전체적으로는 비교적 큰 단지를 이루고 있었다. 절은 경찰이 지켰다. 경찰관은 "이곳에서만 근무하는 경찰관이지만 정부에서 월급을 받는다"고 말했다.

아스기리 본사는 불치사에서 봤을 때 오른쪽 산에 있었다. 우백호右白虎 격이었다. 이곳도 경찰이 지켰다. 작은 건물이 여러 개 있었다. 규모가 큰 승려학교가 아름다운 스투파(탑)와 함께 있었고 유치원도 있었다. 절은 약간 떨어진 곳에 별도로 있었는데 요란하지는 않았다. 절에서 만난 스님에게 물었다.

-종정스님은 지금 어디 계십니까?

"지금은 불치사에 계십니다. 낮에는 불치사에서 근무하고 저녁에는 이곳 거처에 돌아와 주무십니다."

-종정의 숙소가 여기에 있습니까?

"예. 바로 저 뒤에 있는 게 스님 숙소입니다."

종정의 숙소는 단독주택이었는데 마당에는 불상이 있을 뿐 겉모습은 별 치장이 없이 수수한 모습이었다.

한편, 와라카폴라에 있는 두들리 세나나야카라마야 절의 찬다비숫디 주지는 아마라푸라 종이었다. 그도 종파에 따라 옷 입는 방식만 약간 다른 정도일 뿐 불경 해석에서는 똑같다고 말한 바 있다. 와라카폴라 일대에는 시암 종이 다수였다. 여신도 W씨가 말했다.

"캔디나 아누라다푸라 쪽에는 시암 종이 강합니다. 남부로 가

면 아마라푸라 종이 많을 겁니다. 전체적으로는 시암 종이 다수
일 것 같습니다."

　－차이는 무엇입니까?

　"겉으론 달라도 서로 본질은 같아요. 카스트에 따라 높은 카
스트는 시암 종이고 낮은 카스트는 대체로 아마라푸라 종입니다.
본질이 같다는 점에서 기독교의 종파와 비슷하다고 이해할 수도
있겠습니다."

죽이지 마세요

여교사 프레마 선생이 눈을 비볐다. 여학생이 구급약품 통을 열
고 눈을 소독한 뒤 핀셋으로 뭔가 꺼내려 했지만 잘 안 되자 함께
나갔다. 잠시 후 프레마 선생이 들어와 손바닥을 펴 보였다. 이만
한 벌레가 기어 다니고 있었다.

　－이게 뭡니까?

　"눈에서 꺼냈어요."

　－어떻게 눈에 들어갔어요?

　"개가 왔다가 갔는데……. 그때 눈에 들어갔나 봐요."

　벌레를 손바닥에 놓고 기어 다니게 했다. 옛 기억 때문에 "왜
죽이지 않느냐?"고 물어볼 수 없었다. 콜롬보에 머물 때 귀찮게

구는 파리를 잡으려고 팔을 뻗자 옆 여성이 "죽이지 마세요!"라고 소리를 질렀다. 다행히(?) 파리가 빨라서 잡히지 않았지만 여성의 표정이 밝지 않았다. 싱할라 사람들은 방에 들어온 뱀도 그냥 내쫓기만 한다고 했다. 살생 금지는 불교도 5계의 첫 번째 계다.

고기를 먹으면 안 된다는 규정은 없어요

싱할라 불교도는 살생을 하지 않는 차원에서 쇠고기를 안 먹는 줄 알았다. 일부 그런 이유도 있었지만 사실은 맛이 없어서였다. 게다가 질겼다. 돼지고기를 먹는 사람은 상대적으로 많았다.

불교도와 힌두교도가 먹는 돼지고기는 와라카폴라 신 시장에서, 주로 무슬림이 먹는 쇠고기는 구 시장에서 팔았다. 닭고기 가게는 많았다. 불교도들과 이야기했다.

―부처님은 탁발승이셨습니다.

"그렇습니다. 길을 다니면서 주는 대로 받아서 드셨습니다. 불교도도 아니면서 별걸 다 아시네요."

―스님들도 고기를 드십니까?

"기본적으로 사람들이 주면 먹어야 합니다. 스님은 고기를 먹으면 안 된다는 규정은 없어요."

―살생하지 말라는 계가 있지 않습니까?

"살생하지 말하는 것이지 먹지 말라는 게 아닙니다. 다만, 부처님께서 쇠고기, 돼지고기를 드시고 배가 편치 않으셨다는 기록은 있습니다."

─실제로 스님들이 고기를 먹습니까?

"생선은 아주 좋아합니다. 닭고기는 잘 먹는 편이고 돼지고기도 먹습니다."

─싱할라 사람 중 육식을 하는 사람은 얼마나 됩니까?

"70퍼센트는 돼지고기나 쇠고기를, 90퍼센트는 닭고기를 먹을 겁니다. 97퍼센트 정도는 생선을 먹고 채식주의자는 2~3퍼센트일 겁니다."

─특히 쇠고기를 안 먹는 사람이 많습니다.

"육우목장이 별로 없습니다. 집에서 길러서 젖을 짜먹고, 황소는 일을 할 때 씁니다. 늙으면 고기로 나오니까 질기고 맛이 없는 겁니다."

─어린 시절에 집에서 소를 길렀습니다. 농사일을 하면서 함께 사는 소는 가족 같은 존재였습니다.

"여기서도 그런 측면이 있습니다. 또 도살장에서 소를 사 와서 기르는 사람들도 있으니까요. 닭과 돼지는 식용으로 기릅니다."

─닭만 불쌍합니다. 불교도나 무슬림이나 힌두교도나 닭고기는 다 좋아하니까요. 기우제인 코홈바 약 칸카리야에도 닭의 피가 필요하지 않습니까.

그런가 하면 찬드레─나파고다 씨 부부는 소를 열심히 거둬 먹

프린시 아주머니 집에서 '아치'가 뜰에 매어놓은 소에게 꼴을 먹이고 있다. 송아지 때 도살장에서 사 왔다고 했다.

였다. 매일 아침 풀밭에 매어놓았다가 저녁에 몰고 왔다. 늙어서 우유가 나오지도 않았다. 이 가족은 쇠고기를 먹지 않았다. 나파 고다 아주머니와 딸 차마리 씨가 말했다.

"소가 어릴 때 도살장에서 사 왔습니다. 소를 살려준 것입니다. 그래서 쇠고기를 먹을 수 없어요. 나중에 죽으면 그냥 처리해 버릴 겁니다."

프린시 마담 집에도 우유가 나오지 않는 소 두 마리를 전담하는 '아치'까지 있었다. 역시 도살장에서 각각 사 온 소라고 했다.

나중에 한 마리는 친척 집에 그냥 보냈다. 모두 선업 쌓기였다. 달리 생각하는 사람도 있었다. 한 경비원은 매일 아침 소를 몇 마리 몰고 와서 교내 풀밭에 매어놓았다. 그는 "우선 우유를 짜서 먹고 안 나오면 판다"면서 "수컷은 어릴 때 팔고 좀 자라면 육우로 쓴다"고 했다.

불교의 나라에서 웬 패륜?

스리랑카 사람들이 통상 최고의 문화유적지로 꼽는 곳, 시기리야. 이곳이 패륜의 본산이란 점은 아이러니였다. 5세기에 이복동생이 왕의 자리를 차지할까 봐 아버지를 죽이고 왕이 된 카샤파 1세가 동생의 보복이 두려워 해발 370미터 바위산 꼭대기에 궁전을 짓고 공포에 떨며 지내다 나중에 동생이 쳐들어오자 자살했다는 곳이 시기리야. 5계를 매일 암송하는 불교의 나라에서 웬 패륜? 아버지를 죽이는 패륜은 서양에서나 유행한 줄 알았다. 서양의 전설이나 신화를 보라. 스리랑카의 패륜은 어디에서 온 것일까? 최초의 싱할라 왕국 건국과 함께 시작된 비극일까? 전설 속의 약샤족 쿠웨니 공주와 결혼한 뒤 장인인 왕과 왕비, 처남을 모두 죽이고 쿠웨니까지 버린 뒤 자신이 스리랑카 왕이 됐다는 인도 왕자 위자야의 영향일까. 기원전 6세기에 살았다는 위자야는 '마하왐사' 같은 연대기에 스리랑카 싱할라족 최초의 왕으로 기록돼 있다고 한다.

아베 전 교장은 "위자야는 인도에서 왔는데 싱할라족이 '시조'로 생각하며 싱할라 최초의 왕으로 받들고 있다"고 말했다. 그전에는 약샤족이 지배했다는 것이다.

세계보건기구의 '2017년 세계보건통계'에 따르면 스리랑카의 자살률은 세계 1위였다. 이 통계자료 자체에 대한 논란이 있었지만 어쨌든 자살률이 대단히 높은 것으로 알려져 있다. 가난한 나라라고 해서 자살률이 높은 것은 아니다. 이것도 패륜 끝에 스스로 목숨을 끊은 카샤파 1세의 유산일까?

"소리 지르지 마세요. 벌을 놀라게 하면 안 됩니다." 시기리야 사자바위Lion Rock 앞에는 이렇게 쓰여 있고 실제로 사자바위 절벽에 크고 새까만 벌집이 새까맣게 붙어 있었다. 벌보다는 이곳에 얽힌 패륜과 자살 이야기가 더 무시무시했다.

시기리야는 왕궁과 요새로 돼 있는데 갖가지 벽화가 많이 훼손되긴 했지만 흔적은 남아 있었다. 이곳은 유네스코 세계문화유산이다. 외국인 입장료는 30달러. 웬만한 사람 월급의 15퍼센트에 이르는 액수였다. 모처럼 부자유친父子有親의 의미를 되새기고 삶의 중요성에 대해 생각하는 기회가 된다면 입장료 30달러는 아주 싼 게 아닐까?

석굴에 살면서 명상을 하죠

살갈라 절은 승려들이 석굴에 살면서 명상하는 곳이다. 법당과 신도들이 있었지만 조용한 분위기였다. 청소하는 승려들의 안내로 석굴에 갔다. 여기서 말하는 석굴은 깊은 동굴이 아니라 바위가 몇 미터 정도 파인 곳을 의미했다. 처소 앞마당 모랫길을 빗자루로 고르고 있는 위지따담마 스님과 담마난다 스님을 만났다.

　-스님이 몇 분이나 계십니까?

"지금은 15명이 있습니다."

　-석굴에 사십니까?

"예. 석굴에 살면서 명상을 하죠."

승려들은 석굴 방에서 명상하거나 모래를 깔아 만든 작은 길을 걸으면서 명상했다.

　-명상은 하루에 몇 시간이나 합니까?

"수시로 합니다."

　-모두들 석굴에 계십니까?

"우리는 석굴에서만 삽니다. 신도들과 만나고 설법하는 스님은 따로 있습니다."

　-언제 오셨습니까?

"라뜨나푸라에 있다가 1년 전에 왔습니다."

　-명상을 마치면 돌아갑니까?

"떠나고 싶으면 떠나면 됩니다."

―산속 석굴에 떨어져 계시는데 아침과 점심은 어떻게 합니까?

"신도들이 밥을 해 오면 식당에 내려가서 먹습니다."

―나무통이 매달려 있고 안에 절구 같은 것이 들어 있었습니다.

"종입니다. '둥~' 하고 치는 것입니다."

―나무로 만들었습니까?

"그렇습니다."

명상하는 절이니까 종소리가 은은하게 울릴 필요가 있다고 생각했다. 내려오는 길에 살짝 건드려 보니 맑고 높은 소리가 났다.

―외국인들도 옵니까?

"프랑스 사람들이 구경하러 왔었습니다. 유럽인이 좀 오는데 한국인은 처음입니다."

―외국에 가보신 적이 있습니까?

"부다가야 등 인도와 태국에 갔다 왔습니다."(위지따담마 스님)

위지따담마 스님은 영어를 구사했다. 조금 젊은 담마난다 스님이 산길 안내를 자청했다. 따라가니 바깥으로 자물쇠가 달린 작은 방이 있었다.

―이곳도 명상하는 곳입니까?

"아닙니다. 신도가 승려에게 개인사를 상담하는 장소입니다."

조금 올라가니 나이가 든 승려가 처마 밑에 앉아서 싱할라어로 된 불경을 읽고 있었다. 노스님이 물었다.

"그룹으로 왔습니까?"

-아닙니다. 혼자 왔습니다.

"그래요? 가이드와 같이 왔습니까?"

-혼자 왔습니다.

담마난다 스님이 "제가 가이드"라고 농담했다. 다른 석굴에서는 한 승려가 불을 켜지 않고 깜깜한 방에서 명상 중이었다. 큰 산의 정글 길로 계속 올라갔다. 빈 석굴도 있었다. 정글이라 힐링 산책에 제격이었다. '감시바위'에 도착했다.

-전망이 정말 좋습니다.

"사방이 트여 있는 감시바위입니다. 여기는 콜롬보 방향이고, 이쪽은 라뜨나푸라 방향, 저쪽은 스리파다야(부처님의 발자국이 있다는 곳) 방향입니다."

-감시바위라······.

"그런데 전망이 워낙 좋으니까 젊은이들이 와서 사랑을 속삭입니다. 언젠가 심하게 사랑을 표현하기에 혼내줬습니다. 이렇게······."

담마난다 스님은 "이렇게······"라고 말하면서 주먹을 쥐고 때리는 시늉을 했다. 아, 여긴 절이지······. 명상하는 스님도 이 대목에서는 감정을 솔직하게, 인간적으로 드러냈다. 이 감시바위는 적의 침입을 살피던 감시초소였다고 프린시 아주머니가 말했다.

정글 속 작은 산길에서 스님이 다리와 팔에 잔뜩 달라붙은 거머리를 뜯어서 태연하게 나무 쪽에 놓아주었다. 비가 와서 젖은 산길을 맨발로 한 시간 이상 걸어 다닌 탓이었다. 낡은 건물에 도

승려들의 휴식 공간. 작은 석굴에는 부처님이 있지만 앞에는 잉어가 노는 인공 연못도 있다.

착하자 지름 2미터 정도 되는 인공 연못에서 잉어가 놀고 있었고 옆에는 명상 장소와 간이 법당이 있었다.

"휴식처입니다. 앞 바위에서도 쉴 수 있습니다."

산을 모두 돌고 스님의 거처로 돌아왔다. 위지따담마 스님은 여전히 명상하며 모랫길을 걷고 있었다. 전부 둘러보는 데 1시간 30분이 걸렸다.

가다와 오다를 구분하지 않아요

싱할라어로 승려는 '하무두루와', 복수형은 '하무두루워'다. 복수로 부르면 스님이라는 존칭이 된다. 동네 절의 주지인 담민다 스님과 함께 툭툭을 타고 인근에서 열린 핑카머에 다녀왔다.

－식사는 하셨습니까?

"보통 사람은 식사한다고 말하지만 승려의 식사는 '다네 왈란 다나와'라고 하죠. 또 가다와 오다를 구분하지 않아요. 그냥 '와 디나와'(이동한다)라고 한마디로 표현합니다. 오늘 우리가 가는 행사는 사망 3개월 후에 하는 핑카머입니다."

'오가다'를 한마디로 표현하는 것은 정서적으로 공감이 갔다. 《주역》도 모든 존재하는 것에는 오직 변화가 있을 뿐이라는 이야기가 아닌가. 생물학에서도 진화와 퇴화는 똑같은 개념으로 쓰고 있지 않은가.

－스님을 어떻게 부릅니까?

"하무두루워라고 합니다."

－복수로 말하면 되는군요. 한국에는 속명이 있고 법명이 있습니다. 법명이 무엇입니까?

"담민다입니다. 그냥 하무두루워라고 부르면 됩니다. 한국에서는 뭐라고 부릅니까?"

－'스님'이라고 합니다. 절에 혼자 계십니까?

"예, 저 혼자 있습니다."

—와라카폴라가 고향입니까?

"고향은 캔디입니다."

—어디에서 불교를 공부하셨습니까?

"학교에 따로 다니지 않고 이곳에 와서 큰스님 밑에서 다 배웠습니다."

—이 시골 마을 사람들은 주로 농사를 짓습니까?

"일부는 농사를 짓지만 대부분은 공장 등에서 일을 합니다. 누와라엘리야 쪽으로 가면 대부분이 농사를 짓습니다."

동네 절에서 외부 승려 두 명을 초청해 '카위바나'를 마련했다. 바나는 그냥 설법인데 카위바나는 두 승려가 나란히 앉아서 노래하듯 운문을 주고받으며 읊는 방식으로 진행됐다. 알아듣지는 못했지만 발라드를 부르는 것처럼 들려서 듣기 좋았다. 포야가 아닌 보통 일요일 저녁 7시에 신도들이 모두 모인 가운데 두 시간 정도 열렸다. 승려의 '말'은 후반에 20분 정도 있었다.

나파고다 아주머니는 "팔리어로 하는 피릿과 달리 카위바나는 싱할라어로 진행된다"면서 "마을 주민이 돌아가신 부모를 추모하기 위해 스님들을 초대해 마련한 행사"라고 말했다.

위제 선생은 "카위바나는 최근에 새로 등장한 설법 방식인데 스님들이 불교 신도나 부처님의 이야기를 시로 지어서 읊기 때문에 재미도 있어서 요즘 아주 유행하고 있다"고 말했다. 또 "과거에는 그냥 한 스님이 이야기하는 방식이어서 단조롭고 재미가 없었다"면서 "요즘 들어서는 스님들이 설법 중에 농담도 해요. 시대 변화를 반영하는 것이죠"라고 덧붙였다.

모기나 승려나 똑같습니다

암베풋사 삼거리 근처 두들리 세나나야카라마야 절. 집이 없는 이수루 학생이 이 절에 살고 있어서 '가정방문'을 했다.

찬다비숫디 주지 스님은 영어로 법명을 소개했다.

"제 이름 찬다비숫디는 '정화淨化를 좋아한다'는 뜻입니다."

－어떤 인연으로 스님이 되셨는지요?

"6년 동안 전선 품질검사를 했습니다. 전선 규격은 미국식과 영국식 두 가지였는데 저는 규격검사 일을 했습니다. 그러던 중 세상의 모든 생명체는 물질과 정신으로 이뤄져 있는데 모두 같은 마음으로 연결돼 있고 하나라는 것을 깨달았습니다. 그래서 승려가 됐습니다."

－이 절에는 스님이 몇 분이나 계십니까?

"승려 여섯 명, 일반인 세 명이 있습니다. 이수루 학생은 한국에 가려고 공부하고 있고 다른 두 소년은 승려가 되려고 합니다. 작은 절이지만 언제든지 놀러 오십시오. 자고 가도 됩니다."

－모기장이 없는데 밤에 '마두루워'(모기)가 있지 않습니까?

"'하무두루워'(승려)가 6명 있습니다."

―아니요. 스님이 아니라 모기 말입니다.

"아하~. 모기나 승려나 똑같습니다."

함께 웃었다. 내 발음 탓에 마두루워를 하무두루워로 오인한 데서 비롯된 해프닝이었다. 그런데 스님이 "'모든 생명체는 같은 마음으로 연결돼 있다'는 것을 깨달았다"고 말했으므로 둘은 똑같은 게 '맞다'. 발음 혼선이 결과적으로 철학적 대화로 이어진 셈이었다. 주지 스님은 양팔에 붕대를 감고 있었다.

"당뇨 초기 단계라서 운동을 열심히 합니다. 운동 중에 넘어져서 팔을 다쳤습니다."

―스리랑카 불교에 시암 종 등 종파들이 있다고 들었습니다. 와라카폴라 일대에는 어떤 종파의 절이 많은지요?

"이 일대에는 80퍼센트가 시암 종입니다. 아마라푸라 종은 20 퍼센트 정도인데 이 절은 아마라푸라 종입니다."

―어떻게 다릅니까?

"똑같습니다. 불교 해석도 같습니다."

―스님들의 겉모습이 조금 다르다고 들었습니다만…….

"시암 종 승려는 외출할 때 오른쪽 어깨를 드러내지만 아마라 푸라 종 승려는 외출할 때 양쪽 어깨를 모두 감쌉니다. 절에 있을 때는 어깨를 드러내도 상관이 없습니다. 한국도 얼마 전까지 불교 나라였지요?"

―600여 년 전까지는 불교 국가였습니다.

"혹시 불교 신도이십니까?"

－종교가 없습니다.

"왜 종교가 없습니까?"

－스님께서는 왜 스님이십니까?

"그거야……. 내세가 있다고 생각하십니까?"

－저는 내세가 있다고는 생각하지 않습니다. 그렇지만 부처님이나 하느님이나 모두 우리 마음속에 있다고는 생각합니다.

재미있는 스님이었다. 유쾌한 대화를 마친 뒤 스님은 붕대를 감은 채 신축공사 중인 절 건물의 옥상을 거닐면서 운동 겸 명상을 했다. 승려들은 오다와 가다를 구분하지 않고 그냥 '이동한다'고 말한다는 담민다 스님의 말이 떠올라서 나올 때 주지 스님에게 웃으면서 인사했다.

－저는 승려가 아니니까 집으로 '와디나와'(이동하다)하지 않고 '야나와'(가다)합니다.

"하하. 선물을 하나 드리겠습니다."

주지 스님은 담뱃갑보다 작은 티슈 박스를 내게 주었다.

한편 이수루 학생은 작은 공간에서 승려 한 명, 일꾼 한 명과 한 방에 살고 있었다. 책상 두 개, 컴퓨터 한 대가 있었다. 이수루 학생의 어머니는 여동생과 함께 친척 집에 살았다. 이수루 학생은 "절을 신축하는 일을 도와주고 그냥 숙식을 해결한다"면서 "아침과 점심은 신도들이 공양하는 것을 얻어먹고 저녁은 해서 먹는다"고 했다. 아마라푸라 종 절에 간 것은 처음이었다.

집들이 하무두루워 피릿을 하는 겁니다

이웃 바뚜와나 아주머니 가족이 3년 만에 새집을 완성해 집들이를 했다. 저녁에 동네 절 담민다 주지를 비롯해 이웃 절의 승려 등 10명이 와서 하무두루워 피릿을 진행했다. 피릿 시작 전에 현관에 음식을 차려놓고 주민들이 모두 저녁식사를 했다. 오후 9시 경 승려들이 동네 절에서 출발해 캔디언 공연 팀을 앞세우고 도착했다. 악사 세 명은 각각 게타베라, 다울라, 탐멧타마 북을 치고 한 명은 나팔을 불었다. 승려들이 둘러앉아 준비물과 장식을 점검한 뒤 먼저 담민다 스님이 법회를 진행했다.

동네 집들이 행사에서 승려들이 네 명씩 조를 짜서 교대로 밤새 피릿을 진행하고 있다.

다시 악사들이 등장해 한참 동안 연주한 뒤 단에서 내려오자 10시경 피릿이 시작됐다. 먼저 실패에 감긴 피릿눌라(흰 실)를 승려들이 있는 곳에서 시작해 모든 신도들에게 연결했다. 피릿눌라를 연결하는 것은 승려들이 읊는 피릿이 모두에게 전달되도록 하는 의미라고 했다. 한 승려가 팔리어로 독경을 하자 다른 세 승려들은 코러스 식으로 배경음을 넣었다. 노래는 아니지만 합창하는 듯 듣기 좋은 소리가 났다. "피릿은 일종의 주술"이라는 말에 공감이 갔다. 피릿은 스피커를 통해 온 동네에 중계되었다. 주민 니산뜨 씨가 말했다.

"집이 3년 만에 완성돼 집들이 하무두루워 피릿을 하는 겁니다."

신도들이 피릿눌라로 연결하고 즐거운 표정으로 하무두루워 피릿을 듣고 있다.

−과거에 한국도 집들이를 크게 했습니다.

"스님을 모셔서 하무두루워 피릿을 하면 집과 식구들에게도 좋습니다."

−밤새 독경을 하는 겁니까?

"그렇습니다. 옛날 인도 언어로 피릿을 합니다."

−밤샘을 하면 힘들 텐데요?

"스님들이 네 명씩 팀을 이루어 교대로 피릿을 진행합니다. 이때 나머지 스님들은 자다가 먼저 하던 스님들이 지치면 진행합니다."

이튿날 아침, 승려들은 피릿을 끝내고 동네 절에 들렀다가 다시 집들이 집으로 갔다. 식사를 제공하는 다나야가 있었다.

스님이 많지만 일반인도 있고 여학생도 있죠

승려들이 다니는 정규 학교인 피리웨나의 전시회 및 공연이 사흘간 진행됐다. 행사장인 시내 광장에 42개 부스가 마련됐다. 부스마다 특색이 있었다. 절에서 쓰던 옛 물건, 불경 고문서, 그림이 전시됐고 생활 모습도 재현됐다. 수학이나 과학을 설명한 내용도 보였다. 대부분 어린 승려 학생들이 설명했다.

−무슨 행사입니까?

"'피리웨나 프레티바'입니다. 공립인 피리웨나는 예로부터 내려오는 승려학교지만 학교라고 부르지 않고 피리웨나라고 합니다. 프레티바는 학예회 같은 겁니다."

　－몇 개의 피리웨나가 참가했습니까?

"케갈라 지역 42개 피리웨나가 참가했습니다."

　－일종의 경연입니까?

"예. 재능을 겨룹니다."

　－전시물은 전부 학생들이 만든 것입니까?

"대부분 스님 학생들이 만든 겁니다."

　－밤 공연 때에는 스님들도 무대에 올라갑니까?

"스님은 무대에서 노래를 부르거나 춤을 출 수 없습니다. 일반인 학생들이 공연합니다."

한 부스 옆에서는 승려들이 대나무 컵에 차를 떠서 나눠 주었다. 어린 승려 학생이 비스킷도 주었다.

　－무슨 차입니까?

"'벨리말'이라고 벨리 과일의 꽃으로 만든 것인데 배에 좋습니다. 차라고 부르지 않습니다."

젊은 승려가 자신의 배를 가리키면서 말했다.

　－어디에서 오셨습니까?

"근처 암베풋사에 있는 피리웨나에서 왔습니다. 우리 학교에는 학생이 23명 있고 선생님이 15명입니다."

다른 불교 신도에게도 물었다.

−피리웨나는 정규 학교입니까?

"그렇습니다. 교육부가 운영하고 1학년부터 11학년까지 있습니다. A레벨 시험도 치고 대학에도 갈 수 있습니다."

−학생들은 선부 어린 스님이겠네요?

"물론 스님이 많지만 일반인도 있고 여학생도 있죠."

−여학생은 비구니입니까?

"아닙니다. 일반 학생들입니다."

−일반인이 일반 공립 대신 왜 피리웨나에 갑니까?

"배우는 과목은 같은데 교육 내용이 다르다고 생각해서입니다. 예를 들면 불교를 깊이 배운다든지……."

−선생님들은 모두 스님들입니까?

"스님은 불교에 대해 가르치고 나머지 과목은 외부 선생님들이 담당합니다."

−학교는 누가 운영합니까?

"각 절의 주지가 교장입니다. 각 디스트릭트에는 피리웨나를 총괄하는 큰스님이 있습니다."

−오늘 행사의 스폰서는 누구입니까?

"큰스님이 요청해서 정부에서 지원했습니다."

−매년 합니까?

"매년 열리지만 주로 강당 같은 곳에서 작게 합니다. 올해에는 특별히 크게 했는데 언제 또 대형 행사를 할지는 알 수 없습니다."

오후 8시경 공연이 시작됐다. 캔디언댄스로 시작해 큰스님의 인사말에 이어 여학생들의 공작춤과 닭춤, 남학생의 베스댄스가 펼쳐졌다. '리디비사'라고 부르는 독무는 무용수가 고수와 우스개를 곁들여 말을 주고받으면서 오랫동안 추는 춤이었다. 여장 남자가 추는 풍자춤과 전통적인 불춤도 있었다.

우등상 시상식이 열려 수상자들이 시상자에게 엎드려 절을 했다. 승려가 큰절을 하는 것은 처음 봤다. 나이 든 승려 한 명만 서서 상을 받았다. 이어서 바보가 병신춤을 추면서 미인 두 명에게 구애하다 괄시를 받고 다른 두 남자가 나타나자 더욱 마음에 상처를 받는다는 내용의 무용극이 등장했다. 전래 이야기라고 했다.

객석에는 줄잡아 의자 천여 개가 있었다. 왼쪽 앞은 높은 승려들의 자리로 흰 천이 씌워져 있었다. 오른쪽 앞은 팔걸이의자가 있었는데 역시 승려 전용좌석이었다. 앞쪽 자리가 비었지만 일반인은 아무도 가서 앉지 않았다. 공연은 세 시간 넘게 진행됐다.

오전에는 스님입니다

감파하 지역 한가와따 절 피리웨나. 초등 과정으로 주지 스님이 교장이고 각 과목은 외부 강사가 가르쳤다. 토요일 아침, 학생들이 주지의 숙소 앞에서 일반 초등생 책으로 자습한 뒤 아침 공양을 위해 이동했다.

─학생이 모두 몇 명입니까?

"14명입니다."

─지금 몇 학년입니까?

"5학년입니다. 1년 더 다니면 상급 학교에 갈 수 있습니다."

─중고교 과정을 마치면 어떻게 됩니까?

"시험을 쳐서 통과하면 대학교에 갈 수 있습니다."

─A레벨 시험 같은 것입니까?

"예. 그렇습니다."

위제 선생이 말했다.

"대학을 졸업하면 공립학교 교사를 할 수 있습니다. 싱할라어, 불교, 역사 같은 과목을 가르칩니다."

─스님 신분을 유지하면서 교사를 합니까?

"예. 승복을 입고 절에서 출퇴근합니다. 정규 교사로 월급도 받고 인문학을 가르칩니다. 가끔씩 환속해 교사 생활만 하는 경우도 있습니다."

─스님 활동과 학생 활동은 어떻게 구분합니까?

"오전에는 스님입니다. 낮 12시 전에 점심을 먹고 오후 1시부터는 학생으로서 외부 선생님들에게 배웁니다."

한편 쿠루네갈라 지역 담바데니야 절 안내인은 "이곳 피리웨나 학생은 전부 스님이고 여학생이나 일반인은 없다"면서 "졸업하고 상급 학교로 간다"고 말했다.

　승려들의 대학 진학은 스리랑카의 '학문불교' 전통과 관련이 있어 보였다. 과거 영국 식민지였기 때문에 전통적으로 영어를 잘하는 승려들이 있어서 외국인, 특히 서양 사람들이 와서 불교를 배우는 경우가 많다고 했다. 영어와 프랑스어로 불교를 강의하는 곳도 있다고 했다. 태국처럼 승려는 돈도 못 만지는 엄격한 계율불교가 아니라서 스리랑카 승려들은 휴대전화를 사용하고 등에 백팩도 메고 다닐 정도로 비교적 자유로운 편이었다. 이런 분위기 속에 승려들은 주말에 대학에서 비교적 여러 분야를 공부하고 있었다.

승려 학생들이 일반 교과서로 자습한 뒤 아침 공양을 하러 나오고 있다.

스님들은 나라보다 자신들이 위에 있다고 생각해요

영자지 〈데일리뉴스〉(2018년 6월)에 흥미로운 기사가 실렸다. 연립내각의 대변인인 공보부 장관은 "대통령이 불교 지도자들에게 살인죄로 복역 중인 한 승려에 대해 '대통령 사면'을 고려 중이라고 말했다"고 밝혔다. 대변인은 사면이 실현될 것인지에 대해서는 말하지 않고 "모든 죄수는 법 앞에 평등하게 다루어져야 한다"면서 "나라에는 지켜야 할 법이 있다"고 강조했다. 그는 또 "특별사면은 현행법으로는 불가능하다. 특별사면을 하려면 법을 개정해야 한다"고도 말했다. 대변인은 "현재 각종 범죄로 수감 중인 종교 지도자는 모두 18명이며 이 가운데 불교 지도자가 15명"이라고 밝혔다. 기사에 따르면 다른 승려 한 명은 법정모욕죄로 2년형을 선고받은 상태였다.

일단 상식적으로 납득하기 어려운 점이 있었다. 정부 대변인이 뜬금없이 법에도 없다는 '대통령 사면'을 고려하고 있다고 언급했기 때문이다. 이 정례 브리핑을 어떻게 볼 것인가. 연립내각의 내부 갈등 표출? 여론 떠보기? 불교계의 무리한 요구에 대해 일단 정치적인 발언을 한 뒤 반응 살피기? 사면 '고려'에 대해 비판 여론이 빗발치면 정부는 생색만 내고 없던 일로 하려는 명분 쌓기? 이방인으로서는 알기 어려운 문제였다. 아무튼 다소 황당한 사안이 정부 대변인을 통해 발표되는 것은 불교계의 위상과 힘을 말해주는 사건임에는 틀림이 없어 보였다. 불교도들에게 물었다.

　─현행법으로 불가능하다면서 왜 '대통령 사면을 고려'하고 있다고 했을까요?

　"스님들의 압력이 거셌을 겁니다. 일단 정치적 발언을 한 것입니다."

　─일반 국민들이 가만히 있을까요?

　"그게 그렇지 않습니다. 많은 불교도는 사실 관계를 잘 모르고 관심도 없습니다. 다만 '왜 스님을 감방에 가둬놓느냐' 하는 식으로 생각합니다. 신도 다수는 스님을 '저 높은 곳에 있는 분'으로 생각합니다."

　─이 경우는 살인죄가 아닙니까?

　"일반인들은 그런 것에 대해서는 잘 모르고 별로 관심도 없습니다."

　─스님의 위상이 그렇게 높습니까?

　"우리는 아침마다 국가가 연주되면 똑바로 서서 듣지만 스님들은 그렇게 하지 않습니다. 스님들은 나라보다 자신들이 위에 있다고 생각해요. 불교도는 그걸 인정하는 겁니다."

　─국가보다 스님이 높다……?

　"그렇습니다. 국회에서도 국회의원과 의장이 다 입장한 뒤에 스님이 들어옵니다."

　─그렇지 않은 스님들도 있지 않습니까?

　"물론입니다. 석굴의 수도승은 다릅니다. 그런데 상당수의 경우 스님은 직업이고 승복은 유니폼인 셈입니다."

─사실 어느 종교에나 세속적인 모습은 있으니까요. 불교 지도자는 어떻습니까?

"캔디의 불교 지도자들은 징기적으로 바뀝니다. 호화 주택에 고급 승용차가 제공되고 막강한 권력을 갖는 자리라서 종파가 번갈아 맡아야 하니까 바뀌는 겁니다."

다른 불교 신도는 "대통령 후보는 캔디에 있는 종정의 암묵적 동의 없이는 당선될 수 없다"고 말했다. 주류격인 시암 종 종정을 가리키는 것으로 이해됐다.

한 불교도는 이러한 문제가 발생하는 배경에는 신도들의 '과잉 공양'이 있다고 말했다.

"절이나 데왈라야에 가서 꽃 한 송이 바치면 족하다고 생각합니다. 지금의 행태는 각자 욕심을 채우려고 비는 것이지 선업을 쌓고 수양하는 게 아닙니다. 엄청나게 많은 음식을 가지고 가서는 다 버립니다. 어려운 사람을 돕는 것도 아닙니다."

─이방인으로서 딱히 드릴 말이 없습니다.

"3년 전에 가족과 캔디 불치사에 갈 때였습니다. 불치 앞에 음식을 놓고 불공을 드리려면 예약을 해야만 했습니다. 예약 후에 절 쪽에서 필요한 물품 32가지의 리스트를 보내왔는데 꿀, 가스 실린더 등이었습니다. 그뿐만 아니라 함께 가져간 쌀의 무게만도 32킬로그램이었습니다."

이 신도는 공양 자체를 부정하는 것이 아니라 절과 신도 양쪽의 욕심 채우기 세태에 비판적이었다.

이제는 개를 사살할 수 없게 됐어요

졸업생 D군이 개와 장난하다가 물려서 광견병 관련 주사를 맞으러 다닌다고 했다.

-광견병은 아주 위험한 병인데……?

"걱정이 되어서 계속 주사를 맞고 있어요. 공공병원에서 무료로 맞아요. 사실 바이러스 때문에 맞는 주사라 비싸서 개인병원에서는 한 번 맞는데 2만 7000루피 정도 하죠."

-길거리에 개들이 너무 많아서 위험합니다.

"한때 정부에서 길거리에 다니는 개는 총으로 쏴 죽였어요. 그런데 스님들이 '살생은 안 된다'면서 들고 일어나 이제는 개를 사살할 수 없게 됐어요."

-그래요?

"스님들이 개로 인한 문제의 심각성에 대해 잘 알 수 없겠지요."

-학교 안에도 개들이 많아서 겁이 납니다.

"지금은 길거리 개들에게 중성화 수술을 합니다. 하지만 백 퍼센트 수술할 수도 없고 집에서 기르는 개들이 나와서 새끼를 낳으니 바깥에 개들이 계속 돌아다니는 겁니다."

한편 스리랑카 개는 약 200만 마리(인구의 10퍼센트)에 이르는데 80퍼센트는 광견병 예방접종이 되지 않은 것으로 알려졌다. 광견병이 자주 발생하자 보건 당국은 "지난 2년간 인원이 부족해 개를 대상으로 광견병 방역을 하지 못했다"고 밝혔다.

그 후에는 툭툭 운전기사가 길거리에 갑자기 나타난 개떼를 피하려다 전봇대를 들이받아 승객과 함께 사망하는 사건이 발생했다.

옛날에는 스님이 최고의 지식층이었어요

버스 운전사 뒷좌석은 무조건 승려의 자리였다. 아예 '성직자석'이라고 쓰여 있어 다른 사람이 앉았더라도 승려가 오면 일어나야 했다. 어린 승려라도 예외가 아니었다. 불교 승려가 아닌 성직자가 성직자석에 앉는 것은 딱 한 번 봤다. 콜롬보 시내버스에서 수녀가 타자 한 남성이 얼른 일어났고 수녀는 말없이 그 자리에 앉았다. 기차에는 성직자석이 없는 경우도 있었다. 한국어 말하기 대회 예선을 마치고 콜롬보에서 기차로 암베풋사로 오는 데 만원이었다. 승려가 타자마자 문가에 앉았던 사람이 얼른 일어나 양보했다. 뚱뚱한 승려는 아무 말 없이 그 옆자리 사람에게 옆으로 옮겨 앉으라고 손짓을 했다. 자기가 양보받아 앉을 자리에 햇볕이

들었기 때문이었다. 그 사람은 즉시 옆으로 비켜 앉았다. 한참 뒤 승려는 다시 자리를 바꿔 앉았다. 승려는 나이도 별로 들어 보이지 않았다. 고맙다고 말하거나 비슷한 표정도 짓지 않았다. 왜 이런 것이 당연하게 받아들여질까? 불교도들과 이야기를 나눴다.

  ―스님 존중이 대단한 것 같습니다.

  "옛날에는 스님이 최고의 지식층이었어요. 100년 전만 해도 일반인은 글을 읽을 줄 몰랐으니 무식했습니다. 글을 알고 세상을 아는 스님이 제일 우수한 집단이었으니까 존경의 대상이었습니다. 지금은 다들 글을 알고 대학을 나온 사람도 많으니까 오히려 스님들이 무식한 집단이라고 할 수도 있습니다. 그렇지만 사람들은 관행적으로 그러려니 하고 따르는 겁니다."

  ―스리랑카는 독실한 불교도(싱할라)의 나라가 아닙니까?

  "불교, 즉 부처님과 스님은 다릅니다. 부처님의 가르침, 즉 불교 자체에는 아무 문제가 없습니다. 예를 들어, 부처님은 가족과 사회에 나쁜 영향을 끼치면 악업이라고 간단히 생각하실 텐데 일부 스님들이 복잡하게 엮어놓았습니다. 그래서 부처님을 지배수단으로 악용한다는 말이 나오는 겁니다."

  ―선생님처럼 생각하는 사람이 많습니까?

  "아니요. 싱할라 불교도의 5퍼센트 미만이 저처럼 생각할 것 같습니다. 유럽에 가 계신 싱할라 스님도 스리랑카 스님들은 정말 세상을 모르고, 또 불교를 어떤 수단으로 악용한다고 비판했습니다."

모든 집에 부처님이 있죠

루파 할머니가 저녁 예불을 시작했다. 거실 옆 2제곱미터 정도 공간에 부처와 다른 신들을 모셔놓고 아침저녁으로 6시에 예불을 드렸다. 마당에 있는 꽃을 따서 접시에 담고 코코넛기름에 불을 붙였다. 10여 분에 걸친 예불이 끝나자 내 이마에 물을 묻혀주면서 "부처님께서 자비를 베풀 것"이라고 했다. 끝난 뒤 "무슨 불공을 드렸느냐?"고 물었다. 내가 할머니의 싱할라어 설명을 못 알아듣자 할머니는 영어 단어 나열을 시작했고 조합해 의미를 파악해보니 5계였다.

"첫째, 살생하지 않겠습니다. 둘째, 도둑질하지 않겠습니다. 셋째, 간음하지 않겠습니다. 넷째, 거짓말하지 않겠습니다. 다섯째, 술을 마시지 않겠습니다."

–불교도는 모두 가정에 부처님을 모시고 있습니까?

"모든 집에 부처님이 있죠."

–부처님만 모십니까?

"저는 파티니와 카타라가마 등 데위요도 함께 모십니다."

루파 할머니는 다른 방으로 안내했다. 역시 불상이 있었다. 매일 예불을 하는 사람은 루파 할머니와 손자뻘인 대학생이라고 했다.

2년 동안 방문했던 모든 싱할라 가정에는 어떤 형태로든 집

루파 할머니가 집 안에 있는 2제곱미터 크기의 작은 절에서 저녁 예불을 하고 있다.

안에 작은 절이 있었다.

　싱할라 사람들은 아기가 태어나서 외출이 가능할 정도가 되면 즉시 절에 가서 승려를 만나고 보리수에서 불공을 드린다고 했다. 초중고생은 매일 오전에 조회를 하고 5계를 암송한다고 했다. 한 여자 중학생은 포손 포야를 이틀 앞두고 "오늘은 학교에 스님이 오셔서 강연하고 '실'(계·戒)을 암송하는 날"이라고 했다. 불자들은 매일 5계를 암송하고 포야에는 3계를 더해 8계를 암송하고 지킨다고 했다. 8계에는 '호화생활을 하지 않겠다' '낮 12시 이후에는 식사를 하지 않겠다' '화려한 옷을 입지 않겠다'가 포함된다고 했다. 그렇지만 현지 불교도들은 8계에 대해 "낮 12시 이후 금식하는 것은 스님들에게 해당하는 것으로 일반인은 금식은 빼고 대신 금욕을 추가한다"고 말했다. 남녀 불교도 모두 금식 대신 배우자까지 포함된 금욕을 꼽았다. 이들은 또 "사치 절제에는 영화와 음악 감상, 호화 침대도 포함된다"고 말했다. 그렇지만 명상 전문 기니뚤라길라 절에서 만난 신도들은 "우리도 포야에는 낮 12시 이후 금식한다"고 했다.

싱할라 사람들은 어려서부터 불교가 몸에 젖었다. 한국 사람들이 알게 모르게 유교적 전통 속에 사는 것과 비슷했다.

실을 감으면 악마로부터 보호받을 수 있다고 생각해요

부처님의 발자국이 있다는 스리파다야 정상에는 절과 사만 데왈라야가 있었다. 밤에는 흰옷을 입은 카푸 마핫따야가 의식을 진행했다. 연주자들이 북을 치고 나팔을 불면서 들어가 의식을 마친 뒤에야 부처님 발자국이 있다는 곳까지 입장이 허용됐다. 줄이 길었다. 황금으로 칠한 큰 발자국이 벽에 붙어 있었고 사람들은 절하듯 바닥에 머리를 대었다. 부처님의 발자국은 보이지 않았다. 경비경찰에게 물었더니 "9미터 아래에 발자국이 있다"고 말했다. 내부 사진을 찍지 못하게 했다.

밤이 늦어서 바깥 담 아래 계단에서 사람들과 함께 '자기로' 했다. 어림잡아 100여 명이 산 정상에서 노숙했다. 얇은 담요를 가져가고 운동복까지 껴입었지만 강한 바람 탓에 밤새 떨었다. 보통 12월 말부터 4월까지 일반에 개방된다. 낮에는 워낙 덥기 때문에 저녁이나 새벽에 올라갔다가 일출을 보고 하산한다. 편안하게 여관에 묵고 새벽에 올라가는 것보다 저녁에 올라가 추위와 싸우면서 현지인과 함께 호흡하길 잘했다고 생각했다.

내려오는 길에 보니 마을 근처에서 할머니가 나무에 하얀 실을 감고 있었다. 차마리 씨가 떠나기 전 "꼭 올라갈 때 실을 감으라"고 말했는데 잊고 그냥 올라갔었다. 그래서 밤새 추위에 떨었나?

"올라갈 때 실을 감으면 악마로부터 보호받을 수 있다고 생각해요. 또 무병장수를 비는 오랜 풍습입니다. 처음 가는 사람은 실과 바늘을 사가야 해요."

스리파다야에서 바라보는 일출.

한편 길거리에 작은 체중계를 늘어놓은 사람들이 있었는데 등산 뒤에 살이 얼마나 빠졌는지 재어보라고 했다. 10루피(약 75원)였다.

두 번째 방문에서는 정상에서 스리파다야 수호신인 사만 데왈라야에 들러 카푸 마핫따야의 축복을 받고 절에서 예불했다. 이어 바깥에 있는 종을 두 번 쳤다. 종은 방문 횟수만큼 친다.

스리마하보디야는 자라지 않고 잎도 떨어지지 않아요

싱할라 왕조의 첫 수도였던 아누라다푸라에 있는 스리마하보디야. 부처님이 나무 아래에서 해탈했다는 바로 그 보리수의 '낭쿠라'(뿌리에서 돋은 새순)를 가져다 심어 2300년 동안 살아 있다는 전설의 나무다. 인도 아소카 왕의 딸로 마힌다의 여동생인 '공주 비구니' 상가미타 스님이 배에 싣고 왔다고 전해진다. 보리수는 황금색 울타리로 둘러쳐 있고 접근이 금지돼 있었다. 2300세의 나이답지 않게 굵지 않고 작았다. 큰 보리수들은 옆에 있었다. 스리마하보디야가 넘어지거나 부러질까 봐 황금색 기둥으로 받쳐놓았다. 주위에서 불공을 드릴 수 있게 돼 있고 한쪽에는 절이 있었다. 현지에서 불교도들과 이야기했다.

－2300년이나 됐다는 나무가 저렇게 작습니까?

"스리마하보디야는 자라지 않고 잎도 떨어지지 않아요."

–잎이 안 떨어진다고요?

"예. 2년에 잎이 한 개씩만 떨어집니다."

–이곳의 모든 보리수가 잎이 안 떨어지는 것은 아닙니까?

"그렇지 않습니다. 여기 보십시오. 보리수 잎들이 많이 떨어져 있지 않습니까?"

불교도는 절 마당에 있는 나뭇잎을 가리키며 말했다. 사실 여부를 다툴 일은 아니었다. 바람과 믿음, 상징의 문제였기 때문이다.

2017년 10월 일요일에 방문했을 당시 스리마하보디야 아래에 사람들이 꽃과 음식, 과일을 바치려고 길게 줄을 서 있었다. 제단에는 흰옷을 입고 흰 수건을 머리에 두른 카푸 마핫따야들이 숨가쁠 정도로 빨리 접수한 뒤 돌려주었다. 이들 카푸 마핫따야들도 대물림하는 직업이라고 했다.

스리마하보디야의 위상을 말해주는 사건이 있었다. 2019년 3월 서해안의 큰 화력발전소가 고장이 나서 이주일 정도 수시로 단전이 됐다. 하루 두 차례 시간을 정해 콜롬보, 캔디, 케골 식으로 지역별로 단전에 들어갔다. 발전소는 고쳤지만 계속 단전이었다. 화력발전소 고장으로 수력발전을 워낙 많이 함으로써 물을 다 써버려서 저수지의 물이 말라버린 것이다. 전년과 달리 가뭄이 극심했다. 4월 단전 계획까지 미리 발표됐다. 그러자 3월 28일, 전기를 공급하는 정부기구인 전기위원회의 전기기술자들이 모두 스리마하보디야에 비가 내리게 해달라는 불공을 드리러 갔다.

스님의 아침 당번이에요

13세기 중반 싱할라 왕조의 세 번째 수도였던 담바데니야. 절이 있고 근처 바위산에는 궁궐터가 있다. 법당에서 접수하는 신도에게 물었다.

－과거에 불치가 있었다고 들었습니다.

"이곳은 아누라다푸라와 폴론나루와에 이어 세 번째 수도였습니다. 저 돌산에 궁궐이 있었고 여기에는 불치가 있었습니다."

－불치가 어디에 있었습니까?

"바로 이곳이 불치를 모셨던 궁전입니다. 탑 쪽에는 불치가 전시됐었습니다."

그는 2층짜리 오래된 건물을 가리키면서 불치궁전 Palace 이라고 말하며 '궁전'(말리가)을 강조했다. "궁전은 불치를 안전하게 모시는 곳이라는 의미"라고 했다. 석주가 있는 돌 현관을 거쳐 연결된 건물에는 불상이 있고 벽은 그림과 조각으로 장식돼 있었다. 바깥쪽 벽에는 빛바랜 그림들이 남아 역사를 증언했다. 낡아 부서진 대들보 같은 것들은 그대로 밑에 내려놓고 때운 곳은 색칠을 하지 않아 갈아 끼운 것임을 밝혔다. 앞에는 가로 2미터 세로 1미터 정도의 고인돌 같은 것이 있었다.

－불치궁전 앞에 있는 돌은 무엇입니까?

"부처님 발자국입니다. 스리파다야에 있는 것과 같습니다."

돌에는 큰 발자국 같은 게 파여 있었다. 애덤스피크에 있는 것과 닮은 돌이거나 복제품인 듯했다. 과거의 탑들과 달리 이곳 탑은 작고 건물 안에 있었다. 건물은 사방이 트였고 석주 위에 지붕이 있는 형태였다. 캔디 왕조에 들어와 생긴 탑 형식이라고 했다. 마당의 안내석에는 과거 불치를 전시했던 단 위에 세운 탑이라고 쓰여 있었다. 법당에는 큰 와불이 있고 옆의 커튼을 열면 부처님을 수호하는 비슈누 상이 보였다. 파티니 데왈라야는 별도 건물로 있었다.

불치궁전 앞에서 승려가 계를 읽는 가운데 한 할머니가 바닥에 엎드려 홀로 불공을 드리고 있었다. 다른 신도들은 부처님께 꽃을 바치고 두 손을 모아 간단히 불공을 드리는데 이 할머니는 특별대우를 받는 듯했다. 현지 불교 신도에게 물었다.

－스님과 일대일로 만나서 불공을 드리던데 특별한 관계입니까?

"스님의 아침 당번이에요. 아침 공양을 하는 사람에게는 별도로 예불하도록 해줍니다."

－특별 시주를 한 줄 알았습니다.

"아닙니다. 특별 시주한다고 해서 별도로 해주는 것은 없습니다."

승려를 하면서 영어 선생님을 할 거예요

라뜨나푸라 폿굴 절. 가파른 199개 계단을 올라가면 있다. 기원
전 1세기에 지은 것이라고 한다. 폿굴은 도서관이란 뜻인데 과거
에는 불경이 보관돼 있었다고 했다. 갑자기 어린 승려가 등 뒤에
서 영어로 물었다.

"이름이 뭡니까?"

―스님, 그렇게 물으면 버릇이 없다고 생각하고 대답해주지 않
습니다.

그래도 자꾸 따라다니면서 이것저것 설명했다. 불상이 있는
석굴 문이 잠겨 있었는데 그가 열어주었다. 석굴 안에는 12미터
나 되는 큰 와불과 오래된 불화가 있었다. 머리맡에는 사만과 비
슈누 등의 신이 있었다. 꼬마 승려가 불상 앞 작은 구멍을 가리키
면서 말했다.

"이건 우물입니다."

바위산 높은 곳에 있는 우물이었다. 물을 떠서 한 모금 마시고
돌아서는데 꼬마 승려가 불상 뒤로 불렀다. 또 작은 석굴이 있었
다.

"왕이 있던 곳입니다."

―왕이 왜 여기 있었습니까?

"전쟁 때 머물렀던 곳입니다."

바깥에는 작은 탑과 절이 또 있었다. 나오면서 접수대 소년에게 100루피를 시주했더니 영수증을 주었다. 꼬마 승려에게 다시 말했다.

–한 번 더 말씀드리지만 외국인에게 '몇 살입니까?' '이름이 뭡니까?' 하고 직설적으로 물으면 무례하다고 생각합니다. '안녕하세요?'라고 인사하고 '저는 OOO입니다. 성함을 여쭤봐도 될까요?'라는 식으로 말하는 게 좋습니다.

"알겠습니다."

이름을 알려주고 나서 물었다.

–스님의 성함은 무엇입니까?

"아가담마입니다."

영어 선생님이 되고 싶다는 아가담마 스님. 피리웨나(승려학교) 1학년이라고 했다.

–피리웨나에 다니십니까?

"예. 1학년입니다."

–전에는 학교에 다니지 않았습니까?

"안 다녔습니다."

–이곳 피리웨나에는 학생이 몇 명 있습니까?

"21명 있습니다."

–나중에 무엇을 하고 싶습니까?

"대학에서 영어를 공부한 뒤에 승려를 하면서 영어 선생님을 할 거예요."

가파른 계단을 내려오면서 아가담마 스님이 말했다.

"모두 199개의 계단이 있습니다."

–너무 가팔라서 할머니들은 절에 올라오기 어려울 것 같습니다.

"못 옵니다."

절 아래 입구의 큰 건물은 승려 학생들의 기숙사였고 피리웨나는 더 아래에 있었다.

고인을 추모하는 선업 쌓기의 하나죠

웨삭 포야는 부처님이 태어나고 해탈하고 열반에 든 날을 통틀어

기념하는 날이다. 부처님 오신 날 격인데 불교도들은 새해와 함께 가장 큰 명절로 친다. 주요 포야(보름)로는 웨삭, 포손, 에살라 포야가 꼽힌다. 불교도인 아베 전 교장은 "웨삭 포야가 제일 중요한데 전국적으로 페라헤라를 하지만 콜롬보가 유명하고 시내 전역과 강가라마 절에서 크게 행사를 연다"고 말했다.

웨삭 포야가 다가오자 학생들도 등(쿠두)을 만들기 시작했다. 다른 과에서도 크고 작은 등을 만들었다. 대나무 쪼개기에서 시작하는 수공예도 있었지만 대부분은 간단한 재료를 사 와서 만들었다. 등을 만들어 행정사무실에 갖다주면 직원들이 학교 곳곳에 달았다.

웨삭 포야의 저녁. 학생이 모는 오토바이 뒤에 타고 한때 싱할라 왕조의 도읍이었던 쿠루네갈라 쪽으로 가면서 무료로 음식을 제공하는 단살에 들렀다. 단살은 몇 킬로미터마다 있었는데 단살마다 품목이 달라서 밥, 카사바(만녹카), 수프, 로티, 커피, 차, 또 세 등을 주었다.

이들 단살은 주민들이 경비를 부담하고 팀을 짜서 일주일 정도 운영한다고 했다. 쿠루네갈라 광장에 대형 또라나가 있었다. 또라나는 부처님의 행적을 담은 그림을 조명하려고 세워놓는 큰 아치다.

웨왈데니야 절의 웨삭 포야 행사. 또라나 옆에서 중년 여성이 손끝으로 작은북 위리두 라바나를 두드리며 망자를 위한 위리두를 불렀고 이 소리는 동네에 스피커로 중계됐다. 옆에서는 소녀

가 신청자 정보를 전해주었다. 디누샤 학생과 일룩꾸부르 학생이
설명했다.

"죽은 사람이 좋은 곳에 가 있게 해달라, 좋은 곳에 다시 태어
나게 해달라고 비는 일종의 시인데 노래처럼 들려요. 북을 손끝
으로 튕기면서 읊는 것을 위리두라고 해요. 고인을 추모하는 선
업 쌓기의 하나죠."

－어떻게 신청합니까?

"돈을 조금 내고 사망일시 등 주인공에 관한 정보를 적어주면
거기에 맞춰 불러줘요."

나중에 위제 선생에게 더 물었다.

－작은북은 무엇입니까?

"큰북을 치는 사람은 많지만 작은북 위리두 라바나를 치는 사
람은 많지 않습니다. 북을 치면서 읊는 시를 위리두라고 합니다.
연주하면서 노래하는 사람을 위리두 카라야라고 하는데 남녀 모
두 할 수 있습니다."

－별도의 직업입니까?

"아닙니다. 평소엔 다른 일을 하다가 이런 경우에만 나와서 읊
습니다."

웨왈데니야 절은 또 웨삭 포야를 맞아 산비탈에 임시 나무계
단을 만들고 놀이공원으로 조성했다. 입장료는 30루피. 오후 8시
경인데 사람들이 많았다. 부처님의 행적, 지옥 재현, 불교 전래
과정, 부처님의 발자국이 찍혀 있다는 스리파다야 체험 미니어

277

웨삭 포야를 맞아 쿠루네갈라에 설치된 대형 또라나.

처, 악마들의 음악 연주 모습, 전통가옥 등이 있었다. 디누샤 학생은 "전시행사는 이 절의 독특한 전통"이라고 했다.

아침을 못 먹고 오는 신도가 많아요

에살라 포야는 부처님이 첫 설법한 날과 치아 사리가 온 것을 기념하는 날이다. 싱할라 왕조 마지막 수도였던 캔디에서 열리는 에살라 페라헤라는 세계적으로 잘 알려진 퍼레이드다. 에살라 포야를 맞아 7, 8월에 열리며 대표적 전통무용인 베스댄스를 비롯

캔디 페라헤라를 볼 수 있는 자리를 확보하기 위해 낮부터 인도에 자리를 잡고 앉아서 기다리는
사람들.

한 위쪽 나라 춤이 대거 등장한다. 캔디 페라헤라로 불리며 캔디
지역 각 도시에서 참가한다.

2018년 캔디 에살라 페라헤라 개막을 이틀 앞두고 행사에 참
가할 코끼리가 와라카폴라 시내를 걸어서 통과했다. 교직원들이
중계하듯 말했다.

"불치를 운반할 코끼리가 감파하에서 출발해 지금 와라카폴라
를 지나고 있습니다. 캔디를 향해 걸어가고 있습니다."

—그 코끼리는 절에 삽니까?

"개인이 기릅니다."

—왜 트럭을 타지 않습니까?

"전통입니다. 그 코끼리가 며칠이고 걸어서 도착해야 페라헤라가 시작됩니다."

캔디 출신인 프린시 아주머니에게도 물었다.

–왜 감파하에 있는 코끼리입니까?

"불치를 운반하기 때문에 조건이 까다롭습니다. 상아가 좋아야
하고 덩치와 인물 등 모든 것이 출중해야 합니다. '왕 코끼리'라고
하는데 이 모든 조건을 충족하는 게 그 감파하 코끼리입니다."

–와라카폴라도 걸어서 통과했지요?

"그렇습니다. 가는 길에 사람들이 코끼리에게 음식을 줍니다.
페라헤라가 끝나면 집으로 돌아갑니다."

불치사에는 과거 37년간 불치를 지고 다녔던 유명한 '라자 코
끼리'(왕 코끼리)가 박제돼 별도 박물관에 전시되어 있다. 이 박제

캔디 페라헤라에서 코끼리들이 나란히 행진하고 있다. 가운데 '왕 코끼리'의 등에 불치함
카라두워가 실려 있다.

는 국보로 지정되었다.

에살라 포야는 캔디와 카타라가마 등 일부 지역을 제외하고는 행사를 크게 하지 않는다고 했다. 2018년 에살라가 금요일이라 사흘 연휴여서 목요일 콜롬보–캔디 길이 많이 붐볐다.

전날 저녁부터 포야 아침까지 나파고다 아주머니 집은 음식 준비로 바빴다. 시내 절에서 신도들을 대접하는 '다나야'였기 때문이었다. 아주머니는 한잠도 자지 않았다. 새벽까지 몇 사람이 돕더니 오전 7시 이후부터 주민 도우미가 20명 가까이 늘어났다. 마당에 큰 솥을 걸고 장작을 때웠다. 밥이 다 되자 솥을 기울여서 밥솥의 물을 모두 빼내 버리고 밥을 막대로 휘저었다.

"밥을 많이 할 경우에는 물 조절이 어려워서 물이 많으면 쏟아 버려야 합니다."

아까운 '숭늉'을……. 옆에서 커틀릿 재료들을 섞을 때 인상적인 단어가 들렸다. "아지노모토!" 아주머니가 조미료MSG를 넣으라고 한 말이었다. 찬드레–나파고다 씨 부부가 이번 다나야 경비를 모두 부담했다.

–다나야와 단살은 어떻게 다릅니까?

"무료 대접이란 점은 같습니다. 다나야는 절에서 스님과 불교 신도에게 음식을 제공하거나 집에 초대해 대접하는 것입니다. 단살은 절 밖에서 모든 사람을 대상으로 제공하는 형식입니다."

–웬 음식을 이렇게 많이 합니까?

"부처님께 공양하고 스님들께 점심식사로 드리고 신도들에게도 제공합니다. 아침을 못 먹고 오는 신도가 많아요."

－가난한 신도를 접대하는 줄 알았습니다.

"아닙니다."

일행의 출발이 가족의 목욕재계 때문에 조금 늦어졌다.

"몸을 깨끗하게 하고 절에 가는 게 좋습니다."

절에는 신도 60명가량이 아침을 기다리고 있었다. 도착해서 밥을 다시 막대로 휘저었다. '다나야 가족'이 밥과 반찬을 한 가지씩 들고 다니면서 접시에 담아 주었다. 이들과 한집에 사는 나도 커틀릿을 나눠 주는 일을 맡았다. 식사 후 다른 가족은 불교 책자를 선물로 나눠 주었다. 찬드레 씨 부부가 물을 앞에 놓고 기다리다가 승려가 도착하자 피리카러(선물)를 전달했다. 안에는 승복, 치약, 칫솔 등의 물품이 들었다고 했다. 승려의 핀(선업·덕담)이 끝나자 나무 아래에 물을 쏟았다. 집 근처 두 개의 절, 동네 절과 시내 절의 관계가 궁금했다.

"시내 절은 역사가 오래됐고 우리 가족이 다니는데 매년 에살라 포야에는 다나야를 맡습니다. 집안사람이 스님으로 계시다가 돌아가신 인연도 있습니다. 동네 절은 마을 싱할라 사람이면 기본으로 다니는데 우리는 매달 초열흘에 스님께 식사 공양 정도 합니다."(찬드레 씨 가족)

대부분 부자들이 키우는 코끼리죠

포손 포야는 마힌다 스님의 첫 포교를 기념하는 날이다. 따라서 당시 수도였던 아누라다푸라와 포교 장소인 미힌딸레에서 행사를 크게 했다. 그런데 수도권인 왈폴라에서도 포손 페라헤라가 매년 열린다. 웨삭 포야 중심인 콜롬보 일대에서는 드문 경우라고 했다.

왈폴라 페라헤라는 포손 전날 밤 10시 30분에 시작됐다. 맨 앞 차량에서는 승려가 고대 팔리어로 피릿을 읊었다. 옆에는 큰 물항아리와 실이 있었다. 신도가 따라가면서 모금했고 앰뷸런스도 따랐다. 사실상 행렬의 선두에서 '카서'(채찍)를 휘두르는 소리가 '딱' '딱' 하고 강하게 났다. 횃불 기름 공급용 등유를 실은 트랙터가 지나가고 불놀이 행렬이 이어졌다.

캔디언 공연 팀이 북을 치면서 '호르네워'(큰 나팔)와 함께 지나갔다. 스리랑카 국기, 오색 불교기 등 깃발을 든 여성들이 행진하고 드럼 연주 팀과 첫 코끼리가 지나갔다. 어린아이들이 꽃을 달고 달리는 자전거 행렬에 이어 춤 퍼레이드가 펼쳐졌고 옛 스리랑카 국기도 철판으로 등장했다. 코끼리 15마리 정도가 중간중간에 행진했다.

행렬의 중간쯤에서 흰 카펫 '파와다'를 깔자 빨간 옷으로 치장한 코끼리가 밟고 지나갔다. 코끼리 등에 부처님을 상징하는 함이 있었다. 함의 포장 전체를 란시웨가, 안에 든 부처님 상징물을 카라두워라고 했다. 캔디 불치사 관리 총책임자인 닐라메로 분장한 사람이 캔디 왕조의 고관 복장을 하고 보좌관들과 함께 등장했다.

위쪽 나라 춤이 많이 보였다. 아래쪽 나라 춤은 가면을 쓰거나 수염을 붙이고 추었다. '라반 춤'은 접시돌리기와 비슷했다.

마지막에 마힌다 불상이 등장해 포손 포야는 마힌다의 포교 기준임을 상징했다. 함께 지켜본 불교 신자들과 이 페라헤라에 대해 이야기했다.

-맨 앞 차에는 스님과 하얀 옷을 입은 사람이 타고 있었습니다.

"스님은 고대 인도어인 팔리어로 피릿을 읊습니다. 흰옷 입은 사람은 신도 대표 우파사카입니다."

-차 안에 뭐가 잔뜩 들어 있었습니다.

"스님이 팔리어로 시를 낭송할 때 큰 항아리에 물을 담아놓고 옆에는 실을 많이 놓아둡니다. 나중에 이 물을 조금씩 마시면 좋다고 합니다. 흰 실인 피릿눌라는 절에서 스님이 신도들의 손에 묶어주는데 정신건강에 좋습니다."

-옆에서는 모금을 하고 있었습니다.

"그렇습니다."

-행렬의 선두에서 채찍을 휘둘렀습니다.

"두 가지 목적이 있습니다. 길을 확보하면서 요란한 소리를 통해 행사도 알리는 겁니다."

-횃불을 휘두르는 행렬이 뒤따랐지요?

"채찍처럼 두 역할을 합니다. 기름을 실은 트랙터가 횃불에 등유를 공급합니다."

-중간쯤 코끼리에게 하얀 카펫을 깔아줬습니다.

"캔디 불치사에서는 코끼리 등에 카라두워를 올리고 행진합니다. 이곳에는 불치가 없으니까 상징물을 넣습니다. 부처님을 모신 격입니다. 카펫은 카라두워를 실은 코끼리가 지나가면 바로 걷습니다."

-캔디 왕도 걸어간 것 같은데요?

"왕이 아니라 닐라메라고 불치사를 총괄하는 고위 관리입니다. 양쪽은 보좌관들이고 시종이 노란 일산^{日傘}을 받치고 뒤따랐습니다."

-팀별로 복장이나 춤이 조금씩 달랐습니다.

"각 마을에서 여러 지역 춤의 특색을 살린 것입니다. 캔디언댄스도 있고 아래쪽 나라의 가면 춤도 있습니다. 짙은 수염을 붙이고 추는 와디가 파투나 같은 것은 아래쪽 나라 춤입니다. 둥근 판을 돌리는 것은 라반입니다."

-마지막에 불상이 지나갔습니다.

"부처님이 아니고 불교를 처음 전한 마힌다 스님입니다. 싱할라어로는 미힌두 스님이라고 합니다."

-포손에는 미힌딸레와 아누라다푸라에서 행사를 크게 한다지요?

"그렇습니다. 첫 포교한 곳이 스님의 싱할라 이름을 딴 미힌딸 레니까요. 콜롬보 쪽에서는 부처님의 탄신, 해탈, 열반을 기리는 웨삭 포야 행사를 크게 하는데 이곳 왈폴라는 콜롬보 근처지만 포손 행사를 크게 하는 특이한 곳입니다."

–여신도들도 대거 페라헤라에 참가했습니다.

"여기에는 여신도가 많이 나옵니다. 캔디 페라헤라는 원래 남자들만 하는 것인데 여성이 일부 참가하는 것은 불치사와 옆 나타 데왈라야와 함께 진행하기 때문입니다."

–구경꾼들은 모두 주민입니까?

"거의 외지에서 구경하러 온 사람들입니다. 다들 친척 집에 묵습니다."

–많은 코끼리는 어디서 왔습니까?

"절 코끼리도 있지만 대부분은 부자들이 키우는 코끼리죠."

–오후 9시 30분에 페라헤라를 시작한다고 했지만 10시 30분에 시작했습니다.

"출발 시간을 절대로 미리 알려주지 않아요. 전통입니다. 우리가 시간을 추정했던 겁니다."

–연습도 오래 했을 것 같은데요?

"일주일 정도 연습하면 됩니다."

–경비가 많이 들 것 같은데……?

"많이 드는데 지역 부자들이 많이 냅니다. 물론 가난한 사람도 조금씩 다 냅니다."

1년에 한 차례 행사가 열리고 나면 백서를 낸다고 했다. 2017년 페라헤라 백서에는 행사 사진, 진행 과정과 함께 수입지출 명세가 실려 있었다. 행사 경비로 모두 550만 루피(약 4000만 원)를 지출한 것으로 적혀 있었다.

신도들이 돈을 모아 수시로 새 천으로 바꿔 감죠

불교 전래 당시 수도였던 아누라다푸라. 포손 포야를 2주 남짓 앞둔 토요일 오후에 거대한 흰 탑 루완웰리세야를 찾았다. 기원전 2세기에 세워진 이 탑은 높이 55미터로 스리랑카에서 가장 높다.

일행과 함께 루완웰리세야 탑을 세 바퀴 돌았다. 이때 북소리와 함께 탑에 두르는 긴 주황색 천을 여러 명이 들고 왔다. 탑에 주황색 천이 감겨 있었는데 바꿔 감으려는 것이었다. 승려가 탑에서 천과 승복 등을 받았다.

한 시간 뒤에는 수백 미터에 이르는 긴 행렬이 인근 스리마하보디야(보리수) 옆에서 암갈색 천을 들고 루완웰리세야로 향했다. 남녀노소가 양쪽에서 천을 붙들고 행진하면서 각자 독경했다. 보통 사람들은 고대 팔리어 독경이 어려워 싱할라어로 한다고 했다. 불과 한 시간여 전에 감겨 있던 주황색 천을 걷고 또 다른 오색 천으로 바꿔 감고 있었다. 행렬 참가자는 "이 천도 오늘 감을

55미터로 스리랑카에서 가장 높은 탑인 루완웰리세야 전경.

500미터에 이르는 행렬이 루완웰리세야에 두를 천을 들고 독경을 하면서 행진하고 있다.

것"이라고 했다.

—왜 탑 주위에 천을 자꾸 바꿔 감습니까.

"소원성취 공양(카푸루카 푸자와)입니다. 스님들이 새로 감으면 소원을 이룰 수 있다고 말합니다. 신도들이 돈을 모아 수시로 새 천으로 바꿔 감죠. 실제로 모든 소원이 이뤄지는 건 아니겠지만……."

—긴 행렬입니다.

"이곳의 카푸루카 천은 500미터입니다."

—천은 주황색, 암갈색과 불교 상징 오색이어서 일반 용도로는 쓰기 어려울 것 같습니다.

"승복을 만들 수 있고 절에서 필요할 때 쓸 수 있습니다."

—다른 각종 행사에서 신도들이 승복을 많이 가지고 오지 않습니까?

"그렇지요. 사실 카푸루카는 탑에서 벗겨서 도로 판매합니다. 500미터에 1만 6000루피(약 12만 원)입니다. 절에서 이를 통해 돈을 마련할 수 있습니다."

각자 준비해 부처님께 바치는 거죠

2017년 캔디 페라헤라가 끝난 뒤인 8월 중순에 동네 절 페라헤라가 열렸다. 700미터쯤 떨어진 신도 집에서 절까지 행진했다. 맨 앞에 담민다 주지가 섰고 붉은색 캔디 공연의상을 입은 두 사람이 북을 치면서 이끌고 신도들이 흰옷을 입고 따랐다. 신도들은 머리에 노란 보따리를 하나씩 이고 행진했다. 우기를 앞두고 승려에게 승복 등 생필품을 전달하기 위한 특별 행사라고 했다. 신도 니산뜨 씨는 "이 페라헤라를 '떼세타 하나 푸자'라고 하는데, 매년 하는 게 아니고 가끔씩 특별히 마련하는 행사"라고 말했다.

대부분 여성 신도였고 남자는 도우미 몇 사람 정도였다. 이고 간 선물 보따리를 약 30분에 걸쳐 탑 주위에 올려놓은 뒤 꽃을 놓았다. 담민다 주지가 입장하자 신도가 양산을 받쳐주었다. 법회는 두 시간쯤 진행됐다.

암바갈라 동네 불교 신자들이 모두 참가한 가운데 특별 페라헤라가 진행되고 있다.

290

행사 뒤 담민다 스님이 "어땠느냐?"고 물어서 나는 "처음 보는데 아주 멋있고 재미있었다"고 말했다. '처음 봤다'고 한 이유는 캔디 페라헤라와는 워낙 달랐기 때문이다. 캔디 페라헤라가 잘 준비된 '공연'이라면 이 페라헤라는 한국의 농악대 비슷한 이미지였다. 많은 사람들이 머리에 보따리를 이고 행진하는 모습이 장관이었다.

주민들에게 보따리에 무엇이 들었느냐고 물었다.

"승복입니다. 모두 71개의 보따리가 왔습니다. 우기에는 스님들이 바깥 외출을 못 하니까 생활필수품을 넣어서 가져오는 것입니다."

–스님은 한 분인데 승복이 그렇게 많이 필요합니까?

"이 절의 신도 가정이 71가구입니다. 각 불자 가정에서 한 개씩 가져오는 겁니다."

–많은 승복은 어떻게 합니까?

"기본적으로 각자 준비해 부처님께 바치는 거죠. 승복이 남으면 다른 절로 보냅니다. 한국에도 이런 페라헤라가 있습니까?"

–똑같지는 않지만, 있습니다. 사월초파일, 즉 부처님 오신 날에 전국적으로 연등행사가 있습니다.

캔디는 춤과 코끼리 중심이고 이 행사는 보따리 행렬 중심이어서 연등행사와 "똑같지는 않다"고 했고 개념은 같을 거라고 생각해 "그런 행사가 있다"고 대답했다.

페라헤라와 신도의 개별 행사를 통해 들어온 승복은 절의 재원 역할을 한다고 했다. 절에 갖다놓은 승복을 나중에 신도들이 되사서 다른 절에 갖다주는 시스템이기 때문에 절에 '마진'이 생긴다는 것이었다. 어떤 사람들은 무리 없이 절을 유지하는 현실적인 방법이라고 했고 일부 사람들은 돈벌이 수단이라고 했다. 승복은 보통 한 벌에 2000~3000루피라고 했다.

옛 풍습대로 하니까 엇박자가 나요

"7월에 시작된 '왓사나'(우기)가 끝나면 스님들이 바깥출입을 시작하니까 새 승복을 드립니다."(주민 차마리 씨)

승려들은 3개월 동안 절에만 머물다가 10월 말이나 11월부터 바깥출입이 가능해진다. 우기가 끝났다고 생각하기 때문이었다. 신도들이 건기가 시작될 때 승려들에게 외출용 새 승복을 이고 절로 가는 행사가 '카티나 페라헤라'다.

2017년 11월. 오후 6시경 동네 절에서 카티나 페라헤라 의식이 시작됐다. 승복은 상징적으로 한 벌만 이고 행진했고 나머지는 이튿날 절에 가져온다고 했다. 200여 명이 참가해 코코넛기름으로 횃불을 밝히면서 행진했다. 선도 차량에서 독경을 했고 어린이들이 자전거에 깃털 같은 장식을 달고 앞장섰다. 캔디 공연팀이 북을 치고 신도들은 승복 한 벌을 교대로 이고 뒤따랐다. 한

동네 절 카티나 페라헤라 중에 들른 첫 번째 단살.

사람은 승복 위에 노란 일산을 받치고 다녔다. 30분 뒤 1차 단살
에 들렀다.

무료 음식 보시인 단살은 이날 모두 여섯 집에서 마련했다.

"불교 신도들은 단살을 좋아합니다. 남을 대접하기 좋아해요.
스님 식사 당번이 있듯이 돌아가면서 하는데 기본적으로 자원하
는 겁니다."

실제로 단살에서 음식을 주는 사람들은 즐거운 표정이었다.
밤에 산 중턱 마을까지 올라갔다가 내려왔다. 마지막 단살에서
는 한 사람씩 부처님의 상징인 카라두워에 절을 한 뒤 집으로 돌
아갔다. 한밤중인데 동네 운전기사가 자기 밴으로 마을 사람들을
무료로 집까지 태워주었다. 페라헤라는 네 시간 넘게 걸렸다.

한편 시내 절 카티나 페라헤라의 경우 2017년에 이어 2018년에도 찬드레–나파고다 부부가 단살을 맡았다. 이 절의 페라헤라는 새벽에 진행됐다. 행렬이 새벽에 도착해 노란 보따리를 단 위에 올려놓자 아주머니가 예불을 했다. 이날 단살 음식은 키리밧, 케움, 샌드위치, 케이크, 비스킷, 바나나, 차 등으로 푸짐했다.

2018년 동네 절의 카티나 페라헤라는 11월 17일 밤에 열렸다. 우기가 끝났다고 하는 행사지만 비가 내려서 200여 명이 우산을 쓰고 행진했다. 승복이 든 보따리를 이고 세 시간 동안 돌았고 승복은 마지막 단살에서 하루를 묵었다. 루파 할머니가 승복에 대해 설명했다.

"과거에는 흰 천을 재단해서 신도들이 돌아가면서 조금씩 바느질을 한 뒤에 누런 물을 들여서 절에 가져갔습니다. 지금은 사 가지만……. 오늘 페라헤라를 함께 한 승복은 내일 법회 때 스님이 입습니다."

이튿날 오전 7시에는 30명 정도가 행진해 전날 갖다놓았던 승복을 절로 옮겼다. 조금 늦게 절에 갔더니 노란 승복과 재봉틀이 입구 쪽에 있었다. 신도 니산뜨 씨가 말했다.

"조금 전에 신도가 재봉틀로 승복을 한 벌 만들었어요. 옛날에는 전부 이렇게 만들어드렸지만 지금은 한 벌만 상징적으로 만들죠."

카티나 페라헤라 이튿날 행사를 '카티나 다나야'라고 했다. 인근 절 승려 40명 정도가 초대됐고 점심식사 후 선물을 한 보따리씩 받아 갔다. 초등학생 정도부터 나이 든 승려까지 다양했다. 다나야 음식은 신도들이 집에서 한 가지씩 만들어 왔다고 했다. 끝난 뒤 모두 음식을 함께 먹었다.

승려의 '우안거雨安居' 기간이 좀 이상했다. 2017년의 경우 6월까지 비가 매일 쏟아졌고 7월 이후에는 비가 별로 오지 않았기 때문이다. 그런데 우기가 7월에 시작돼 10월에 끝난다? 카티나 페라헤라가 끝난 뒤인 11월에 비가 쏟아졌다. 이듬해도 마찬가지였다. 아베 전 교장이 말했다.

"우기가 바뀌었습니다. 옛날에는 7~10월이 우기였고 스님들은 모두 탁발승이었습니다. 비가 오면 탁발을 못 하니까 신도들이 해다 드린 겁니다. 우기가 변했지만 옛 풍습대로 하니까 엇박자가 나요."

디파왈리라고 해서 특별한 행사는 없어요

스리랑카에는 힌두 명절인 디파왈리가 있다. 영어로는 'The Festival of Lights'(빛의 축제)라고 부른다. 스리랑카의 공휴일이다. 싱할라 사람에 이어 스리랑카에 두 번째로 많은 타밀 사람들은 대부분 힌두교도다. 드라비다 양식의 화려한 힌두사원이 타밀어로 코윌이다. 스리랑카의 코윌은 힌두의 본산인 인도에 비할

바는 아니었다. 예컨대 인도 타밀나두 주 마두라이에 있는 미낙쉬 사원의 경우 엄청난 규모를 자랑했고 신들도 다양했다. 따라서 여기서는 거창하게 힌두교 전체를 다루는 게 아니라 '불교의 나라 스리랑카의 힌두'만 제한적으로 다루기로 한다.

와라카폴라에는 힌두사원 두 곳이 있었다. 디파왈리 오전 7시 30분경, 코월에서 종을 쳐서 기도 시작을 알렸다. 웃통을 벗고 몸에 여러 색을 칠한 힌두 성직자 푸자카야가 신에게 꽃을 바치고 불을 붙여 기도를 시작했다. 기도가 끝날 때마다 신자들은 푸자카야가 들고 있는 불에 양손을 세 번씩 내밀었다. 가족끼리 따로 푸자카야를 통해 꽃과 음식을 바치고 돈을 내기도 했다. 코끼리, 원숭이 등 여러 모습의 신이 있었다.

젊은 푸자카야의 모습.

한 여성이 코윌 안에서 요란하게 춤을 추다가 바깥으로 나가서 다시 격렬하게 춤을 추었다. 나와가무와 데왈라야 풍경과 유사했다. 힌두 신자에게 물었다.

－디파왈리 축제일인데 특별한 행사는 없습니까?

"디파왈리라고 해서 특별한 행사는 없어요. 그냥 꽃과 음식을 바치고 기도합니다."

－하루 종일 똑같이 합니까?

"네. 자프나에는 타밀 사람들이 많아 행사를 크게 하죠."

자프나는 스리랑카 최북단 도시로 인도와 가까워서 타밀 사람들이 많이 산다. 내전 당시 타밀 진영의 거점 역할을 한 곳이다.

－코윌과 데왈라야는 어떻게 다릅니까?

"저 마당에 있는 것이 데왈라야입니다."

여성이 신들린 듯 춤추던 곳을 가리켰다.

－데왈라야는 힌두문화입니까?

"예. 불교문화가 아닙니다."

힌두교도들이 말하는 데왈라야는 싱할라 불교도들이 즐겨 찾는 절 안의 데왈라야와는 성격이 달라 보였다. 이곳 힌두사원 내의 데왈라야는 별도 건물이 없이 바깥에 작게 마련돼 있었고 스트레스 해소 공간 정도의 역할을 하는 것 같았다. 싱할라 학생들도 "데왈라야는 마음이 편치 않을 때 가서 마음을 편안하게 하는 장소"라면서 "절에 있건 별도로 있건 중요하지 않다"고 말한 적이 있다.

스리랑카에는 싱할라인이 약 75퍼센트(불교도는 약 70퍼센트), 타밀 사람이 약 15퍼센트(힌두교도는 약 12.6퍼센트)를 차지한다. 싱할라와 타밀 사람은 얼굴이 비슷한 데다 대개 사리를 많이 입기 때문에 겉모습으로는 구분이 불가능했다. 옷차림부터 차이가 나는 무슬림과는 달랐다. 스리랑카 타밀인은 두 그룹이 있다. 하나는 북부나 동부에 사는 타밀 사람들로 스리랑카에 오랫동안 살아온 사람들이다. 다른 하나는 식민지 시대에 차밭에서 일하러 인도에서 온 타밀 사람들로 누와라엘리야 일대에 많이 산다. 이들은 모두 타밀어를 쓴다. 싱할라족과 타밀 사람의 두 인종이 연루돼 30년 내전을 치렀는데 와라카폴라 같은 지역에서는 갈등이

마닉카 코윌에서 디파왈리 의식을 마친 뒤 푸자카야가 등불을 들고 한 바퀴 돌자 신자들이 가볍게 불을 쬐고 있다. 남자들은 왼쪽에, 여자들은 오른쪽에 줄을 서서 기도했다.

크게 없어 보였다. 일부 싱할라 사람들은 "내전은 인종이나 종교 갈등이 아니라 일부 반군과 정부군의 전쟁"이었다는 시각을 보여주기도 했다. 스리랑카 타밀 사람이 다수로 싱할라 사람 위주의 정부군과 내전을 치른 북부나 동부의 분위기는 파악하기 어려웠다.

콜롬보 밤바라피티야에 있는 마닉카 비나야가르 코윌. 디파왈리 휴일에 오전 7시 조금 넘어 도착했는데 의식이 진행 중이었다. 6시 30분에 시작됐다고 했다. 푸자카야가 10명 정도 있었는데 모두 상투를 틀 듯 머리를 뒤로 묶었다. 코끼리 형상의 가네샤 신을 모시는 코윌이었고 새로 단장돼 있었다. 푸자카야는 꽃잎을 바치면서 주문을 외웠고 신자들은 불교도처럼 손을 모으고 기도했다. 왼쪽은 남자, 오른쪽은 여자 줄이었다. 일부 여신자들은 등잔불을 놓고 앉아 기도했다. 옆에서는 북을 치고 긴 나팔을 불었다. 북은 왼쪽은 북채로, 오른쪽은 맨손으로 쳤다.

중앙 신전에서 한 시간 정도 의식을 행한 뒤 큰 홀을 한 바퀴 돌면서 주변에 있는 다른 신들의 작은 방도 모두 찾아 간단한 의식을 행했다. 푸자카야는 신전에 있던 작은 등불 여러 개를 쟁반에 담아 와서 신자들이 손으로 불을 세 번씩 쬐게 했다. 이어 물과 얼굴에 바르는 연지도 들고 돌았다. 오전 8시경에 일단락됐고 한쪽에서 무루팬밧과 바나나 반찬, 삶은 콩 등의 음식을 나눠 줬다.

콜롬보의 또 다른 유명 힌두사원인 카띠레산 코윌도 가까이 있었다. 앞서 오전 6시에는 현지인의 잘못된 안내로 근처 작은 사원인 마유라 코윌에도 들렀다. 분위기는 같았다.

지금부터는 낮에 음식을 먹을 수 있어요

스리랑카는 힌두교뿐 아니라 이슬람교도 접할 수 있다. 스리랑카
에 오기 전에 나는 무슬림을 만나본 적이 없다. 모스크에 가본 적
도, 코란을 본 적도 없다. 모스크로 사용됐던 터키 이스탄불 아야
소피아성당(박물관)을 관광한 정도가 전부였다. 따라서 여기서 소
개하는 내용은 문외한이 불교도가 절대다수인 나라에서 처음 접
한 이슬람과 무슬림에 관한 제한된 이야기란 점을 밝힌다.

라마단 축제일. 이슬람교도가 한 달간의 금식을 끝내는 날이
다. 궁금해서 오전 8시에 동네 이슬람 사원인 그랜드 줌마 모스
크에 갔다. 무슬림은 라마단 축제일을 '이드울피트르'라고 부르
고 달력에는 'Id Ul Pitr: Ramazan Festival Day'로 표기했다. 기
도가 끝난 뒤 미리 소개받은 무슬림 모하마드 나지르 씨를 만나
서 모스크 내부에 들어갔다. 이맘이 검은 옷에 지팡이를 잡고 설
교 중이었고 남자 신자 300명 정도가 예배 중이었다. 장애인만
의자에 앉았다.

설교가 끝나자 아크람 신자회장이 단에 올라가 어린이와 뭔가
를 주고받았다. 회장이 한국인, 와라카폴라 기능대학 등을 언급해

300

나를 소개했다. 행사가 끝나자 모두들 한 사람씩 좌우로 번갈아 세 번 껴안으면서 인사했다. 두 손을 모으는 싱할라 인사와 달랐다. 나도 무슬림 방식으로 인사했다. 일부가 별도 기도를 시작했지만 이때에는 이맘이 없었다. 벽에는 시계 여러 개와 시간이 적힌 숫자판이 붙어 있었다. 모스크 내부는 종교적 상징물이 없었고 코란과 의자, 지팡이 정도만 있었다. 뒤쪽에 헌금함이 있었다.

신자들은 예배 뒤 설탕에 절인 대추야자를 먹었다. 내부공사 헌금에 동참하겠다고 했더니 이들은 한사코 사양했다. 나지르 씨와 이야기했다.

— 당초 어제 오전 8시에 시작할 예정이었지만 시작 직전에 연기됐는데……?

예배가 끝난 뒤 젊은 이맘이 지팡이를 짚고 설교하고 있다. 테이블에는 코란이 놓여 있고 옆에 의자가 있을 뿐 다른 상징물이 없다.

"날이 흐려서 초승달을 볼 수 없었기 때문에 하루 늦춰진 겁니다."

－오늘은 비가 오는데도 행사를 했습니다.

"마지막 날이기 때문입니다."

－초승달 관측과 행사 진행 여부는 어디에서 결정합니까? 전 세계 공통입니까?

"나라별로 다릅니다. 스리랑카의 경우 곳곳에서 달을 관측해 결정합니다."

－행사가 끝났으니 한 달간의 금식이 풀린 겁니까?

"지금부터는 낮에 음식을 먹을 수 있어요."

－설탕에 재운 대추야자를 먹고 있는데요?

"라마단이 끝나면 먹는 풍습이 있습니다."

대추야자는 스리랑카에서는 나지 않는다고 했다. 라마단 축제에 먹는 것은 특별히 중동에서 수입해 온 것이라고 했다. 한 통을 선물로 받았다.

－그랜드 줌마 모스크에는 신자가 몇 명쯤 있습니까?

"약 350가구가 있습니다."

－뒤쪽에 '여성 출입구'라고 쓰여 있는데 여성 신자는 한 명도 안 보입니다.

"여자들은 오전 6시 45분에 먼저 와서 기도하고 갔습니다."

－행사 중에 어린아이가 신자회장과 이야기를 나눴는데요?

"이 모스크는 아직 완성되지 않았습니다. 어린아이가 공사비를 헌금한 겁니다."

　─모스크 내부 벽에 걸린 여러 시계의 시간은 세계 각국의 시각입니까?

　"아닙니다. 기도를 하루에 다섯 번 하는데 시작과 끝을 알리는 시각표입니다. 숫자판도 같습니다. 노래 같은 소리가 스피커를 통해 울리면 기도를 시작합니다."

　─포옹하고 인사하는 방식이 싱할라 사람들과 다릅니다.

　"좌우로 번갈아 세 번 안습니다. 그리고 '행복한 라마단 축제일이 되세요'라고 인사합니다."

　싱할라 사람들이 정중하게 인사할 경우 손을 앞으로 모으고 다리를 붙여서 무릎을 구부려 인사하는 것과 달랐다.

　─사원 안에는 의자와 코란, 지팡이만 있을 뿐 다른 상징물이 없었습니다.

　"모스크 내부에는 어떤 상징물이나 장식도 없습니다. 오직 마음속에 있는 알라(하느님)께 기도할 따름입니다. 하느님은 제 마음속에 계시니까요."

　이때 어떤 신자가 "무슬림은 술을 마시면 안 됩니다"라고 내게 말했다. 그래서 "공식적으로 마실 수 없다는 뜻입니까?" 하고 물었다. 그는 "절대로 안 됩니다. 집에서도 마실 수 없습니다"라고 대답했다. 그때 이맘이 곁으로 와서 잠시 이야기했다. 이맘은 "결혼해 아들이 한 명 있다"고 했다. 내가 "젊고 잘생겼다"고 하자 옆에 있던 아크람 신자회장이 27세라고 말했다.

세상 어디에 가나 좋은 사람과 나쁜 사람이 있습니다

내친김에 무슬림 가정에 처음으로 가보았다. 툭툭 기사인 나지르 씨는 아내와 아들 셋, 누나와 함께 살고 있었다. 부인이 차와 간식을 내왔다.

—이 손마디만 한 음식은 무엇입니까?

"손님이 오면 드리는 '팔라하름'입니다. 팔라하름은 이달(6월)에 내어놓는 음식이고 매달 음식이 바뀝니다. 노랗고 마른 과자는 '모루쿠'입니다."

—실례가 될 수도 있는 질문을 해도 괜찮겠습니까?

"네. 무엇이든 하십시오."

—스리랑카에서도 무슬림 남자는 여러 여성과 결혼할 수 있다는데 사실입니까?

"예. 여성 네 명까지 결혼할 수 있습니다. 단, 똑같이 대우해야 한다는 절대 원칙이 있습니다."

—그게 법적으로 가능한 겁니까?

"무슬림의 경우는 가능합니다. 거듭 말하지만 네 명의 아내를 똑같이 공정하게 대해야 해요."

—부자라야 하겠습니다.

"그렇다고 할 수 있죠."

—혼인신고는 어떻게 하는 것입니까?

"이맘이 허가하면 정부기관에 가서 신고하면 됩니다."

−사실 저는 모스크에 들어간 것도, 이슬람 가정에 온 것도 처음입니다. 그동안의 '선입견'이 없어졌으면 좋겠습니다.

"선입견이라면?"

−미디어에는 이슬람에 관해 전쟁, 테러 같은 내용이 많이 나오지 않습니까?

"세상 어디에 가나 좋은 사람이 70~80퍼센트 있고 나쁜 사람이 20~30퍼센트쯤 있습니다. 무슬림도 똑같습니다."

−그래서 무슬림은 무슨 생각을 하고 어떻게 사는지, 어떤 문화를 지니고 있는지를 직접 체험하려고 왔습니다. 무슬림은 대체로 영어를 잘합니다. 이곳 싱할라 사람들은 그렇지 않은 것 같은데…….

"우리는 기본적으로 영어, 타밀어, 싱할라어를 다 배웁니다. 싱할라 사람들은 영어를 하는 사람도 일부 있지만 주로 싱할라어만 합니다."

−그렇겠군요. 마이너리티니까 생존을 위해 여러 언어를 배우는 것 아니겠습니까?

"바로 그렇습니다."

모든 게 '인샬라'입니다

라마단 행사가 끝난 뒤 아크람 신자회장이 점심에 초대했다. 무슬림 가정에서의 식사는 처음이었다. 싱할라 음식과 대동소이했는데 쇠고기가 있었다.

－가족이 몇 명입니까?

"아들딸이 두 명씩 있습니다. 맏딸은 결혼했습니다."

－지금 어떤 일을 하십니까?

"근처 다른 도시의 무슬림 학교에서 아랍어를 가르칩니다. 최근에는 조그만 사업을 시작했습니다. 전에는 스리랑카 주재 아랍에미리트대사관에서 10년간 일했습니다."

－중동에 가보셨습니까?

"사우디아라비아와 쿠웨이트에 가봤습니다."

－조상은 어디서 왔습니까?

"같은 성이 예멘에 있는 점에 비춰 조상은 예멘에서 온 것 같습니다. 이곳 무슬림은 과거 중동에서 온 사람들도 있고 또 상당수는 인도에 장사하러 왔던 사람들의 후손입니다."

그때 부엌에서 점심식사를 하라는 신호가 왔다.

"식사를 테이블에서 하시겠습니까, 방바닥에 앉아서 하시겠습니까? 저희는 바닥에서 먹습니다만……."

－저도 바닥에서 먹겠습니다. 한국인도 전통적으로 바닥에 앉

아서 먹었습니다.

동그란 밥상보를 방바닥에 깔고 밥과 반찬을 올려놓고 앉아서 먹었다. 무슬림도 손으로 먹었다. 싱할라 음식과 비슷했지만 확실히 덜 짰다.

―라마단 기간에는 낮에 식사를 못 하니까 배가 고프고 기운이 없지 않았습니까?

"아닙니다. 오전 4시 반부터 오후 6시 20분까지 물도 못 마셨지만 힘이 없지는 않았습니다. 대사관에 근무할 때 라마단 기간에는 이곳에서 콜롬보로 출근해서 저녁에 집에 돌아와 밥을 먹었지만 괜찮았습니다. 오히려 배가 들어가고 건강해집니다."

식사를 마치자 아크람 회장은 "트림을 하라"고 한 뒤 현관으로 나가자고 했다.

아크람 이슬람 신자회장 집의 점심식사. 바닥에 보자기를 펼쳐 '밥상'을 만들고 손으로 밥을 먹었다.

"여자들이 밥을 먹어야 하니까 우리는 바깥에 나가서 이야기합시다."

–한국도 과거에 여자들은 남자들과 같은 상에서 식사를 할 수 없었습니다. 그런데 싱할라 사람들보다 무슬림이 돈이 많은 것 같습니다.

"그걸 어떻게 알 수 있습니까?"

–누와라엘리야 같은 관광지에는 무슬림이 압도적으로 많이 놀러 옵니다. 여유가 있다는 의미가 아닐까요?

"무슬림은 오늘 번 돈은 오늘 쓰는 사람들이고 싱할라 사람들은 그 돈을 모으는 사람들입니다. 돈이 있으면 무슬림은 차를 사고, 싱할라 사람은 땅을 삽니다. 무슬림은 하느님께서 내일 먹을 것을 주신다고 생각해요."

무슬림들이 메카를 향해 엎드려서 기도하고 있다.

-그렇습니까?

"그뿐만이 아닙니다. 영국 사람들은 '주고받는give and take 문화'입니다. 무슬림은 남에게 그냥 주면 알라께서 우리에게 복을 준다고 믿는 사람들입니다."

-그렇습니까?

"예. 지금 홍 선생님이 우리 집에 오셔서 점심을 드십니다. 저희 집이 부자라고 생각하십니까?"

-예, 부자인 것 같습니다.

"저는 부자가 아닙니다. 가난합니다. 이 음식은 하느님께서 선생님의 이름을 써놓으셨기 때문에 드실 수 있는 겁니다. 모든 게 '인샬라'입니다."

-'하느님의 뜻대로'라⋯⋯. 모스크 안에는 아무런 상像도 없었습니다.

"없습니다. 하느님은 우리 마음속에 계시기 때문입니다. 기도는 언제나 메카를 향해서 합니다. 모스크에서도 마찬가지입니다. 예언자 무함마드께서는 '우리는 잠들 듯이 죽고 잠에서 깨어나듯 부활한다'고 하셨습니다. 종교가 있습니까?"

-없습니다.

"우리는 어려울 때 알라께 기도합니다. 종교가 없으면 역경에 처했을 때 뭐라고 말합니까?"

-한국인의 절반은 종교가 없습니다. 그렇지만 상당수는 급할 때 '하느님'을 찾습니다. 이 경우 하느님은 마음속에 있고 알라와

같은 말이지만 종교로서 하느님을 믿는 건 아닙니다. 이맘이 되는 학교가 따로 있습니까?

"예. 아랍어 학교에 다니고 졸업하면 이맘이 됩니다. 오늘 무슬림을 만나보니 어떻습니까?"

―좋습니다. 처음 이야기해봐서 깊게는 모르겠지만 이해하는 좋은 계기가 됐습니다. 오늘 모스크에 간 것도 사람들을 이해하고 싶었기 때문입니다.

"그래서 아까 모스크에서 제가 모든 신자들에게 홍 선생님이 기능대학에서 한국어를 가르치는 한국 사람이라고 소개했습니다. 많은 사람들이 자주 얼굴을 마주치지만 직접 알지는 못하니까요."

라마단 축제에 다녀온 며칠 뒤 무슬림에게 얻어온 대추야자를 싱할라 사람들과 먹으면서 이야기했다. 이들은 이웃에 살면서도 무슬림에 대해 잘 몰라서 내가 보고 들은 것을 이야기해주었다. 그 자리에 있던 싱할라 사람 15명 가운데 모스크에 가본 사람은 없었다.

"이슬람 사원이 좋습니까?"

―예, 좋습니다. 다만, 내부에는 아무것도 없습니다.

"무슬림 가정에서 식사도 했습니까?"

―예. 두 집에 갔는데 한 곳에서는 차를 마셨고 다른 집에서는 점심을 먹었습니다.

"남자들끼리 같이 앉아서 먹었습니까? 혼자 먹었습니까?"

–앉아서 같이 먹었습니다.

"무슬림 가정에서 부인을 보셨습니까?"

–네. 어떤 집에서는 부인이 직접 차를 날라 왔고 함께 사는 누나와도 인사했습니다. 점심을 먹은 집에서는 부인을 제게 소개하지 않았습니다.

모두가 싱할라 사람인 한국어과 학생들도 "모스크에 갔다 왔다"고 하니까 놀라는 표정이었다. 한 학생이 "친절해요?"라고 물었을 정도로 무슬림에 대해 잘 모르고 있었다. 신자회장 집에 점심 초대받은 이야기를 했더니 프린시 마담만이 "아크람 회장 말이지요?"라고 말하는 정도였다. 그렇지만 무슬림은 싱할라 사람들에 대해 잘 알고 있었다.

한 달쯤 뒤 무슬림 가게에서 산 쇠고기가 연하고 괜찮았다. 나중에 더 사서 먹었는데 더욱 연했다. 모스크에서 무슬림에게 얼굴을 알린 덕분인가? 싱할라인들에게 이야기했더니 이런 반응이 나왔다.

"이제 우리도 무슬림 사회와 커넥션이 생겼습니다."

이를 계기로 문화적 다양성에 대해 생각했다. 일반적으로 '다양성=좋은 것'이란 이미지가 형성돼 있다. 스리랑카도 자국 홍보에 인종과 문화의 다양성을 내세웠다. 실제로는 어떨까? 자프나에서는 타밀 사람의 가정에 싱할라 사람이 온 것이 처음이라면서 '구경거리'가 됐었다. 와라카폴라에서는 싱할라 사람들이 이웃인 무슬림에 대해 이방인인 나에게 묻고 있었다. 혹시 문화적 다양성을 내세우는 것도 '정치적 올바름'이란 이데올로기 때문이 아닐까?

나중에 시간을 내 아크람 신자회장이 준 이슬람 안내 책자《A Brief Illustrated Guide to Understanding Islam》을 읽어보았다. 그림과 사진을 곁들여 설명한 소개 책자로 미국에서 출판됐다. 앞부분에서는 무식했던 예언자 무함마드가 그대로 전한 하느님의 말씀은 1400여 년이 지나서야 현대과학으로 증명이 되고 있다고 했다. 이러한 내용을 유명 과학자들을 인용하면서 과학적으로 설명하려고 시도한 책이었다. 예를 들면 코란에서 사람의 배아세포와 거머리가 비슷하다고 했는데 현대과학으로 밝혀졌다는 것이다. 또 산山에 뿌리가 있다고 했는데 과학적으로도 그렇다는 것이다. 나름대로 재미있었다. 무함마드의 말을 소개하는 내용 중에 인상적인 대목이 있었다.

"일꾼에게는 땀이 마르기 전에 임금을 지급하라."

여러분 가운데 최고는 아내들에게 최선인 사람들입니다

스리랑카는 불교도가 70퍼센트로 다수지만 다종교 국가다. 결혼에 관한 법적 제도도 달랐다. 불교도와 힌두교도는 일부일처제였지만 무슬림은 일부다처제가 허용됐다. 싱할라 사람들과 이야기했다.

－무슬림은 아내를 여러 명 둘 수 있습니까?

"허락을 받으면 네 명까지 둘 수 있습니다."

－중동의 이슬람권 국가와 달리 이곳은 싱할라 불교도가 다수 아닙니까? 법적으로 일부다처제가 가능합니까?

"가능합니다. 모스크의 이맘이 허락하면 가능해요. 이맘은 가정형편 등을 고려해 아내를 네 명까지 허락합니다. 관청에는 형식적으로 신고하면 끝납니다."

－공정한 게(법 앞의 평등) 아니지 않습니까?

"한 가지 사안에 두 개의 법이 있다는 말씀이지요? 싱할라 사람들은 정부기관에 가거나 결혼식장에 공무원이 와서 사인하면 법적으로 결혼이 성립합니다. 무슬림의 경우 허락은 이맘이 하고 공무원은 그냥 서류만 정리합니다."

－무슬림이 늘어나는 효과가 있겠네요?

"그럴 수 있습니다. 싱할라 사람들은 요즘 보통 한 가정에 아이를 한두 명 낳지만 무슬림은 조혼에 예닐곱 명 낳는 경우도 많습니다."

무슬림 지인도 이 내용이 맞다고 확인했다. 다만 "네 명의 아내를 똑같이 대우해야 한다는 의무가 따른다"고 여러 차례 강조했다. 동네 모스크의 아크람 신자회장이 준 이슬람 영문 소개 책자에는 예언자 무함마드의 말을 인용해 다음과 같이 적혀 있었다.

"여러분 가운데 최고는 아내들에게 최선인 사람들입니다."

이슬람은 다섯 가지를 지켜야 하죠

무슬림 200만 명이 사우디아라비아 메카에 모였다는 이슬람 명절 하지. 이슬람 달력(음력)으로 1년의 마지막 달 10일에 해당한다. 여성들의 예배가 끝난 뒤 오전 7시 50분 동네 모스크에 갔다. 지난 라마단 때 안면을 터놓은 터였다. 이번에는 예배에도 참가했다. 그랜드 줌마 모스크에서 만난 한 무슬림은 "하지는 라마단이 끝난 뒤 두 달 열흘 만에 열린다"고 말했다.

오전 8시가 넘자 이맘이 입장하고 예배가 시작됐다. 신자들은 1미터 남짓 간격으로 그어진 선에 맞춰 나란히 서서 손을 들었다 내리고 허리를 구부리고 꿇어 엎드리는 등의 의식을 진행했다. 10여 분 정도 계속된 기도가 끝나자 일부 신자는 나갔고 이맘이 '아사'(지팡이)를 짚고 30여 분간 설교했다. 이맘은 종이에 쓴 것을 읽거나 보면서 이야기했다. 9시경 의식이 끝났고 신자들은 세 번 좌우로 껴안으면서 인사했다. 이날은 대추야자가 없었다. 하지에는 약간의 헌금을 했다. 오후에는 모스크 근처 유치원에서 동네 무슬림 학생들이 모두 모여 작은 운동회를 열었다.

하지 축제 때는 아크람 회장 소개로 팔릴 씨의 집에서 아침식사를 했다. 팔릴 씨는 시내에서 보석상을 하는데 집이 아주 컸다. 자가용이 있었고 대문에는 자동 셔터 장치가 있었다.

―집이 아주 크고 좋습니다.

"대가족입니다. 아들만 넷인데 손주까지 합치면 아주 많습니다. 수시로 파티도 해야 하니까 집이 커야 합니다."

–가족이 몇 명인지요?

"지금 이 집에는 우리 부부와 막내아들 가족만 같이 삽니다. 큰아들은 호주에서 식당을 하고 둘째는 콜롬보에서 에어컨 설치 회사를 운영합니다. 셋째는 저와 같이 보석가게를 하고 넷째는 그 옆에서 여성용 액세서리 가게를 합니다."

–오늘은 다른 이맘이 예배를 진행했습니다.

"두 분이 있습니다. 오늘은 하지라서 원로 이맘이 진행했습니다."

–이맘은 다른 직업이 있습니까?

팔릴 씨 집의 아침식사. 집이 아주 컸다.

"원로 이맘은 오토바이 판매점을 하는데 모스크에서는 무보수로 봉사합니다. 젊은 이맘은 보수를 받으면서 모스크에 상주합니다."

−동네 이슬람신자회는 어떻게 구성되는지요?

"9명으로 구성된 위원회가 있고 위원의 임기는 2년입니다. 저는 두 차례 4년 동안 위원을 지냈습니다."

아침식사로 인디아퍼와 닭고기, 삼폴 등이 나왔다. 짜지 않았고 맛있었다. 싱할라 음식보다 덜 자극적이었다. 팔릴 씨는 "시장에서 산 닭이 아니고 동네에서 기른 닭을 아내가 요리했다"고 말했다. 아크람 회장 집과는 달리 식탁에서 식사를 했다. 아침을 먹고 손을 씻으러 일어서는데 그가 말했다.

"1분 동안만 앉았다가 씻으십시오."

−무슨?

"우선 남은 음식이 없도록 접시를 완전히 비워야 합니다. 첫째 손가락(검지를 의미)부터 넷째 손가락까지 차례로 빨고 다섯째 손가락(엄지)까지 핥아 먹습니다. 이렇게 하면 좋은 성분이 많아서 소화가 잘된다고 합니다. 이건 '과학'입니다. 그 뒤에는 트림을 해야 합니다."

팔릴 씨 부자父子는 실제로 트림을 했다.

−서양 사람들은 트림을 하면 예의가 없다고 생각합니다만······.

"맞습니다. 그렇지만 우리는 손가락을 잘 핥아 먹고 트림을 하는 게 좋다고 생각하죠."

아크람 회장 집과 마찬가지로 팔릴 씨의 부인도 끝내 얼굴을 비치지 않았다.

하지 당일 점심은 아크람 회장 집에서 친척들과 함께 먹었다. 지난 라마단에 이어 두 번째였다. 역시 방바닥에 앉아서 전통적으로 식사를 했다.

"지난번 점심과 메뉴는 똑같습니다."

—맛있습니다. 오늘 아침 하지 예배는 다른 이맘이 진행했습니다.

"바로 저였습니다."

—예? 제가 뒤쪽에 앉았고 눈도 나쁘니까 알아보지 못했습니다. 죄송합니다.

"이맘의 복장을 하고 단에 섰으니까 그럴 수 있죠."

—은퇴하신 이맘이십니까?

"은퇴하지 않았습니다. 오늘 같은 날은 젊은 이맘과 번갈아 예배를 진행합니다."

모스크에서 이맘의 얼굴을 못 알아봤다. 아침을 함께 먹은 팔릴 씨도 앞집 아크람 회장이 그 이맘이란 사실을 말하지 않았었다.

—무슨 이야기를 하셨습니까?

"아브라함이 당시 유일한 이슬람 신자였는데, 알라의 존재를 알렸다는 이야기를 했어요. '우리는 잠들 듯이 죽고 잠에서 깨어나듯 부활한다'는 코란의 말씀도 다시 전했습니다."

-하지의 의미는 무엇입니까?

"이슬람은 다섯 가지를 지켜야 하죠. 알라만 믿어야 한다, 하루 5번씩 기도해야 한다, 남는 재화의 2.5퍼센트는 가난한 사람에게 나눠 줘야 한다, 라마단에 금식한다는 것입니다. 나머지 하나가 세계의 중심인 메카에 평생 한 차례 다녀온다는 것인데 그날이 하지입니다."

-나눠 준다는 것의 의미는······?

"내가 쓰고 남는 것을 의미하죠. 음식과 의복은 물론 모든 것이 포함됩니다. 예를 들어 제 아내에게 보석이나 장신구가 많아서 남으면 그것도 나눠 줘야 합니다."

-하지는 어떻게 정하는 겁니까?

"이슬람력으로 1년의 마지막 달 10일입니다. 물론 음력입니다. 숫자 10은 코란에서 아주 중요한 의미가 있습니다."

-오전에 설교할 때 지팡이를 짚고 하셨는데요?

"지팡이 '아사'는 강함을 상징합니다. 권위도 있어 보입니다. 단*은 '밈버'라고 합니다. 모두 아랍어입니다."

그는 이슬람교도의 친구에 대해 설명했다.

"무슬림이건 아니건 상관없이 친구가 될 수 있습니다. 그렇지만 나쁜 사람은 친구가 아닙니다. 예를 들어 술을 마시자는 사람······."

-이슬람교도는 전혀 술을 마시지 않습니까?

"마시는 사람도 있지만 정통 이슬람교도는 술을 입에 대지 않습니다. 같이 술을 마시자고 하는 사람은 친구가 아닙니다."

—왜 그렇습니까?

"하느님께서 우리에게 정신을 주셨습니다. 정신은 하느님의 것입니다. 술을 마시면 온전한 정신과 그렇지 않은 정신이라는 두 개가 있게 됩니다. 그래서 문제입니다."

이야기 도중 갑자기 아크람 회장이 말했다.

"스리랑카 여성과 결혼하십시오."

—예? 저는 무슬림이 아닙니다. 아내가 한국에 있습니다.

"무슬림이 되면 되지 않습니까?"

—하하. 결혼은 안 됩니다.

아크람 회장은 아내를 더 둘 수 있는지 여부를 허가하는 이맘이었다. 그래서 나도 농담 대신 정색하고 대답했다. 이번에도 부인은 요리를 해줬을 뿐 얼굴은 볼 수 없었다.

그냥 무슬림입니다

담바데니야 절에 일단의 무슬림 학생들이 왔다. 먼저 와불이 있는 법당에 갔다가 싱할라 왕조의 수도였던 시절의 불치궁전을 구경했다. 학생들은 보리수와 부속 미니 박물관도 둘러봤다. 절에서 무슬림을 본 것은 처음이었다. 남학생이 10명 정도, 여학생이

30명 정도였다. 여학생들은 모두 히잡을 쓰고 화려한 색의 옷을 입고 있었다. 흰옷을 입고 절에 오는 불교도와는 복장이 판이했다. 이들과 잠시 대화했다.

－학생들은 어디에서 왔습니까?

"캔디에서 왔어요."

－현장학습을 온 겁니까?

"예."

인솔 교사도 와서 같이 이야기했다.

"캔디의 무슬림 학교에서 과제가 있어서 왔습니다."

－무슬림 학교에서 불교에 대해서도 배웁니까?

"아닙니다. 스리랑카 역사 과목의 탐방 과제입니다."

－다른 절에도 갑니까?

"아닙니다. 이제 네곰보의 공원으로 갈 겁니다. 불교도입니까?"

－종교가 없습니다.

"왜 종교가 없나요?"

－그냥 없습니다.

"왜 종교가 없습니까?"

－선생님은 왜 무슬림입니까?

"그냥 무슬림입니다. 이유가 없습니다."

－허허, 저도 그냥 종교가 없습니다. 한국에는 무교가 50퍼센트 정도 됩니다. 저희 집안은 대대로 유학을 해왔습니다.

"유학도 종교가 아닙니까?"

-유학은 종교라기보다는 철학입니다. 믿는 신이 없습니다. 유학도는 지금 살고 있는 세상이 천국이라고 생각하는 사람들입니다.

하기야 미국에 유학을 본격 소개한 하버드대의 뚜 웨이밍 교수도 유학을 '종교성religiousness'으로 설명하지 않았던가. 이곳 무슬림이나 불교도가 무종교 상태를 이해하기는 어려웠을 것이다. 이곳의 마이너리티인 무슬림이 다수인 싱할라의 역사를 알기 위해 옛 수도의 절을 방문한 것은 의미가 있었다. 나중에 싱할라 불교도에게 물었다.

-불교도도 이슬람 모스크에 가봅니까?

"아니요. 가지 않습니다. 코윌이나 성당에 가보기는 하지만 모스크에는 안 갑니다."

몇 달 뒤 서해안 칠라우 근처에 있는 문네스와람 힌두 코윌에 갔을 때에도 하얀 교복 차림의 남녀 이슬람 학생들이 현장수업을 왔다.

포손 페라헤라를 보러 갔다가 묵었던 집은 아내, 아이들, 할머니가 모두 불교도였다. 남편만 천주교 신자였는데 집 안 벽에 마리아상이 있었다. 천주교는 북서부와 서부를 중심으로 상당한 세력을 형성하고 있었다. 불교도들은 가톨릭에 대해서는 별 거부감이 없어 보였다. 서세동점의 시기에 불교도가 가톨릭에 맞서 싸웠다는 것은 오래전 이야기인 것 같았다. 불교도들은 데왈라야나 성당은 거부감 없이 찾았지만 이슬람 사원에는 가지 않았다.

　스리랑카는 우리나라 3분의 2 크기에 인구 2100만 명의 작은
섬나라지만 다양한 날씨처럼 종교도 다양했다.

원고를 써 보낸 뒤에
생긴 일들

스리랑카 친구들은 늘 내게 물었다.

"스리랑카와 스리랑카 사람들을 어떻게 생각하세요?"

그럴 때마다 나는 항상 똑같이 솔직하게 대답했다.

-스리랑카는 제가 세 번째로 좋아하는 나라입니다. 첫째는 우리나라 대한민국이고 둘째는 20여 년 전 1년간 연수하며 가족과 함께 살았던 미국입니다.

스리랑카 와라카폴라에서 쓴 원고를 출판사로 보내고 난 뒤인 2019년 4월 21일 일요일 스리랑카 여덟 군데에서 일부 이슬람 세력의 폭탄테러로 수백 명의 사상자가 발생했다. 전국에 비상사태가 선포됐고 모든 학교는 휴교했다. KOICA 봉사단원들의 외출이 금지됐고 각자 집 안에서 대기해야 했다. 필자가 머물던 집에서 불과 300미터 떨어진 곳에 사는 집주인도 테러 용의자로 체포됐다. 결국 단원 전원이 일시 철수하는 사태를 맞았다. 나의 봉사단원 임무는 5월 12일 끝나기로 돼 있었다. 임기 종료를 열흘 남기고 학생들의 얼굴도 못 본 채, 학교에서 스님을 섭외하면서까지 준비했던 거창한 송별행사도 못 하고 피난을 떠나듯 한국으로 돌아왔다. 세 번째로 좋아하는 나라 스리랑카의 '2년 −10일 생활'은 가슴속에 작은 한을 남긴 채 이렇게 끝났다.

5월 20일, 두 번째로 좋아하는 나라 미국으로 떠났다. 보스턴에서 큰아들 졸업식에 참석한 뒤 승용차로 동부 종단에 나서 미국 최남단 키웨스트까지 다녀왔다. 옛날에 1년간 살았던 롱아일랜드의 이스트 시토켓과 뉴욕 첼시의 지인 아파트를 오가며 지내다 귀국했다. 스리랑카의 비상사태는 계속되고 있고 당초 '일시 철수'했던 다른 KOICA 단원들의 연내 복귀는 불가능해졌다. 어렵게 배운 싱할라어를 너무나 빨리 잊어버리고 있다. 안타까움의 와중에서 거친 원고가 '책'이 되었다. 다시금 스리랑카, 랑카 사람들을 사랑한다.

2019년 9월
서울에서
홍호표